영화와 소설의 거리

KB089904

이 도서의 국립중앙도서관 출판시도서목록(CIP)은 e-CIP 홈페이지
(http://www.nl.go.kr/ecip)에서 이용하실 수 있습니다.
(CIP 제어번호 : CIP2013000650)

영화와 소설의 거리

2013년 2월 7일 초판 1쇄 인쇄
2013년 2월 15일 초판 1쇄 발행

지은이 | 조헌용
펴낸이 | 孫貞順
펴낸곳 | 도서출판 작가
　　　　서울 서대문구 북아현3동 1-1278 (우-120-866)
　　　　전화 | 365-8111~2　팩스 | 365-8110
　　　　이메일 | morebook@morebook.co.kr
　　　　홈페이지 | www.morebook.co.kr
　　　　등록번호 | 제13-630호(2000. 2. 9.)

편집 | 손희 조랑
디자인 | 오경은
영업 | 손원대
관리 | 이용승

ISBN 978-89-94815-25-1 (03810)

* 잘못된 책은 구입하신 서점에서 바꾸어 드립니다.
* 지은이와 협의하에 인지를 붙이지 않습니다.

값 15,000원

영화와
소설의
거 리

조헌용

작가

이 글을 정리하는 동안 한 사람의 영상이 끊임없이 머릿속을 돌았다. 불멸의 드라큘라, 벨라 루고시. 피를 먹어야만 살 수 있다는 슬픔 때문일까, 혹은 불멸과 소멸 사이에 대한 갈등일까? 드라큘라를 연기하는 벨라 루고시의 눈에는 분명 우수가 담겨 있다. 그러나 달빛에 빛나는 하얀 송곳니를 가진 드라큘라의 모습이 머릿속을 맴도는 것은 아니었다.

〈외계로부터의 9호 계획〉를 찍으며, 작동하지 않는 거대 문어를 끌어 안으며 사투를 벌이는 그는 처절하고 비참해서 오히려 더 아름답다. 연기 인생의 내리막길, 벨라 루고시가 선택한 것은 모르핀이다. 그러던 어느 날, 다시 재기를 하겠다며 치료를 받는 그에게 기자들이 찾아든다. 벨라 루고시는 기쁜 얼굴로 기자들을 맞이하지만 그들은 루고시의 재기 따위에는 관심이 없다. 오직, 가십거리를 만들기 위해서 찾아올 뿐. 그런 기자들을 내쫓는 에드에게, 벨라 루고시는 잊혀지는 것보다는 이렇게라도 사람들의 입에 오르내리는 것이 더 좋다고 말하며 쓸쓸히 돌아눕는다. 슬픔이 담긴 뒷모습이라니……

그리고 마침내 죽음에 이르렀을 때 벨리 루고시는 검은 드라큘라 정장을 입고 관에 든다. 소설보다 더 소설적인 벨라 루고시의 삶, 그러나 고백하건대 나는 벨라 루고시를 기억하지 못한다. 그의 생김새가 어땠는지, 그의 목소리가 어땠는지 나는 결코 기억하지 못한다. 그런데도 벨라 루고시를 추억하는 것은 바로 한 편의 영화 때문이다. 팀 버튼의 영화 〈에드 우드〉. 영화 역사상 최악의 영화 감독이라 불리는 에드 우드의 삶을 다룬 이 영화를 빛나게 만든 것은 에드가 아니라 영화의 본질과 영화의 운명을 말해준 벨라 루고시를 통해서라고 감히 말하고 싶다. 물론, 그것은 벨라 루고시로 분한 마틴 랜도를 통해서일 테이지만 자막이 오르고 이렇게 오랜 세월이 지난 뒤에도 나는 여전히 벨라 루고시를 추억한다, 고 믿고 있다.

추억은 현실을 뛰어넘는다. 환상의 추억과 현실 너머의 상상을 불러다 주는 것, 그것이 바로 영화의 힘이 아닐까. 이 시대를 살아가면서 영화의 영향력을 벗어날 수 없는 것은 바로 그런 영화의 힘 때문이다.

거창하게 『영화와 소설의 거리』라는 이름으로 책을 묶고 있지만 영화에 대한 나의 눈높이는 초등학생 정도에 지나지 않는다. 내가 알고 있는 영화란, 보고 느끼며, 그래서 슬퍼하고 기뻐하고 울고 웃는 정도이다. 나는 한 사람의 관객일 뿐인 것이다. 그럼에도 이렇게 영화와 소설의 거리에 관해서 관심을 갖는 것은 내가 작가이기 때문이다. 관객이며 또한 작가인 나의 관심이 상호 보완적인 영화와 소설의 거리로 이어졌던 것이다.

영화와 소설은 이야기라는 큰 틀 아래서, 시간을 정복하는 서사 예술이라는 장르적 특성 아래에서 서로 도움이 되는 관계를 유지하며 발전을 거듭했다. 우리는 어쩔 수 없이 무엇인가를 보고 기억하며 자란다.

영화가 되었든 글이 되었든 혹은 나무나 풀 같은 세상 그 자체가 되었든, 우리는 우리가 보고 느낀 것을 변형시키며 또 다른 이미지들로 키워 나간다. 어쩌면 모든 생명체는 태어나기 훨씬 이전부터 이미지들을 느끼며 살고 있었는지도 모를 일이다. 어머니 뱃속에서 느꼈을 수많은 신비는 바로 이미지의 다른 이름이다. 그리고 그것들은 영화라는 이름으로 혹은 소설이라는 이름으로 거듭 태어난다. 또 가끔은 장르만을 변화시킨 채 같은 이름으로 태어나기도 한다.

이 책은 그렇게 같은 줄기를 하고 영화와 소설이라는 이름으로 변형된 이야기들을 통해서 이 시대의 서사 예술이 꿈꾸는 세상은 어떤 것이며 그 가능성은 어디에 있는 것인지를 살피기 위해서 쓰여졌다. 그러니까 명민한 이론가의 손에서 쓰여진 글이 아니라 다만 조금 더 영화와 소설을 사랑하는 한 사람의 관객이며 독자에게서 쓰여진 글이라고 생각하며 읽어주길 바란다. 대상이 되는 모든 작품들은 2000년 이후에 쓰여진 소설과 그것을 영화로 만든 것들이다. 이 두 장르 사이의 거리를 통해서 융합의 시대라 일컬어지는 지금 2000년 이후의 서사 예술이 꿈꾸는 거리를 독자들은 조금 행복한 모습으로 걷기를 바란다.

끝으로 못난 글을 기꺼이 책으로 엮어준 '작가'에게 고마움을 전한다.

2013년 새해,
조 헌 용

【 차례 】

책머리에

1. 영화와 소설의 거리? 거리! _ 13

2. 영화와 소설의 거리에 대한 탐색들

1. 소설과 영화의 거리에 관한 모색들 _ 19
2. 소설과 영화의 거리에 관한 이론들 _ 39

3. 소설과 영화의 거리와 대중들

1. 자본주의 현상의 문학적 수용과 영화의 대중화 _ 51
   자본주의와 대중문화의 수용 : 소설 『삼미 슈퍼스타즈의 마지막 팬클럽』
   미디어 매체의 대중성과 스포츠 영웅의 부각 : 영화 〈슈퍼스타 감사용〉
2. 혼성장르화와 대중적 유토피아 _ 73
   대중 매체를 활용한 결혼 윤리의 붕괴 : 소설 『아내가 결혼했다』
   영상매체의 대중성과 유토피아적 결혼관 : 영화 〈아내가 결혼했다〉

4. 변화에 대응하는 소설과 영화

1. 변화하는 가치관과 주제의 심화 _ 101
   변화하는 결혼 가치관과 사랑의 방식 : 소설 『결혼은, 미친 짓이다』
   변화하는 가족 가치관과 불륜의 합리화 : 영화 〈결혼은, 미친 짓이다〉
2. 거대담론의 해체와 인식의 변화 _ 124
   역사적 인물의 개별화 : 소설 『망하거나 죽지 않고 살 수 있겠니』
   역사의식의 사회화 : 영화 〈모던 보이〉

5. 영화와 소설의 거리를 활보하는 모험

1. 새로운 화자의 발견과 영화의 시선 _ 153
   숨은 화자와 다큐멘터리적 소설 기법 : 소설 『채식주의자』
   이미지 증가와 일상화된 폭력의 재발견 : 영화 〈채식주의자〉
2. 이미지의 서사화와 영화의 수용 _ 179
   이미지의 서사화와 신화적 세계 인식 : 소설 『소와 함께 여행하는 법』
   이미지의 축소와 현실적 세계 인식 : 영화 〈소와 함께 여행하는 법〉

6. 2000년 이후, 새로운 몽상을 위해 _ 205

참고문헌

영화와 소설의 거리? 거리!

이 시대 서사 예술의 가치는 무엇이며 서사 예술의 새로운 가능성은 어디에서 찾아야 할까?
서사 양식이 가지고 있는 텍스트는 그 이전의 담화와 동시대적인 담화의 영향을 받아 이루어진다. 예술이란 그 것이 아무리 세상 밖을 보여주거나 들려준다고 해도 결국은 사회적 자장 아래에서 형성되기 때문이다. 하나의 텍스트는 사회적인 담론을 보여주며 또 그것을 형성한다. 따라서 위 물음에 대한 답을 얻기 위해서는 서사 예술의 대표적 양식이랄 수 있는 소설과 영화를 살펴보는 것은 물론, 두 형식의 상호텍스트성을 살펴보아야 할 것이다.

이 시대 서사 예술의 가치는 무엇이며 서사 예술의 새로운 가능성은 어디에서 찾아야 할까?

서사 양식이 가지고 있는 텍스트는 그 이전의 담화와 동시대적인 담화의 영향을 받아 이루어진다. 예술이란 그것이 아무리 세상 밖을 보여주거나 들려준다고 해도 결국은 사회적 자장 아래에서 형성되기 때문이다. 따라서 위 물음에 대한 답을 얻기 위해서는 서사 예술의 대표적 양식이랄 수 있는 소설과 영화를 살펴보는 것은 물론, 두 형식의 상호텍스트성을 살펴보아야 할 것이다. 소설과 영화는 각각의 장르가 탄생한 이후 서로 적당한 거리를 두며 발전과 변화를 거듭했다. 두 예술은 그러므로 그 자체적인 거리를 형성하는 동시에, 그 거리 안으로 관객 혹은 독자를 초대한다. 따라서 이 글 전체에서 말하는 '영화와 소설의 거리' 혹은 '소설과 영화의 거리'는 두 장르가 가지고 있는 발전적인 거리, 즉 상호텍스트성을 뜻하기도 하며 두 장르가 지향하는 거리이기도 하다.

그리고 그 거리의 주인은 바로 독자와 관객이다.

　영화와 소설의 거리를 살피는 것은 한 시대의 문화를 이해하는 것과
더불어 각각의 표현 양식에 깃들어 있는 이야기 속성을 파악하는 중요
한 단서가 된다. 또한 이를 통해서 끊임없이 발전시켜온 서사 양식의 한
지점을 살필 수 있다.

　이야기란 수 세기에 걸쳐 변화하며 발전해 왔다. 몸짓이나 그림 등을
통해서 단순한 형태의 이야기를 전달하던 인류는 '언어'라는 상징체계
를 획득하면서 그것들을 새롭게 만들고 포장하기 시작했다. 같은 뿌리
를 둔 하나의 이야기는 다양한 형태의 양식으로 다시 쓰여졌으며, 여러
장르로 변화되었다. 구전되던 이야기들은 신화라는 틀을 쓰고 신성성
을 획득하거나, 민담이나 전설 등으로 그 모습을 달리하며 민간 속으로
파고들었다. 이야기는 다시 서사시의 형태로 발전되었다가 로맨스
(romance)로 이어진 뒤 소설의 모습으로 변화를 거듭했다. 이후 영화라
는 새로운 서사 양식이 개발되면서 이야기는 스크린이라는 3차원적 공
간을 확보할 수 있게 되었다.

　문학의 보고라고 불리는 『천일야화』는 수많은 설화와 민담들이 집대
성되는 과정에서 이야기 속의 이야기 형식을 만들어냈다. 이슬람 사상
으로 이루어진 천 하루 동안의 이야기들은 아이러니하게도 반(反) 이슬
람 국가라 여겨지는 미국을 통해서 수많은 영화와 게임 등으로 재매개
되었다. 문화와 사상을 뛰어넘어 이야기, 즉 서사가 가지고 있는 가능성
을 읽을 수 있는 지점이다.

　우리나라의 경우 민담의 형태로 구전되었던 심청전이나 흥부전, 춘
향전 등의 이야기들은 딱지본 소설로 만들어지기도 했고, 소설과는 다
른 양식의 예술 장르인 판소리로 변용되기도 했으며, 이후 여러 차례 영

화화되었다. 이야기의 뿌리는 시대가 흐르면서 새로운 이야기 가지를 싹틔우기도 했다. 아버지의 눈을 뜨게 하기 위해 인당수에 몸을 던진 심청은 오늘날의 이야기 속에서 창녀가 되기도 한다. 못되고 욕심 많은 놀부에게 마냥 당하기만 하는 착한 흥부는 오늘날의 이야기 속에서 게으른 한 사람일 뿐이다. 이몽룡과 춘향의 아름다운 사랑과 더불어 춘향의 정절을 덕으로 여겼던 춘향전의 이야기 틀도 오늘날에는 변화를 맞이했다. 2010년 개봉한 영화 〈방자전〉에서 춘향은 단지 권력과 사랑 사이에서 위험한 줄타기를 하고 있을 뿐이다. 이 영화 속에서 춘향이 아름답게 남을 수 있었던 것은 그녀를 향해 지고지순한 사랑을 품고 있는 방자 때문이다. 시대에 따라서 이야기를 바라보는 시선과 인식이 변화하고 있음을 시사하는 지점이다. 이야기는 시대와 문화에 따라 저마다 다른 양식과 주제를 가지고 변화되는 것이다.

이처럼 매체 간의 상호텍스트성을 통해서 문화의 차이와 변화를 읽을 수 있는 것은 물론 서사를 다루는 미디어의 특성과 인식을 읽을 수 있다. 특히 소설에서 영화로의 매체 전이를 살피는 작업을 통해서 각각의 양식이 가지고 있는 가치와 이 시대 서사 양식의 가능성은 어디에 있는지를 탐색할 수 있을 것이다. 더불어 이러한 작업을 통해서 새로운 거리를 활보하는, 혹은 새로운 거리를 찾아 기꺼이 모험을 떠나는 몇몇 선구적인 소설과 영화를 만날 수 있다.

영화와 소설의 거리에 대한 탐색들

타르코프스키의 지적처럼 영화가 서사를 위해 탄생한 예술 장르는 분명 아니다. 영화는 "다른 예술 분야로는 도저히 표현될 수 없었던" 상상력의 한계를 뛰어넘는 것을 목표로 해서 생겨났다. 그럼에도 영화는 탄생 이후 서사를 중심축으로 해서 발전해 왔다. 파리의 작은 살롱에서 처음 대중 앞에 선보였던 뤼미에르의 영화를 상상해보자. 스크린을 통해 점점 커지며 달려오는 열차를 바라보는 관객들은, 지금 이곳 2000년 이후의 관객들과는 다른 시선으로 영화를 바라보았다. 오늘날의 대중들에게 그저 하나의 장면으로 인식되었을 열차의 모습은, 그러나 당시의 대중들에게 충격 그 자체였다. 기차를 피해 서둘러 카페를 벗어나는 소동에서 영화와 관객의 거리를 읽을 수 있다. 당시의 대중들에게 영화라는 생소한 장르는 스크린 안에서 펼쳐지는 볼거리를 넘어서 현실 이곳의 세계로 침투할 상상의 이미지였던 것이다. 그런데 이때 상상이란 기실 열차에 대한 서사로 이루어짐을 생각해야 한다. 저 열차가 그대로 달려와 나를 깔아뭉개면 어떻게 될까? 열차를 피하지 않으면 나는 죽을 것이다, 등등 당시의 관객들은 이런 상상을 하며 서둘러 달아나기 시작했을 터이다.

1. 소설과 영화의 거리에 관한 모색들

타르코프스키의 지적처럼 영화가 서사를 위해 탄생한 예술 장르는 분명 아니다. 영화는 "다른 예술 분야로는 도저히 표현될 수 없었던"[1] 상상력의 한계를 뛰어넘는 것을 목표로 해서 생겨났다. 그럼에도 영화는 탄생 이후 서사를 중심축으로 해서 발전해 왔다. 파리의 작은 살롱에서 처음 대중 앞에 선보였던 뤼미에르의 영화를 상상해보자. 스크린을 통해 점점 커지며 달려오는 열차를 바라보는 관객들은, 지금 이곳 2000년 이후의 관객들과는 다른 시선으로 영화를 바라보았다. 오늘날의 대중들에게 그저 하나의 장면으로 인식되었을 열차의 모습은, 그러나 당시의 대중들에게 충격 그 자체였다. 기차를 피해 서둘러 카페를 벗어나는 소동에서 영화와 관객의 거리를 읽을 수 있다. 당시의 대중들에게 영화라는 생소한 장르는 스크린 안에서 펼쳐지는 볼거리를 넘어서 현실의 세계로 침투할 상상의 이미지였던 것이다. 그런데 이때 상상이란 기

---

1) 안드레이 타르코프스키, 「예정과 운명」, 『봉인된 시간』, 김창우 옮김, 분도출판사, 1991, 103쪽.

실 열차에 대한 서사로 이루어짐을 생각해야 한다. 저 열차가 그대로 달려와 나를 깔아뭉개면 어떻게 될까? 열차를 피하지 않으면 나는 죽을 것이다 등 당시의 관객들은 이런 상상을 하며 서둘러 달아나기 시작했을 터이다. 이처럼 '스크린'이라는 제한된 공간이 아닌 그것을 뚫고 달려오는 열차에 대한 여러 상상들은 이야기를 가지고 있는 현실적인 상상으로 관객들에게 달려들었던 것이다. 바로 이것이 영화가 가지고 있는 놀라운 힘이다. 비록 그것이 2차원적인 평면에서 구현된다고 하더라도 관객들로 하여금 새로운 상상력을 통해 4차원을 경험하게 도와주는 것, 그리하여 관객들로 하여금 스스로 새로운 이야기를 이끌어내도록 하는 힘이 영화에는 존재한다. 스크린을 3차원적이라 부르는 것도 이 때문이다. 영화는 이처럼 다른 예술 장르들이 표현하기 힘든 실제적이며 역동적인 에너지를 바탕으로 재현된다. 그리고 그것은 '스크린'을 알아버린 오늘날의 관객들에게도 마찬가지다.

이야기, 그 자체로까지 인식되기도 하는 소설의 경우 서사적인 힘은 더욱 크게 작용한다. 목소리로부터 분리된 초기의 소설들, 그러니까 음유시인에게서 들려지던 서사시의 형태를 벗어나 인쇄된 초기의 소설들은 많은 부분 삽화를 빌어와 사건이나 장면들을 연상하도록 만들었다. 그러나 몇몇 뛰어난 작가들은 이런 삽화가 이야기의 연속성을 방해한다는 것을 알게 되었다. 삽화 앞에 선 독자들은 화자의 목소리를 외면한 채 그림을 통해 사랑과 슬픔을 읽으려 했다. 그리하여 시간의 흐름을 방해 받지 않으려는 작가들은 삽화를 분리하고 마침내 순수한 소설을 얻게 되었다. 이후 소설은 더 많은 사건과 더 많은 시간들을 이야기 속에 끌어들이며 발전했다.

영화와 소설은 이처럼 탄생 이후의 순간부터 서로 발전할 수 있는 수많은 가능성을 가지고 있었던 셈이다. 영화와 소설은 이미 같은 거리를 활보하는 동무들처럼, 혹은 같은 목적지를 향해 달리는 열차의 선로처럼 적당한 거리를 두고 발전을 거듭했던 것이다. 많은 이들이 소설과 영화의 거리, 즉, 상호텍스트성을 연구하고 그 가능성에 주목하는 것도 바로 이 때문이다. 특히 예술의 장르와 예술적 경향들이 동시다발적으로 침투한 대한민국의 특수성을 생각할 때 인접 예술 간의 상호텍스트성 연구는 꼭 필요한 작업이랄 수 있다. 그럼에도 지금까지 영화와 소설에 대한 연구는 시대를 총체적으로 다루기보다는 그 시대의 특징을 한 작가만을 통해서 살펴보는 정도였다. 따라서 영화와 소설에 대한 거리를 살펴보기 위해서는 지금까지의 연구를 통해 새로운 지표를 수립해야 할 것이다.

첫 번째로 검토할 부분은 이론 연구와 더불어 진행된 소설과 영화의 상호텍스트성에 관한 연구들이다. 이들 연구는 한 작가가 가지고 있는 문체 등의 특성이 상호텍스성과 어떤 연관을 가지고 있는지를 살피거나, 개별적인 작가와 작품을 통해서 상호텍스트성에 대한 전반적인 의의와 특징을 살폈다는 특징을 가지고 있다.

김종철, 이수연, 윤영돈, 김윤하 등은 한 작가의 작품을 통해 소설과 영화가 가지고 있는 상호텍스트성을 살폈다.

김중철은 소설의 영상화를 통해 시점과 인물의 심리가 내면적인 것에서 외면적인 것으로 바뀐다고 논한 뒤에 이런 과정들이 대중성으로 연결된다고 주장한다. 소설은 상위 장르로서 예술성이 풍부한 반면에 영화는 하위 장르로서 대중성이 뛰어나다고 김중철은 결론짓는다. 이러한 결론을 위해서 그는 이문열의 작품 『익명의 섬』과 유홍종의 영화 〈불새〉를 연구하였다. 그는 문자로 표현되는 문학의 예술성이 높고, 영상으로 표현되는 영화의 예술성이 대중적이라고 진단한 뒤, 이런 특징으로 '문자' 와 '영상' 이라는 기호체계와 그 기호체계가 가지고 있는 각각의 예술성과 대중성이 어떤 방식으로 표현되는지를 밝혔다. 이문열의 소설과 유홍종의 영화를 꼼꼼히 비교 분석한 그의 주장이 일견 합당한 듯 보이지만 소설이 예술적 소통을 추구하는 장르이며, 영화가 대중적 소통을 추구하는 장르라는 결론을 단 한 작품을 통해서 도출했다는 아쉬움을 남긴다.[2] 이밖에도 김중철은 이문열을 대상으로 하는 또 다른 연구를 통해 소설과 영화가 이야기를 전달하는 방식에서 차이를 보이는 까닭에 대해 설명하고 있다. 이야기를 전달하는 두 매체의 차이는 바로 표현 방식에서 오는 것인데, 화자와 카메라의 특성, 언어와 영상의 차이가 소설과 영화의 이야기를 다르게 나타나게 하는 것이라고 밝히고 있다.[3]

이수현 역시 이문열 원작 소설을 각색한 영화를 주목하고 있다. 이수현은 관념적인 단어를 통한 말하기(telling) 방식 위주의 서술방식을 추구하는 이문열 소설이 영화화되면서 어떤 변형을 가져오고 그 의의가 무엇인지를 밝히고 있다. 장면화와 화편화(framing), 주변인물과 소도구를 통해서 이문열의 관념적 말하기 방식은 영화의 보여주기(showing)로 변형되는데, 이러한 변형 속에서는 감독의 세계관이 반영된다고 이수현은 밝히고 있다. 이러한 변화는 영화가 원작 소설의 의존성에서 벗어나 독립된 창작물로 존재할 수 있는 근거이다.[4]

윤영돈은 소설과 영화의 상호텍스트성을 이해하기 위해서는 각각의 장르를 문화콘텐츠로 이해해야 한다고 주장한다. 그는 문예콘텐츠인 소설이 영상콘텐츠로 넘어가는 과정 중에 일어나는 변화에 대해 각각 다른

---

2) 김중철, 「소설의 영상화 과정에 관한 연구-유홍종의 〈불새〉와 이문열의 『익명의 섬』을 중심으로」, 한양대학교 박사학위 논문, 1999.
3) 김중철, 「소설과 영화의 서사전달 방식 비교 - 이문열의 「우리들의 일그러진 영웅」을 중심으로」, 『소설과 영화』, 푸른사상, 2000.
4) 이수현, 「원작 소설과 각색 영화의 비교 연구 - 이문열 소설의 영화화를 중심으로」, 고려대학교 석사학위 논문, 2006.

미학적 특성의 차이에 따른 가능성의 확장으로 이해한다. 윤영돈은 이청준의 소설에 나타난 문자콘텐츠의 특성을 연구한 뒤, 이를 스토리텔링으로 인식하고 이야기의 전달 방식이 어떻게 영화의 각색으로 이어지는지를 밝혔다. "문예콘텐츠는 문예창작이라는 협소한 의미에서 벗어나, 매체에 담겨 유통되는 총체적인 창작예술로 콘텐츠의 외연을 확장하는 것이"[5] 왜 필요한 것인지를 밝혀낸 것이다. 또한 윤영돈은 스토리텔링으로서 문예콘텐츠의 가능성을 발견하기 위해서는 한 작가의 소설 한 편을 영화로 재매개하는 일회성에서 벗어나야 한다고 주장한다. 한 작가의 소설이 한 감독의 영화로 계속 재매개되는 것은 스토리텔링이 가지고 있는 무한한 가능성이다. 이를 증명하기 위해 윤영돈은 『남도사람』에서 〈서편제〉, 그리고 『축제』에서 〈축제〉로 연속적인 재매개가 이루어진 뒤 『남도사람』이 다시 〈천년학〉으로 재매개되는 과정을 연구했다. 하나의 잘 짜여진 원작을 통해 상호텍스트성의 효용 가치가 더 커질 수 있음을 윤영돈은 밝히고 있다. 상호텍스트성의 긍정적인 또 다른 측면을 밝히기 위해서 윤영돈은 「벌레이야기」에서 〈밀양〉으로의 재매개에도 주목하고 있다. 소설과 영화가 각각의 고유한 장점을 살리고 지켜나가며 상호 교환될 때 문학은 더욱 풍성해질 것이라고 그는 결론 내린다.

　이청준의 소설에 주목하고 있는 또 다른 연구자는 김윤하이다. 그는 소설과 영화 두 매체의 특성을 중심으로 각각의 서사 전략을 비교 분석하기 위한 대상으로 이청준의 소설 「벌레이야기」와 이창동의 영화 〈밀양〉을 연구했다. 소설이 형식적·기술적인 제약 없이 내면의 형이상학적 지형도를 독자들에게 들려줄 수 있는 것에 비해 영화는 수많은 제약을 받아야만 한다. 이러한 제약은 영화가 소설의 플롯을 단순화시켜 수용

---

5) 윤영돈, 「이청준 소설의 영화화 연구 - 원작 소설과 영화의 스토리텔링 중심으로」, 단국대학교 박사 학위 논문, 15쪽.

자에게 전달할 수밖에 없게 만든다고 그는 결론 내린다.[6]

　이선영과 안선영은 최인호 소설의 영화화 과정을 연구하며 이를 70년대와 80년대가 갖는 특성과 연결하였다. 이선영의 경우 크리스티앙 메츠의 이론을 바탕으로 최인호의 장편 『별들의 고향』과 『도시의 사냥꾼』을 분석하며, 최인호 소설에 나타난 사랑과 성적인 묘사가 인물을 형상화하기 위해 필요한 요소로 작용한 것이 아니라 당대 멜로드라마의 대중적 코드로 나타나고 있음을 밝히고 있다. 그에 따르면 최인호 작품이 7·80년대 인기를 끌며 영화화 된 까닭은 바로 이런 통속성 때문이다. 소설의 대중성과 영화의 상업적 결합이라는 관점에서 원작 소설과 각색 영화를 비교 분석한 이선영의 논의는 그 동안의 연구자들과는 다른 시선에서 소설과 영화를 바라보게 하는 장점을 갖고 있음에도 각각의 매체적 특성에 따른 연구가 미진했다는 한계를 지니기도 한다.[7]

　안선영은 최인호 소설이 가지고 있는 시청각적 자질에 대해서 연구하고 있다. 『바보들의 행진』, 『고래사냥』, 『안녕하세요, 하느님』 등의 소설을 통해서 안선영은 최인호 소설이 태생적으로 시청각적인 영화 언어를 통해 대중과 친밀감을 획득하고 있음을 밝히고 있다. 아울러 이러한 요소들 역시 70년대와 80년대가 갖는 대중적 멜로드라마의 특징으로 결론지었다.[8]

　최명숙, 방재석, 이채원, 임훈아 등은 소설과 영화의 상호텍스트성에 관한 의의와 특징을 설명하며 개별적인 작가와 작품을 통한 연구를 진행했다. 최명숙은 수잔 스나이더 랜서(Susan Sniader Lanser)의 이론과 더불어 바흐친과 리몬-케넌 등 몇몇 학자들의 이론을 바탕으로 소설과

---

6) 김윤하, 「소설과 영화의 서사 전략 연구 - 소설 「벌레 이야기」와 영화 〈밀양〉을 중심으로」, 고려대학교 석사학위 논문, 2008.
7) 이선영, 「최인호 장편소설의 영화화 과정 연구」, 서울대학교 석사학위 논문, 2002.
8) 안선영, 「최인호의 소설과 각색 시나리오의 관계연구」, 홍익대학교 석사학위 논문, 2006.

영화의 관계를 '시점' 이라는 측면에서 연구했다. 한 편의 영화가 원작 소설과 다른 이유는 시점의 차이에서 오는 것이라고 설명한 뒤, 시점의 차이는 담론의 차이로 이어지고 이는 다시 영화가 원작 소설과 다른 의미와 효과를 생산한다고 논하였다. 이러한 자신의 주장을 뒷받침하기 위해 그는 김승옥의 소설 「무진 기행」과 김수용의 영화 〈안개〉, 이제하의 소설 『나그네는 길에서도 쉬지 않는다』와 이장호의 영화 〈나그네는 길에서도 쉬지 않는다〉, 이청준의 소설 「서편제」와 임권택의 영화 〈서편제〉에 나타난 시점의 변화를 비교 분석하였다. 그러나 그 스스로가 결론을 통해 "소설에만 한정하여 시점을 논의한 랜서의 이론을 영화 서사물에까지 확장한 것은 소설과 영화는 물론이고 다른 종류의 서사물까지 포괄하는 시점 이론의 수립에 하나의 가능성을 제기하는 것이었지만, 한편으로는 무리가 따르는, 문제성 있는 작업"[9]이었다고 밝히고 있는 것처럼 영화를 문학이라는 틀에 지나치게 끼워 맞추고 있는 것이 아닌가 하는 의문을 남기게 된다. 영화의 시점이 관객들에게 이야기를 '보여주기' 위해 감독에 의해서 의도된 것이라면, 소설의 시점은 '들려주기' 를 통해서 독자 개개인의 상상력을 동원하도록 계획된 것이기 때문이다.[10]

---

9) 최명숙, 「소설과 영화의 시점 비교 연구」, 충남대학교 박사학위 논문, 2001, 133쪽.

10) 채트먼은 서사학 이론을 바탕으로 소설과 영화가 가지고 있는 담화 형식을 말하기(telling)와 보여주기(showing)로 규정한 바 있다. "서사시나 대부분의 소설과 같이 '말하기' 의 방식을 취하는 서사물에서, 서술은 행위, 인물, 배경 등의 요소와 비상사(非相似)적인, 즉, 자의적인 일련의 기표를 통해 기능한다. 그러나 영화와 같이 '보여주기' 의 서사에서 인물과 행위는 도상적이거나 '동기화' 된 형식(fashion)으로 재현된다." (S. 채트먼, 『영화와 소설의 수사학』, 한용환·강덕화 옮김, 동국대학교출판부, 2001, 171쪽.) 그런데 이때의 showing과 telling에 대해서 살펴볼 필요가 있다. showing은 보여주는 한 방식으로 보여주기, 즉 영상이나 전시 등을 말한다. 그러나 telling은 말하기 그 자체만을 의미하는 것은 아니다. telling은 효과적이고 뚜렷하며 강력한 방식으로 전달한다는 의미를 더 많이 함유하고 있다.(telling 1.having a strong or important effect; effective 2.showing effectively what sb/sth is really like, bot often without intending to-Oxford ADVANCED LEARNER'S Dictionary). 따라서 telling에 대한 정의를 '말하기' 로 한정 짓는 것은 부당하다. 왜냐하면 어떤 누군가가 아무리 크게 말해봐야 그것이 효과적이지 않을 때 아무도 듣지 않기 때문이다. 이 글에서

소설과 영화의 거리에 대해 독특한 시선을 가지고 있는 연구자는 방재석이다. 방현석이라는 필명의 소설가로 활동하고 있는 방재석은 「소설과 영화의 관계양상 연구」를 통해 문학의 위기감이 어디서 오는가에 대한 물음을 던지고 있다. 그는 "소설과 영화의 관계 양상을 비교함으로써 문학의 위기론이 갖는 허구성을 바로잡으려"[11] 한다는 연구 목적에 따라 소설과 영화의 상호텍스트성을 통해서 문학의 위기감에 대한 허구를 밝히고 있다. 이러한 연구를 위해 그는 두 매체 사이의 차이점은 물론 만화·시나리오·희곡·인터넷 소설 등 다양한 매체에 대한 폭넓은 이해를 바탕으로 하는 재매개의 가능성과 한계에 대한 심층적인 연구를 이루어냈다. 이런 연구의 근거에는 그가 밝히고 있는 문예영화의 우수성이 밑바탕 된다. 우리나라에서 문예영화의 성과는 이탈리아의 네오리얼리즘, 프랑스의 누벨바그와 누보 시네마 그리고 누보로망과 같이 두 매체 사이의 간극을 좁히고 새로운 가능성을 열어주었다고 그는 밝히고 있다. 방재석은 결론을 위해 소설과 영화의 재매개로 나타난 성과물을 국내는 물론 국외의 작품까지 확장하여 비교 검토하였다. 소설 『참을 수 없는 존재의 가벼움』과 영화 〈프라하의 봄〉, 그리고 소설 『낯선 여름』과 영화 〈돼지가 우물에 빠진 날〉의 플롯과 스토리를 비롯

---

telling을 들려주기라고 정의하는 것은 이런 까닭 때문이다. 예컨대 효과적인 여러 방법을 동원해서 독자에게 '듣게하는 것'이 소설이 지닌 진정한 의미의 telling인 셈이다. 또한 소설과 영화의 수용자에 대한 태도에 대해서도 생각해 보아야 한다. 소설의 독자는 자신 입장에서 선별적으로 소설을 읽어나간다. 그러니까 원하는 장소와 시간 속에서 소설을 읽는다. 이때 독자는 소설을 읽는다는 것보다는 듣는다고 표현해야 옳다. 왜냐하면 듣는다는 행위가 능동적인 것에 비해, 말하는 행위는 수동적이기 때문이다. 영화는 이와 달리 수동적 형태로 보여주기를 실행한다. 물론, 영화의 관객도 자신이 원하지 않을 때 영화를 보지 않을 수도 있고, 영화가 상영되는 중간에 자리를 박차고 나올 수도 있다. 그러나 그때에도 필름은 돌고 영화는 상영된다. 이런 수동적·능동적 상태에 따라서 telling과 showing은 말하기와 보여주기란 용어를 벗어나야 한다. 따라서 이 글에서는 서사학 용어 가운데 우리가 흔히 말하기와 보여주기로 사용되었던 용어를 '들려주기'와 '보여주기'로 바꿔 사용하기로 한다.

11) 방재석, 「소설과 영화의 관계양상 연구」, 중앙대학교 박사학위 논문, 2002, 4쪽.

한 인물과 담론 등으로 나눠 상세하게 비교한 뒤 그것들이 가지고 있는 성과가 어디에서 오는지를 밝혔다. 이런 비교를 통해 방재석은 상호텍스트성의 특성과 가능성을 밝히며, "소설이 위기를 맞이한다면 그것은 영상화의 발전으로부터 비롯되는 것이 아니라 소설장르가 지닌 고유한 양식적 특성을 포기하고 영상적 양상으로 경도되는 영상 콤플렉스에 의해서 비롯된 것"[12]이라는 것도 함께 밝혔다.

이채원은 소설과 영화의 상호텍스트성이 각각 장르의 심미적 지평을 넓히는 계기가 되며, 문화적 담론을 확장시킨다고 주장한다. 그는 언어의 수사학과 영상의 수사학의 차이를 통해 소설과 영화가 가지고 있는 표현양식의 차이를 통해 각각의 장르가 갖는 미학적 특징을 살폈다. 결론에 다다르기 위해서 그는 소설과 영화의 상호 교류의 역사와 양상에서부터 상호매체성(Intermediality)의 의미, 문자기호와 영상기호의 차이, 그리고 단일채널과 다중채널의 차이를 논하였다. 소설과 영화의 재매개를 통해서 소설과 영화의 미학적 특징이 드러나게 되며, 이는 여러 매체가 공존하는 현재의 문화적 담론에서 각각의 매체가 더욱 풍성해질 수 있는 계기가 된다고 마무리했다. 무엇보다 그의 논의가 의의를 가질 수 있는 것은 재매개의 새로운 양상을 다뤘다는 데 있다. 그는 소설 「벌레이야기」와 영화 〈밀양〉, 소설 『저기 소리 없이 한 점 꽃잎이 지고』와 영화 〈꽃잎〉, 소설 『낯선 여름』과 영화 〈돼지가 우물에 빠진 날〉을 수사학적 관점을 통해 살폈을 뿐만 아니라 소설과 영화의 상호텍스트적인 새로운 양상으로 영화 〈외출〉에서 소설 『외출』로 재매개가 이루어진 경우를 연구하기도 했다. 또한 동시적 매체 간 상호텍스트성을 보여주는 이청준의 소설 『축제』와 임권택의 영화 〈축제〉의 체험을 통해 문화적 담론의 변화 양상이 어떻게 나타나는지를 살피기도 했다. 이채

12) 방재석, 위의 논문, 69쪽.

원은 "새로운 지평을 구성하고 그로 인해 수용자에게 새로운 체험을 하게 할 수 있는 요인은 이야기(story)가 아닌 표현양식에 있으며 표현양식을 규정하는 것이 장르이고 매체라는 것을 주지할 필요가 있다"[13]는 스스로의 선언처럼 논문을 통해서 수용자와 새롭게 소통하는 새로운 매체의 양식을 기대할 수 있는 지점을 탐색했다.

소설과 영화의 상호텍스트성에 나타나는 서사구조의 변화에 주목한 임훈아는 『우묵배미의 사랑』, 『걸어서 하늘까지』, 「영자의 전성시대」, 「삼포 가는 길」등의 소설이 각각 재매개를 시도하면서 예술적 요소는 줄어들고 그 자리에 멜로드라마적 요소를 강화했다고 보면서 그것이 영화 매체가 가지고 있는 장르적 한계라고 주장하고 있다. 소설이 수용자의 인지 능력을 바탕으로 하는 장르인 것에 반해 영화는 대중의 기호와 시대적 트렌드에 따라 변화하는 상업적인 예술이기 때문이라는 것이 그의 주장이다.[14]

표정옥은 하명중 감독에 의해 영화화된 김유정 소설을 통해 상호텍스트성의 의미를 사회적인 것으로 읽고 있다. 김유정의 경우 작품을 해석하는 평자들에 따라 리얼리즘 작가가 되기도 하고 또 순수문학 작가가 되기도 한다. 하명중 감독은 김유정의 「땡볕」을 영화화하면서 등장인물들을 통해 사회비판적인 시선을 강화하고 있다. 김유정에게 사회란 '존재하는 것'이라면 하명중에게 사회란 '항거해야 하는 것'이기 때문이다. 이러한 인식의 차이는 각 장르로의 이동을 통해 "소설 텍스트와 영화 텍스트는 서로의 상호텍스트성에 의해 보다 큰 텍스트의 의미

---

13) 이채원, 「소설과 영화의 매체 전이 양상에 대한 수사학적 연구」, 서강대학교 박사학위 논문, 2008, 7쪽.
14) 임훈아, 「소설의 영화화 과정에 따른 멜로드라마적 요소 연구」, 연세대학교 석사학위 논문, 1993.
15) 표정옥, 「상호텍스트성에 의한 소설텍스트 재구성으로써 영상화 - 김유정 원작과 하명중 감독의 영화 〈땡볕〉을 중심으로」, 『서강인문논총』 제21호, 서강대학교인문과학연구소, 2007, 32~33쪽.

를 생성한다. 여기에서 소설 작품(Work)이 이미 존재하고 있는 완결된 의미를 생산하는 것이 아니라 다양한 방법론적인 해석의 장이 될 수 있는 텍스트(Text)가 되는 역동적 해석이 가능해진다."[15]

홍수정은 여성소설의 특징을 갖는 공지영의 『우리들의 행복한 시간』이 남성 감독에 의해서 재매개될 때 나타나는 시선의 변화에 주목하여 연구를 진행했다. 그는 영화를 남성적 시선으로 세상을 응시하는 장르라고 규정한 뒤, 볼터와 그루신의 '성적 응시의 재매개'라는 이론을 바탕으로 소설과 영화의 상호텍스트성을 살폈다. 홍수정의 연구가 의의를 가질 수 있는 것은 상호텍스트성에 따른 수용자의 태도를 살폈다는 점이다. 홍수정은 소설과 영화의 수용자들을 대상으로 설문조사를 실시한 뒤, 영화를 통해 얻어지는 수용의 범위는 이미 관습화되어 있음을 밝혔다. 여성 수용자의 경우에도 영화를 통해 얻고자 하는 쾌락을 위해 남성적 시선을 답습하고 있으며, 이러한 수용자의 태도는 익숙하게 진행되어온 영화의 대중적 특징임을 밝혀낸 것이다.[16]

김성원은 원작 소설을 영화화 할 때 소설이 가지고 있는 예술성과 정신세계를 새롭게 표현해낼 뿐만 아니라 물론 소설의 원형을 복원하는 것에 목표를 두어야 한다고 말한다. 그는 헤밍웨이의 소설과 각색 영화를 통해서 충실한 각색을 두둔하며, 그 의의를 설명했다.[17]

두 번째로 검토되어야할 것이 바로 시대별 연구들이다.

1930년대, 소설과 영화의 상호텍스트성에 대한 연구는 이호림에 의해서 진행되었다. 이 시기 일제 강점기 조선은 초보적인 영화적 사회의

---

16) 홍수정, 「성적 응시의 재매개 - 소설과 영화 〈우리들의 행복한 시간〉을 중심으로」, 고려대학교 석사학위 논문, 2007.
17) 김성원, 「헤밍웨이 소설의 각색 영화에 대한 연구 - '무기여 잘 있거라', '누구를 위하여 좋은 울리나', '킬리만자로의 눈'을 중심으로」, 한양대학교 석사학위 논문, 1992.

징후를 보인다. 당대 활동했던 김유정, 이상, 심훈, 박태원 등의 작가들은 생리적으로 영화적 언어, 즉 시각성을 획득하며 소설을 써나갔다는 것이 이호림의 주장이다. 이러한 결론을 위해 그는 당대에 유입되었던 소설과 영화의 두 가지 양상에 주목하고 있다. 그 하나가 바로 모더니즘 계열의 소설이며, 다른 하나는 리얼리즘 계열의 소설이다. 모더니즘 계열의 소설에서는 리얼리즘 소설에 비해 자유롭게 영화적 기법을 차용하고 있는데, 이런 작품들이 바로 박태원의 『천변풍경』 등의 작품이다. 리얼리즘의 소설은 영화적 기법을 차용하지 않고 영화, 그 자체에서 창작형태를 빌어왔다. 쇼트의 분절과 연결을 통해 짧지 않은 서사를 이끌어가는 창작 방식으로, 이런 작품들은 심훈의 『상록수』 등과 같은 장편소설이다. 영화 수용과 소설의 수용이 동시에 이루어진 우리나라의 경우 소설과 영화는 직간접적으로 서로가 서로에게 빚을 지고 있는 셈인데, 그럼에도 이호림은 영화의 서사, 즉 이야기가 소설의 시각성 아래 이루어지고 있으며, 따라서 영화를 소설의 한 분파라고 볼 수 있다는 결론을 이끌어내는 아쉬움을 보이기도 한다. 이런 아쉬움에도 이호림의 연구는 한 시대의 특징과 서사 예술의 특징이 어떻게 연결되는가를 밝혀내고 있다는 의의를 가지고 있다.[18]

1940년대와 1950년대의 상호텍스트성에 대한 연구는 거의 이루어지지 않은 공백 상태다. 이 시기는 해방과 더불어 한국전쟁이 발발하면서 영화의 역사 속에서 "가히 '잡탕의 시대'라고 해도 과언이" 아닐 정도였으며, 두 가지의 역사적 사건으로 영화가 "해방의 감격 및 새조국 건설에의 기대와 계몽의식을 담은", 일명 광복 영화를 더 많이 생산했기 때문이다.[19]

---

18) 이호림, 「1930년대 소설과 영화의 관련 양상 연구」, 성균관대학교 박사학위 논문, 2004.
19) 김미현 책임 편집, 『한국영화사 - 開化期에서 開花期까지』, 커뮤니케이션북스, 2006, 108~109쪽.

조현일은 1960년대 각색 영화의 미학에 대해서 다룬다고 하면서도 영화 〈오발탄〉과 〈안개〉만을 다루며 이 시대를 규명하고 있다. 그는 원작 소설 「오발탄」과 「무진기행」에 주목하기 보다는 각색 영화에 더 많은 연구의 장을 할애하여 이들이 가지고 있는 특징과 의의를 설명하고 있다. 조현일에 따르면 영화가 가지고 있는 몽타주의 가능성들이 두각을 나타낸 시기가 바로 1960년대이며, 이들을 대표할 영화가 바로 〈오발탄〉과 〈안개〉이다. 이 두 영화를 통해서 원작 소설의 재매개를 통해 미학적 특성이 미흡했던 당대의 각색 영화들은 구원을 받았다고 결론 내리고 있다. 그러나 이런 결론이 지나치게 영화적인 측면에서 이루어져 원작 소설과의 관계를 규명하지 못한 아쉬움을 지니고 있다.[20]

1960년대와 1970년대 원작 소설과 각색 영화에 대한 보다 심층적인 연구는 김남석에 의해서 이루어졌다. 김남석은 이 시대에 재매개를 이룬 열편의 작품을 평행 구조, 회상 구조, 영화 구조로 나눠 세밀하게 분석한 뒤 당대를 대표하는 영화들이 바로 각색 영화에서 나왔다고 규정하고 있다. 김남석이 뽑고 있는 수작은 〈오발탄〉, 〈사랑방 손님과 어머니〉, 〈갯마을〉이다. 이들 영화는 각각 원작 소설 「오발탄」, 「사랑 손님과 어머니」, 「갯마을」이 가지고 있는 단편의 왜소함을 영화 플롯의 확대를 통해 극복하며 미학 지평을 넓혀놓았다고 그는 평하고 있다. 김남석의 연구는 각색 영화의 특성을 밝히기 위해서 몇몇 작품만을 단순하게 연구한 것이 아니라 작품 군에 대한 체계적인 연구를 통해서 각색 영화의 특성을 반추했다는 것에 의의를 둘 수 있다. 김남석은 논문을 통해 각색 영화 연구의 이정표를 제시했다. 그럼에도 김남석은 연구를 위한 대상을 영화 그 자체에 두지 않고 시나리오에 한정하고 있다는 아쉬움이 있다. 김남석이 논문에서 연구한 텍스트는 원작 소설과 각색 영화가

---

20) 조현일, 「소설의 영화화에 대한 미학적 고찰」, 『현대소설연구』 제21호, 한국현대소설학회, 2004.

아닌 원작 소설과 각색 시나리오였다. 이는 시나리오를 영상화 과정의 매개물이 아닌 영상 그 자체로 보고 있다는 오류를 범하고 있는 것인데, 시나리오를 통해서는 영화가 가지고 있는 더 많은 영화 언어와 미학을 밝힐 수 없는 한계를 보인다.[21]

김숙경은 1980년대 각색 영화에 가능성과 우수성을 강조하기 위해 이 시대 상영된 〈나그네는 길에서도 쉬지 않는다〉와 〈안개마을〉을 연구하고 있다. 김숙경은 각색 영화가 문학에의 종속에서 벗어난 시기가 1980년라고 주장한다. 원작 소설에 대한 일반적인 각색이 아니라 플롯의 변화와 확장을 통해 영화적 각색이 이루어지고 있다는 것이 그의 연구 결과이다. 뿐만 아니라 영화로 재현된 현실의 이미지는 영화만의 장점이 되어 소설의 벽을 뛰어넘을 수 있다고 김숙경은 결론 내린다. 이를 위해 소설의 텍스트와 영화의 장면을 세분화하여 연구하고 있다. 그러나 영화의 미래를 낙관적으로 제시하며 지나치게 영화의 우수성을 강조하며 균형 있는 시각을 잃어버린 점이 아쉬움으로 남는다.[22]

1980년대의 상호텍스트성을 분석하기 위해 김태관이 선택한 텍스트는 소설 『만다라』, 『우묵배미의 사랑』, 「나그네는 길에서도 쉬지 않는다」를 각각 각색한 영화 〈만다라〉, 〈우묵배미의 사랑〉, 〈나그네는 길에서도 쉬지 않는다〉이다. 김태관은 채트먼과 슈탄젤의 이론을 바탕으로 각각의 장르가 가지고 있는 이야기, 즉 서사적인 요소를 중심으로 연구를 진행했다. 그는 소설의 서사가 왜, 그리고 어떻게 영화적 서사로 변형되는지를 분석하며 소설과 영화의 중개성 문제를 거론한다. 그의 연구는 소설과 영화의 서사론적 부분을 처음으로 연구의 기초로 삼았다는 것에 의의를 둘 수 있다. 그럼에도 소설의 텍스트와 영화의 담론에

---

21) 김남석, 「1960~70년대 문예영화 시나리오의 영상미학 연구」, 고려대학교 박사학위 논문, 2003.
22) 김숙경, 「1980년대 한국 문예영화 연구 - 〈나그네는 길에서도 쉬지 않는다〉와 〈안개마을〉을 중심으로」, 중앙대학교 석사학위 논문, 1992.

대한 차이성을 명료하게 밝히지 못하고, 두 가지 요소를 혼돈해서 연구를 진행하는 한계를 보인다. 또한 각색 영화가 원작에 충실해야 한다는 자신의 입장을 지나치게 주장하며 균형 있는 연구 성과를 끌어내지 못했다.[23]

연구의 공백을 보이는 1940년대와 1950년대처럼 1990년대라는 시대 역시 소설과 영화의 상호텍스트성에 대해서 연구가 미흡하다. 그럼에도 이 시기에 발표된 원작 소설과 각색 영화에 관한 연구가 개별적으로나마 진행되면서 그 특징과 의의를 반추할 수 있다.

서동훈은 "소설이 영화화되는 과정에서 사회문화적 환경과 경제의 논리에 맞도록 내러티브가 변형"[24]된다고 말하면서도 두 편의 소설 「사진관 살인사건」과 「거울에 대한 명상」이 한 편의 영화 〈주홍글씨〉로 재매개를 이뤘던 1990년대의 사회문화적 환경에는 주목하지 않은 채 서사 구조에만 집중하고 있다.

박유희는 "2000년 이후 소설의 영화화 동향과 영화화되는 소설의 특징을 고찰"하며 "2000년 이후에 영화화되는 소설들은 인과율과 개연성에 의거한 전통적 서사성을 강하게 드러낸다"[25]고 진단한다. 그러나 박유희가 연구의 주된 대상으로 삼고 있는 작품 『DMZ』는 2000년 이후의 작품이 아니라 1997년에 발표된 작품으로 2000년대의 특징이 될 수 없다. 박유희는 논문을 통해서 1990년대적 특징을 보여주는 작품을 통해 2000년대를 진단하는 오류를 범하고 있다. 이러한 오류들로부터 벗어나 2000년이라는 시대적 특수성을 진단하고 두 장르가 가지고 있는 거

---

23) 김태관, 「소설의 영화화 과정에 관한 서사학적 요소의 연구 - 80년대 한국영화 분석을 통하여」, 동국대학교 석사학위 논문, 1990.

24) 서동훈, 「소설의 영화 각색에 나타난 확장과 변형의 양상 - 소설 「사진관 실인사건」, 「거울에 대한 명상」과 영화 〈주홍글씨〉를 중심으로」, 『대중서사연구』 제19호, 대중서사학회, 2008, 255쪽.

25) 박유희, 「영화 원작으로서의 한국소설 - 2000년 이후 한국소설의 영화화 동향을 중심으로」, 『대중서사연구』 제16호, 대중서사학회, 2006, 105쪽.

리를 통해서 서사 예술의 가능성을 살피기 위해서는 시대에 대한 성찰이 함께 이루어져야할 것이다.

　살펴본 것처럼 상호텍스트성에 관한 시대적 연구는 체계적으로 이루어지지 않았다. 사회적 담론을 형성하는 시대적인 분류 아래에서의 체계적인 연구는 요원한 실정이며, 시대적인 분류 연구 기준이 되는 10년 단위의 시간이 가지고 있는 객관적인 판단 기준이 미약하기 때문이다. 그럼에도 이 글에서 2000년대 소설과 영화의 상호텍스트성에 대해 살피는 것은 서사 예술의 다양화와 더불어 상호텍스트성의 가능성과 장점, 그리고 상호텍스트성에 따른 긍정적인 의의가 이전의 시기보다 구체적이며 직접적으로 드러나기 때문이다.

　이러한 2000년대 영화와 소설의 긍정적이며 새로운 거리를 살피기 위해서는, 특히 소설의 재매개를 통한 영화와의 상호텍스트성의 가능성을 살피기 위해서는 우선 2000년대 소설의 지형도를 그려야 한다. 그러나 2000년대 소설의 새로움과 차별성은 여전히 진행 중이며 그것을 객관화할 수 있는 근거와 실체는 아직 나타나지 않았다. 따라서 이 시기의 소설에서 뚜렷하게 나타나고 있는 몇 가지 징후들을 통해 개괄적인 의미를 되짚어 볼 수밖에는 없다. 그런 징후들 가운데 가장 뚜렷한 것이 바로 '소설의 다양화'와 한국소설의 무게 중심이 단편에서 장편으로 이동한 '장편소설의 진화'이다.

　첫 번째로 '소설의 다양화'를 살펴보기 위해서는 소설이 근대문학의 대표적인 양식으로 자리 잡게 된 과정을 살펴야 한다. 1980년대 문학은 정치적 구심력이라는 거대담론이 지향하는 이상에 의지하여 쓰여졌다. 소설이 '근대문학' 그 자체라 여겨졌던 까닭도 바로 정치적 구심력 아래 모인 민중이 있었기에 가능했다. 그러나 2003년 근대문학에 대한 종언이 발표되었고, 이보다 오래전부터 문학의 위기는 피할 수 없는 것으로 회자되어 왔다. 이는 근대문학을 이루었던 민중이 사라졌음을 의미한다. 그런데 이때 위기를 맞이했다고 말해지는 문학은 근대적 예술양식으로서의 문학을 의미한다는 것을 주목해야 한다. 근대란 "영원하고 유일한 진리에 의해 유지되는 사회가 아니라 시대마다 양상을 달리하는 최선의 진리를 찾아 움직이는 사회"[26]임을 생각할 때, 근대문학이란 다양성을 바탕으로 하는 개별적 자의식에 의해서 이루어지는 문학이라 할 수 있다. 따라서 우리의 문학은 겨우 과장된 몸짓을 버리고 비로소 문학의 자유로운 목소리를 찾기 시작했다고 할 수 있다.

두 번째로 들 수 있는 2000년대 소설의 징후는 '장편소설의 진화'이다. 한국소설은 이 시기에 단편에서 장편으로 소설의 무게 중심을 이동하며 장편소설의 진화를 맞이한다. 국내 한 문예지는 장편소설로의 진화를 예측하며 '장편소설의 시대를 열자'[27]는 특집을 내기도 했고, 김영찬은 "'2000년대 문학'이라 불렀던 것, 더 나아가 '문학 이후의 문학'의 향후 운명과 관련된 이야기다. 그렇다면 물어보자. 저 변화와 재편의 흐름이란 대체 무엇인가"라고 물은 뒤 "한국소설의 무게중심이 단편에서 장편으로 옮아가고 있는 것이 바로 그것이다"[28]라고 말하며 장편소설로의 진화를 2000년대 문학의 한 징후로 보고 있다. 문예지는 다른 어느 때보다 많은 장편 연재 지면을 제공했으며, 인터넷을 활용한 장편소설 연재도 나날이 늘어나고 있는 실정이다. 응모 방식으로 진행되는 장편소설 문학상이 10여 곳 이상 생겨나기도 했다. 물론, 장편소설로의 무게 중심 이동에 대해 비판도 적지 않다. 한국 문학이 자생적인 힘으로 근대문학 이후의 문학, 혹은 "문학 뒤에 오는 문학"[29]으로 발전해

---

26) 류보선, 「사생아, 장자, 편모슬하」, 『경이로운 차이들』, 문학동네, 2002, 418쪽.
27) 계간 『창작과 비평』 2007년 여름호.
28) 김영찬, 「문학 뒤에 오는 것」, 『비평의 우울』, 문예중앙, 2011, 34~35쪽.
29) 김영찬, 위의 책, 38~49쪽.

나가는 한 과정이 아니라 외부의 힘에 이끌리고 있으며, 다만, 그럴듯하게 포장된다는 지적이다. 이러한 지적은 일견 합당해 보인다. "뛰어난 장편은 근대의 자식이면서 동시에 근대 이후를 머금은 이야기"[30]라는 최원식의 말이 지금까지 장편소설을 바라보는 주류적인 시선이기 때문이다. 지금까지의 장편소설은 '근대의 서사시' 라는 자기규명과도 같은 맥락 속에서 장편소설이 가져야 할 규범에 대해서 강요받아 왔다. 문체와 상징 같은 언어미학으로 이루어진 단편소설에 비해서 좀 더 흥미진진하며 크고 깊은 주제의식을 장편이 담아야 한다는[31] 도식이 숨어 있다. 이런 강요는 소설의 자유로움을 억압했으며 상상력 저 편에 숨어 있던 이야기의 가능성을 소멸시켜왔다.[32] 그러나 상업적 공간 안에서 구축된 장편소설로의 진화를 통해서 얻어진 "이 소란스런 장편의 시대" 를 통해서 한국소설은 "바깥과의 의미 있는 교통과 충돌을 통해 저간의 왜소한 '문학성' 을 넘어서 문학성의 실천적 재구성으로 나아갈 수 있는 망외의 기회"[33]를 획득했다. 장편소설이 단편화되고 있는 것도 이런 가능성과 무관하지 않다. 역사적인 거대담론의 한 틀이라고만 여겨졌던 장편소설들도 인간 내면의 세계에 귀를 기울이며 이야기 본연의 활발함을 얻고 있는 셈이다..

2000년대 소설은 이처럼 그 어떤 시기보다 자유로움과 다양성을 바탕으로 성장했다. 영화 또한 2000년대를 전후해서 많은 변화를 가져왔

---

30) 최원식 · 서영채의 대담, 「창조적 장편의 시대를 대망한다」, 『창작과 비평』 2007년 여름호, 152쪽.
31) 최재봉, 「장편소설과 그 적들」, 『창작과 비평』 2007년 여름호 , 211~212쪽.
32) 김현은 "문학은 그런 몽상의 소산이다" 며(「문학은 무엇을 할 수 있는가」, 『전체에 대한 통찰』, 나남출판, 1990, 123쪽) 문학의 자유로움을 두둔했고, 마르트 로베르는 "환상적인 것의 무책임으로 떠나는 이 여행에의 초대"(「어디에도 없는 왕국들」, 『기원의 소설, 소설의 기원』, 김치수 옮김, 문학과 지성사, 2001년, 95쪽)라는 말로 소설의 자유로움을 두둔했다.
33) 김영찬, 앞의 책, 49쪽.

다. 공동의 미학이나 이데올로기가 존재하지 않는 신진 감독들은 기존의 영화와는 차별적인 방식으로 자신의 이야기를 필름에 담았다. 이 시기의 예술들, 특히 서사 예술들이 변화의 주기가 그토록 짧고 안정적이지 않은 것도 이 때문이다. 원작의 대중적인 인기와 작가의 인지도를 바탕으로 만들어진 영화는 흥행에 성공하지 못했고, 누구도 기대하지 않았던 다큐멘터리 영화가 뜻밖의 흥행을 이끌며 새로운 미학 지평을 확장시킨 현상도 2000년대의 특징 가운데 하나이다. 오래도록 유지되었던 서사가 무너지고 새로운 서사 양식이 나타난 것도 2000년대이다. 인터넷을 비롯한 다양한 매체들이 생겨나면서 새로운 서사 장르들이 생겨나고 기존 서사 예술은 인접 장르들을 흡수하며 다양한 서사 양식을 개발했다. 초유의 베스트셀러가 결코 흥행의 보증수표가 되지 못한다는 사실을 깨달은 "한국영화와 한국문학과의 재결합"[34]이 이루어진 것도 바로 이 시기이다.

1980년대에 이르기까지 각색 영화는 원작 소설을 그대로 재현하는 것을 미덕으로 삼았다. 원작이 가지고 있는 주제나 서사의 틀에 얽매이지 않는 각색이 본격적으로 시도된 것은 1990년대 후반에 들어서다. 1980년대 이후 비디오가 광범위하게 보급되고 시네마테크 운동이 진행된다. 한국 영화산업은 비약적으로 발전했으며, 영상매체를 비롯해 각종 매체에 대한 사람들의 관심이 높아지고 그에 따라 관객의 수준 역시 성장했다. 이와 더불어 한국 영화 수준이 눈부시게 향상하고,[35] 1990년 후반부터 체계적인 영화 교육을 통해 다양한 개성과 뛰어난 재능을 지닌 신인 감독들이 탄생한다. 이들은 기존의 영화와는 다른 방식으로 자신들의 이야기를 필름에 담고 있다. 이들에게 공동의 미학이란 존재하

34) 이후남, 「이야깃감을 찾아 충무로, 소설을 뒤적이다」, 《중앙일보》 2006년 2월 23일자 기사.
35) 이채원, 앞의 논문, 14~15쪽.

지 않으며 이데올로기 역시 무의미할 뿐이다.[36] 2000년대의 각색 영화는 새로운 신진 감독들에 의해 이루어진다. 각색 영화가 2000년을 기점으로 이전 시기와는 분명한 차이점을 보이는 것도 이 때문이다. 이 글이 2000년대 소설과 영화의 거리를 살피는 까닭도 바로 여기에 있다. 이미 살펴본 것처럼 소설과 영화는 서사 예술의 특성과 가능성을 보여줄 수 있는 가장 큰 두 축이다. 따라서 상호텍스트성을 살피는 것은 소설과 영화라는 개별적인 예술의 특성과 아울러 서사 예술의 새로운 길을 모색하는 작업이다.

또한 그것은 서사 예술이 가지고 있는 가치와 더불어 향후 서사 예술이 가야 할 지도를 그리는 작업이기도 하다.

---

36) 김미현 책임편집, 앞의 책, 388~389쪽.

2. 소설과 영화의 거리에 관한 이론들

소설과 영화의 거리를 살피기 위해서는 예술의 속성으로 이해되기도
하는 상호텍스트성에 대해서 먼저 살펴보아야 한다. 상호텍스트성은
바흐찐의 대화이론(le dialogisme)에서 시작하여 줄리아 크리스테바가
바흐찐을 소개하며 도입한 용어이다.[37] 바흐찐에게 텍스트란 "늘 이미
사용되었을 뿐만 아니라, 내부에 이미 사용된 흔적"을 안고 있다.[38] 이
후 후기구조주의 문학을 실천하기 위한 주요한 개념 중 하나로 자리 잡
은 상호텍스트성은 롤랑 바르트에게 오면서 텍스트의 무한한 가능성이
된다. "프루스트의 작품은 적어도 내게 있어서는 지침서이자 일반적인
지식(Mathésis), 모든 문학 진화론의 만다라"로 작용하는 것처럼 상호
텍스트성은 인접 매체로의 전이를 통해 새로운 가능성을 획득한다.[39]
이후 하나의 텍스트가 다른 텍스트로 발전하며 인접 장르로의 변용되

---

37) 츠베탕 토도로프, 『바흐찐 : 문학사회학과 대화이론』, 최현무 옮김, 까치글방, 1987, 93쪽.
38) 츠베탕 토도로브, 위의 책, 95~96쪽.
39) 롤랑 바르트, 『텍스트의 즐거움』, 김희영 옮김, 동문선, 1997, 83~84쪽.

는 개념으로 정리되기도 한다.

　　영화와 같은 상호텍스트는 그 영화가 지칭하는 모든 장르들, 예를 들어 공포영화와 멜로드라마뿐 아니라 문학작품의 각색 작품이라 불리는 부류의 영화들, 고딕소설과 같은 부수되는 문학 그리고 큐브릭의 작품들과 잭 니콜슨이 출연한 영화의 모든 규범 등으로 확장된다. 그렇다면 예술작품의 상호텍스트는 동일하거나 비교할 수 있는 형식의 다른 예술작품뿐만 아니라 하나의 텍스트가 위치하는 모든 '연쇄들series'을 포함하는 것으로 간주할 수도 있다.[40]

　　이 글은 텍스트가 위치하는 모든 연쇄들 가운데 롤랑 바르트가 주목한 긍정적인 가능성에 초점을 맞춰 2000년대 발표된 소설과 그것을 원작으로 하는 영화를 살펴볼 것이다. 더 이상 매개나 재매개로부터 자유로울 수 없는 시대에 예술 작품들은 재매개를 통해 하나의 장르가 가지고 있는 아우라를 새롭게 형성해 나간다.[41] 이야기를 바탕으로 하는 두 서사 장르는 영화가 탄생하는 순간부터 서로가 서로에게 상보적인 관계를 형성했다. 19세기 텔레시네의 발명과 더불어 등장한 영화는 소설을 비롯한 오랜 이야기들의 역사와 전통을 받아들이며 발전해 나갔다. 소설 또한 영화의 탄생 이후 영화 형식에서 서사 양식의 변화를 이끌어 냈다. 소설과 영화가 이처럼 긍정적인 유비관계를 유지할 수 있었던 것은 두 장르 모두 이야기를 가지고 있기 때문이다. 소설이 약속된 언어라는 '매개체'를 사용하여 자신의 이야기를 전달한다면, 영화는 그대로의 사물을 보여주며 이야기를 전달한다. 소설은 언어, 즉 문장을 사용하는

---

40) 로버트 스탬 외, 『어휘로 풀어읽는 영상기호학』, 이수길 외 옮김, 시각과 언어, 2003, 384쪽.
41) 제이 데이비드 볼터 · 리처드 그루신, 「비매개, 하이퍼매개, 그리고 재매개」, 『재매개 - 뉴미디어의 계보학』, 이재현 옮김, 커뮤니케이션북스, 2006, 90~91쪽.

예술이다. 소설은 언어를 통해 이미지를 형성한다. 소설의 이미지[42]는 미리 만들어진 것이 아니라 독자의 지각에 따라 생성되는 이미지다. 보여지는 것이 아니라 들려지는 것이며, 그려진 것이 아니라 그려나가야 한다. 반면 영화는 자신이 가지고 있는 이야기를 실제하는 물질들의 이미지를 영상에 담아 서사를 형성하며 그것을 관객들에게 전달한다. 편집, 조명, 음향, 미장센은 물론 그것들을 잡아내는 카메라 역시 중요한 것은 그들을 어떻게 사용하는가에 따라 관객에게 보여지는 이미지, 즉 영화가 전달하려는 메시지가 다르게 나타나기 때문이다. 영화가 가시적으로 재현되는 시각적 영상 기호를 사용하는 반면에 소설은 추상적인 개념인 동시에 기록적인 문자 기호를 사용하여 자신의 이야기를 전달한다. 영화와 소설의 차이는 "육체의 옷을 입은 영혼이라는 매개체가 필요 없는 시각적인 의사소통의 수단이다. 인간은 다시 가시적이 되었다"는 벨라 발라즈의 말처럼 인간의 문화 현상 차이를 수반한다.[43]

소설은 '열려 있는 화자'와 '닫혀 있는 화자'[44]를 통해 이야기를 이

---

42) 자크 오몽은 "이미지란 인간의 손에 의하여 일정한 장치로 생산된 대상물로서 정의되어 관객에게 상징화된 형태로 현실 세계에 대한 담화를 전달하기 위한 것"이라고 규정한 뒤, "모든 이미지들이 현실의 재현 혹은 현실의 어떤 양상의 재현"임을 밝히고 있다.(자크 오몽, 『이마주 - 영화·사진·회화』, 오정민 옮김, 동문선, 2006, 356쪽.) 여기서 '상징화 된 형태'에 주목할 때, 이미지는 단순히 눈을 통해 전달되는 정보의 처리 과정이 아닌 추상적인 사물이나 개념들이 심상을 통해 재현됨을 뜻한다는 것을 알 수 있다. 따라서 이 글에서 말해지는 '이미지', 특히 5장을 통해서 살피게 될 이미지는 시각적 형태들에 대한 총체적인 지칭이 아니라 작가 혹은 감독이 수용자에게 자신의 주제를 전달하기 위해 임의로 선택하여 사용한 '상징적 이미지'임을 밝힌다.

43) 벨라 발라즈, 「가시적 인간」, 『영화의 이론』, 이형식 옮김, 동문선, 2003, 42~45쪽.

44) 미케 발은 모든 화자가 1인칭 일 수밖에 없다고 말한다. 예컨대 우리가 익숙하게 '3인칭 화자'라고 불렸던 그 앞에는 '나'라는 숨어 있는 이야기꾼이 있다는 과정이다. 그러니까, "그는 6시에 우리에게 올 거야."라는 말은 "(나는 말한다.)그는 6시에 우리에게 올거야."라는 식이다. 이런 숨어 있는 서술자를 통해서 '나'와 '그'는 모두 '나'가 되며, 화자란 언제나 실질적인 존재로서 이야기를 이끌어간다. 모든 화자는 1인칭일 수밖에 없는 것이다. 따라서 화자가 이야기를 이끌어가며 자신을 말하지 않을 때 그것은 외적 화자(extemal narrator;; EN)라 불러야 하며, 화자가 소설 속 인물과 같을 경우 인물에 갇힌 화자(character-bound narrator; CN)라고 불러야 한다는 것이 미케 발의 설명이다.(미케 발, 「텍스트 : 단어들」, 『서사란 무엇인가』, 한용환·강덕화 옮김, 문예출판사, 1999, 217~227쪽 참조.) 그런데 이때 미케 발이 말하는 숨어 있는 '나'라는 존재란 무엇인지를 생각해야

끌어 간다. 소설이 이야기임을 생각할 때 그 이야기를 독자에게 들려주는 것은 바로 화자의 목소리, 즉 화자의 내면 풍경에서 비롯되는 것임을 알 수 있다. 내면의 풍경을 드러내는 방식이란 실로 다양하다. 때때로 내면의 풍경을 있는 그대로 혹은 있는 그것보다 훨씬 과잉되게 표현하기도 하며, 철저히 숨기기도 한다. 이런 차이점 때문에 화자와 독자의 구분이 확실한 문학과는 달리, 영화의 관객은 렌즈와 자기 자신을 동일시하여 결국 화자와 자신의 구분을 없애버린다. 이때 극히 예외적인 경우를 제외하고 거의 모든 소설은 통일된 서술자를 통해서 서사를 진행시켜 나간다. 이야기 속의 이야기 형식을 취하고 있는 『천일야화』의 경우에도 그 이야기를 진행하고 정리하며 들려주는 역할을 맡은 이는 오직 '세헤라자데'라는 하나의 서술자뿐이다. 그러나 영화에서 통일된 서술자란 존재하지 않는다. 스크린을 통해 보여지는 서술들은 실제의 것과 유사한 것이면서도 결코 동일시 될 수 없기 때문이다. 스크린에 나타난 외형적인 이미지에 인물의 내면을 담을 수가 없다. 인물 그 자체를

한다. '나'는 글을 이끌어가는 실제 주체로서의 작가를 말함인데, 현대 소설에서 작가란 점차 그 존재 자체를 의심 받고 있다. 웨인 부스의 말처럼 "작가가 자신이 지속하는 침묵의 종류에 의해서, 그리고 작중인물들로 하여금 스스로 운명을 개척하거나 스스로 이야기를 하도록 맡겨 버리는 방식에 의해서, 자신이나 작중인물들로 하여금 직접 독자에게 권위적으로 말하게 했더라면 도저히 얻을 수 없거나 얻기가 곤란했을 효과를 거둘 수(웨인 C. 부스, 「작가의 침묵」, 『소설의 수사학』, 최상규 옮김, 예림기획, 1999, 365쪽.)" 있는 것이다. 이처럼 이미 그 존재를 의심 받고 있는 '작가'를 화자라 부르는 것은 마땅하지 않다. 또한 미케 발은 객관적인 거리와 주관적인 개입에 대해서 설명하지 못하고 있다. 물론, 소설 속 '그'는 작가를 통해서 만들어지며 작가와 같은 입장을 고수할 수도 있다. 그럼에도 이처럼 모든 사실을 알고 있는, 그리하여 때때로 신의 위치에 놓일 수 있는 화자는 '그'라고 불려지는 독자들과의 객관적 거리를 유지하게 된다. 반대로 '나'는 독자들 스스로 그 인물이 되게 함으로써 주관적인 개입을 유도하고 있다. 물론 현대 소설에서는 화자 그 자체가 무의미하게 적용되고 있다. 모든 것을 다 알고 있는 나가 나오기도 하고 아무 것도 모르는 그가 등장하기도 한다. 따라서 이 글에서는 모든 이야기들이 1인칭일 수밖에 없다는, 그리하여 화자는 단지 '외적 화자'와 '인물에 갇힌 화자'라 불러야 한다는 미케 발의 이론을 바탕으로 해서 '열려 있는 화자'와 '닫혀 있는 화자'를 만들어 부르기로 한다. 1인칭과 3인칭의 구분이 아닌 이야기의 중심을 단일한 시선으로 이끌어 나가는 화자가 '닫혀 있는 화자'이며, 다양한 시선으로 이야기를 이끌어 나가는 화자가 '열려 있는 화자'이다.

담을 수는 있지만 그 인물의 내면을 통해서 이야기 전체를 이끌고 나가
도록 맡길 수는 없기 때문이다.

영화와 소설이 "시간" 의미를 부여하고 시간을 서사로 붙잡는 장르
이면서도 시간을 표현하는 방식이 다르게 나타나는 까닭은 바로 화자
의 차이에서 기인한다. 오직 "소설에서만이 시간은, 현재적 의미에 반
기"를 들 수 있다고 루카치가 말했던 것처럼 소설의 시간은 자유롭
다.[45] 소설은 화자를 통해서 이야기를 들려주는 장르이기에 시간이 길
고 자유롭다고 해도 독자는 서사의 한 축으로 시간을 이해하기 때문이
다. 소설의 시간은 '내 것'이 아니라 들려주는 화자의 몫이다. 그러나
"일회성"이라 불리는 "보잘것없이 평범한 현상"의 경험들에 의미를 부
여한다는 타르코프스키의 표현처럼 영화의 시간은 '시간' 그 자체에 의
미가 부여되며 영원 속에 잡아두려는 시간이다.[46] 소설의 시간이 화자
의 몫인 것에 비해서 영화의 시간은 관객의 것으로 직접적으로 '내 것'
이기 때문에, 그것이 비록 '일회성의 시간'이라고 할지라도 관객이 경
험할 수 있는 가능한 시간을 그리게 된다. 소설의 서술이 서술자에 의해
서 이루어지는 것에 비해 영화의 서술은 여러 장치들을 통해서 이루지
기 때문이다. "영화 서술을 소통하는 책임을 맡은 기본 서술자는 영화
표현의 다양한 재료들을 조정하면서, 이들을 배열하고, 그 유출을 조직
하고, 그 움직임을 조정하여 관객에게 여러 서술 정보들을 제공하"는
데, 이때 사용되는 재료들은 카메라, 편집, 몽타주, 내레이션 등이다.[47]
소설이 단일채널로 "질서정연하고 통제 가능한 장르"인 것도, 영화가
다중채널로 "통제가 어려워"[48]지는 까닭은 각각의 장르를 이끌고 나가

45) 게오르그 루카치, 「환멸의 이론」, 『소설의 이론』, 반성완 옮김, 심설당, 1985, 136~138쪽.
46) 안드레이 타르코프스키, 「봉인된 시간」, 『봉인된 시간』, 김창우 옮김, 분도출판사, 1991, 79~80쪽.
47) 앙드레 고드로 · 프랑수아 조스트, 『영화서술학』, 송지연 옮김, 동문선, 2001, 63쪽.
48) 이채원, 앞의 논문, 67쪽.

는 서술자의 차이에서 두드러지게 나타난다.

들려주기와 보여주기의 차이에서 기인하는 소설과 영화의 여러 가지 차이들로 인해 각각의 장르들은 서로 다른 특성으로 수용자들에게 다가간다. 제이 데이비드 볼터와 리처드 그루신은 이것을 재매개(remediation)의 특성으로 이해한다.

각색 작품들의 일부는 그렇지 않지만 인기면에서 다른 영화들을 압도한 오스틴의 영화들은(특이한 〈클루리스〉를 제외하고는) 의상과 상황 설정에서 역사적으로 정확하며 원작 소설에도 매우 충실하다. 그러나 이런 영화들은 그것의 기반이 된 소설을 그 어떤 점에서도 뚜렷이 지칭하지는 않는다. 확실히 그것은 각색이라는 점을 인정하지 않는다. 영화에서 소설을 인정하게 되면 오스틴의 독자들이 기대하는 연속성이나 비매개의 환상을 단절시키게 되는데, 이는 독자가 소설을 읽는 것처럼 매끄럽게 영화를 관람하고자 하기 때문이다. 내용을 빌려왔지만 미디어를 전유하거나 언급하지는 않았던 것이다. 오늘날 대중문화에서 매우 빈번하게 나타나는 이러한 유형의 차용 또한 매우 오래된 일이다.[49]

하나의 장르가 다른 하나의 장르에서 사용된 주제나 서사를 다시 사용할 경우 각각의 장르적 속성에 따라 "의식적인 상호작용이 이루어지지 않"으며, "상호작용이 나타나는 경우가 있다면, 그것은 우연히 각각의 버전들을 알고 비교할 수 있는 독자나 관람자의 경우"일 뿐이다.[50] 영화가 소설을 재매개할 경우에도 상호텍스트성의 이러한 특징은 그대로 나타난다. 따라서 이 글은 제이 데이비드 볼터와 리처드 그루신의 재

---

49) 제이 데이비드 볼터·리처드 그루신, 「비매개, 하이퍼매개, 그리고 재매개」, 앞의 책, 52~53쪽.
50) 제이 데이비트 볼터·리처드 그루신, 위의 책, 53쪽.

매개 특성에 따라 소설과 영화의 거리를 이해하고 이를 바탕으로 두 장르의 상호텍스트성을 살피기로 한다. "영화의 구조를 밝히는 것은 숏의 차원, 시퀀스의 차원, 서술의 대분절 등 여러 차원에서 가능하다. 이때 이질적인 분석 요소들이 개입된다."[51] 영화를 분석하기 위해 개별적이며 세세한 논의뿐만 아니라 총체적인 분석이 필요함을 의미한다. 이 글의 목적은 소설과 영화가 가지고 있는 상호텍스트성의 가능성과 새로움을 밝히는 것에 있기 때문에 통계적인 세세한 분석 보다는 2000년대 발표된 소설 중에 영화로 재매개가 이루어진 원작 소설과 각색 영화의 개별적인 특징과 그것이 이 시대에 갖는 의의를 점검할 것이다.

　이 글에서 살피는 소설들은 모두 장편 소설이다. 2000년대 개봉한 영화 가운데 단편소설에서 재매개를 이룬 작품은 김영하의 「거울에 대한 명상」과 「사진관 살인사건」을 한데 묶어 만든 영화 〈주홍글씨〉, 이청준의 「벌레이야기」를 각색한 영화 〈밀양〉, 성석제의 「소설 쓰는 인간」으로 만든 〈바람의 전설〉이다. 그러나 이들 소설은 2000년대 이전에 이미 쓰여진 경우이다. 이런 까닭으로 이들 텍스트들은 제외하기로 한다. 인터넷 소설 등 지나치게 대중적인 목적으로 쓰여진 소설들이 재매개된 경우도 제외하기로 한다. 이모콘티의 지나친 사용과 더불어 정리되지 않은 채 무분별하게 파괴되는 문법 등으로 인해 그 개념의 모호성으로 아직 인터넷 소설을 규명할 미학적 근거를 마련하지 못했기 때문이다. 이런 모든 경우를 제외하고 순수하게 2000년대 발표된 소설 가운데 재매개가 이루어진 소설은 9편이다. 이 가운데 황석영의 『오래된 정원』, 공지영의 『우리들의 행복한 시간』, 전경린의 『내 생에 단 하루 뿐이 특별한 날』도 제외하기로 한다. 이들 작품은 기존의 서사 담론을 그

---

51) 프랑시스 바누아, 「영화로 된 서술」, 『영화와 문학의 서술학 - 문자의 서술·영화의 서술』, 송지연 옮김, 동문선, 2003, 50쪽.

대로 안고 있어 2000년대적 특징을 보여주지 못하기 때문이다. 따라서 이 글은 『삼미 슈퍼스타즈의 마지막 팬클럽』, 『아내가 결혼했다』, 『결혼은, 미친 짓이다』, 『망하거나 죽지 않고 살 수 있겠니』, 『채식주의자』, 『소와 함께 여행하는 법』 등 여섯 편의 원작과 더불어 재매개를 이룬 각각의 영화 〈슈퍼스타 감사용〉, 〈아내가 결혼했다〉, 〈결혼은, 미친 짓이다〉, 〈모던 보이〉, 〈채식주의자〉, 〈소와 함께 여행하는 법〉을 통해 그들 변화가 갖는 상호텍스트성의 의의와 특징을 살펴보기로 한다.

소설과 영화의 거리와 대중들

수많은 제작비가 투여되는 하나의 상품으로 영화를 생각할 때, 상품의 이윤을 얻기 위해서 대중의 호응은 꼭 필요하다. 영화는 탄생의 순간부터 경제적인 것과 함께 했으며, 우리나라의 경우 "정부는 경제적인 미끼를 던졌고, 기꺼이 한국 영화는 그것을 받아먹"었던 것도, 그리하여 "우수 영화라는 이름 아래 문예영화라는 기상천외한 장르를 만들어" 낸 것도 바로 이 때문이다. 영화가 다른 어떤 장르의 예술보다 대중의 취향과 정서에 민감한 것도, 그리하여 사전조사를 바탕으로 기획 제작되는 것도 바로 경제적인 이유 때문이다. 원작은 대중들의 취향과 정서를 사전에 조사하지 않고도 영화의 흥행 가능성을 충분히 점칠 수 있도록 만들어준다. 작가의 대중적 인지도와 작품의 인기는 영화 제작의 기본 원리를 선행하여 보여주는 지표로 작용한다.

수많은 제작비가 투여되는 하나의 상품으로 영화를 생각할 때, 상품의 이윤을 얻기 위해서 대중의 호응은 꼭 필요하다. 영화는 탄생의 순간부터 경제적인 것과 함께 했으며,[52] 우리나라의 경우 "정부는 경제적인 미끼를 던졌고, 기꺼이 한국 영화는 그것을 받아먹"었던 것도, 그리하여 "우수 영화라는 이름 아래 문예영화라는 기상천외한 장르를 만들어"[53] 낸 것도 바로 이 때문이다. 영화가 다른 어떤 장르의 예술보다 대중의 취향과 정서에 민감한 것도, 그리하여 사전조사를 바탕으로 기획 제작되는 것도 바로 경제적인 이유 때문이다. 원작은 대중들의 취향과 정서를 사전에 조사하지 않고도 영화의 흥행 가능성을 충분히 점칠 수 있도록 만들어준다. 작가의 대중적 인지도와 작품의 인기는 영화 제작의 기본 원리를 선행하여 보여주는 지표로 작용한다.

---

52) 앙마뉘엘 툴레, 『영화의 탄생』, 김희균 옮김, 시공사, 1997, 15~39쪽.
53) 정성일, 『언젠가 세상은 영화가 될 것이다』, 바다출판사, 2010, 122쪽.

따라서 가장 대중적인 문화 산업으로 평가 받는 스포츠를 서사의 축으로 써내려간 두 편의 소설 『삼미 슈퍼스타즈의 마지막 팬클럽』, 『아내가 결혼했다』와 함께 이들 작품을 재매개한 영화 〈슈퍼스타 감사용〉과 〈아내가 결혼했다〉를 통해서 영화와 소설의 거리를 걷는 대중들로부터 이 시대 서사 예술은 어떻게 자유로우며 어떻게 그들과 소통할 수 있는 지를 살펴보도록 하자.

1. 자본주의 현상의 문학적 수용과 영화의 대중화

자본주의와 대중문화의 수용 :
소설『삼미 슈퍼스타즈의 마지막 팬클럽』

2000년대 소설을 일별하는 데 있어 '박민규'라는 이름의 소설처럼 특이한 존재를 찾기란 쉽지 않다. 그는 장르와 본격이라는 문학의 이중적(二重的)인 범주를 종횡무진 오가며 세상의 이야기들을 소설로 옮기고 있다. 그의 이야기는 죽음의 낯설음과 아득함에 대해 말하다가 무협 고수들과 불멸의 싸이코패스에 대해서 말한다. 그는 아스피린이 둥둥 떠다니는 환상적 공간을 다루거나 우주와 지구의 해저라는 생소한 공간을 다루기도 한다. 이처럼 결코 일상적이지 않은 이야기들을 그는 지극히 일상적으로 그려낸다. 어느 누구도 이상하다고 말하지 않는다.

나는 비로소 그런 뉴스들에 무신경해져가고 있는 나 자신을 발견할 수 있었다. 성격이 원활하고 낙천적이어서가 아니라, 이 넓고 넓은 우주를 유랑하다 보니 우주의 운명이란 것은 이미 정해져 있고, 그것은 절대 바뀌지 않는다는 나름대로의 철학이 생겨났기 때문이다. 삼미와 나는 - 분명 변하지 않는 질량의 '노히트 노런'의 운명을 함께 타고났으며, 이 우주가 알아주는 '불쌍한 것'이었다. 눈을 감았다.

어차피 인생은, 눈을 감으면 꿈이다.[54]

눈을 감으면 꿈이 되는 인생처럼 책을 펼치며 그것은 현실이 아니고 소설 속 일상이 되기 때문이다. 그것이 바로 지금 이곳 21세기에서 '박민규'라는 이름의 단정할 수 없는 소설세계이다. 박민규의 소설에 대한 평가는 그리하여 '개복치 우주론'이며, '판타지로의 도약'이다. '박민규,라는 문학 발전소'이며, '반지구적 상상력'이고 '삶문학의 오프닝'이다. 그리고 박민규의 소설은 '공통의 기억에 대한 탈영토화'이며 '정신승리법'이다. 그런가 하면 박민규의 소설은 '펌질과 리플의 글쓰기'일 뿐이기도 하다.[55] 이처럼 다양한 평가에도 공통적으로 지적되는 것이 대중문화에 대한 박민규 식의 소설적 수용이다. "스스로 고백하듯

---

54) 박민규, 『삼미슈퍼스타즈의 마지막 팬클럽』, 한겨레출판, 2003, 108쪽. 이후부터는 쪽수만을 표기하기로 한다.
55) 박민규에 대한 평가를 내리고 있는 글들은 각각 다음과 같다.
　　김영찬, 「개복치 우조(소설)론과 일인용 너구리 소설 사용법」, 『문학동네』 2005년 봄호.
　　차미령, 「환상은 어떻게 현실을 넘어서는가」, 『창작과 비평』 2006년 여름호.
　　황정아, 「박민규,라는 문학 발전소」, 『창작과 비평』 2011년 봄호.
　　권유리아, 「지구촌 실향민」, 『오늘의 문예비평』 2009년 2월호.
　　박필현, 「경직화를 부수는 '삶문학'의 오프닝 - 박민규를 중심으로」, 『민중이 사라진 시대의 문학』, 조정환·정남영 외 지음, 갈무리, 2007.
　　강유정, 「포스트 Y2K 시대의 서사」, 『세계의 문학』 2009년 겨울호.
　　김형중, 「민주투사 박민규」, 『작가세계』, 2010년 겨울호.
　　서영인, 「'슈퍼'한 세상을 향해 날리는 적막한 유머」, 『충돌하는 차이들의 심층』, 창비, 2005.
56) 강유정, 「박민규 월드를 여행하는 히치하이커를 위한 안내서」, 『오이디푸스의 숲』, 문학과 지성사, 2007, 89쪽.

박민규는 자본주의 사회의 구조를 거부하는 만큼 그것의 이미지를 수해 삼아 성장하고 자라온 하나의 자연인이자 소설가이다."[56] 이때 '그것의 이미지'는 두 말할 것도 없이 자본을 기점으로 하는 대중문화이다. 박민규를 소설가로 등장시켜준 『지구영웅전설』은 쌍벽을 이루며 서로 경쟁하는 미국 거대 만화 산업체들인 코믹스와 마블의 캐릭터를 소설로 옮겨 놓은 이야기이다. 이어 한겨레문학상을 수상하며 그의 입지를 굳게 해준 『삼미 슈퍼스타즈의 마지막 팬클럽』은 제목에서 말해주고 있는 것처럼 1982년에 창단된 삼미 슈퍼스타즈를 서사의 한 축으로 사용하고 있다. 그리하여 박민규는 글을 열며, "플레이볼"(9쪽)이라고 말하고 있다. 이뿐인가, 박민규의 소설은 전자오락실의 너구리를 등장시키고, 잊혀진 무협 고수들과 한국의 거대 자본 삼성과의 결투를 상상하게 만든다. 이처럼 대중문화를 바탕으로 한 박민규의 글쓰기는 "원더우먼이나 슈퍼맨이 없었더라면 『지구영웅전설』은 시작되지 않았을 것이고 '삼미 슈터스타즈'가 존재하지 않았더라면 『삼미 슈터 스타즈의 마지막 팬클럽』의 탄생 여부는 말하나마나이다."[57] 박민규는 대중적인 문화 코드를 가지고, 대중적인 형식으로, 대중적인 글쓰기를 시도하고 있다. 그리고 이런 시도를 통해 박민규는 역설적으로 가장 반자본주의

___

57) 강유정, 위의 글, 89쪽.
58) 많은 평자들이 지적하는 것처럼 박민규가 즐겨 시도하고 있는 글쓰기 방식은 사실 노골적인 사회 '반영'이다. 이는 그가 『지구영웅전설』에서 바나나맨이 된 한국인 소년의 외로움에 대해 토로하는 것에서 알 수 있다. 자신이 지진아라는 걸 알고 소년은 슈퍼맨 흉내를 가장하여 자살을 시도한다. 그러나 옥상에서 뛰어내린 소년 앞에 펼쳐진 것은 죽음의 세계가 아니라 히어로의 세계이다. 그야말로 슈퍼맨이 나타나 목숨을 구해주는 것은 물론이거니와 소년을 미국 '정의의 본부'로 데려가는 것이다. 그리하여 지진아였던 소년은 눈물 겨운 노력 끝에 마침내 히어로의 반열에 서게 된다. 새로운 히어로 '바나나맨'의 탄생이다. 그러나 소년은 여전히 특이한 유색인종의 한 아이일 뿐이다. 바나나맨은 어쩔 수 없이 한국에 돌아와 히어로의 세계를 잊고 사회인으로 살아가야만 한다. 히어로였던 바나나맨이 일반적인 사회에 적응하기란 쉽지 않다. 히어로의 세계에서도 일반인의 세계에서도 주변인일 수밖에 없는 이채로운 인물을 통해서 이 사회의 모든 구성원들이 사실은 주변인에 지나지 않음을 소설은 역설적으로 말해준다.

적인 글쓰기를 실행한다.[58] 그리고 그 출발점에 서 있는 작품이 바로 『삼미 슈퍼스타즈의 마지막 팬클럽』이다.

"야구를 좋아하는 사람이라면, 누구나 1982년을 기억하고 있을 것"(9쪽)이라며 시작한 『삼미 슈터스타즈의 마지막 팬클럽』은 장장 다섯 쪽에 걸쳐 1982년에 있었던 일들을 시시콜콜하게 늘어놓는다. 이는 마치 만화를 원작으로 해서 만들어진 허리우드 액션 영화의 오프닝과 같은 배열이다. 〈헐크〉, 〈스파이더맨〉, 〈배트맨〉, 〈액스맨〉 등의 허리우드 영화들이 대표적인 예로 이들 영화들은 인물이력을 대신하거나 줄거리를 대신하여 원작 만화의 삽화들을 관객들에게 선보인다. 이런 오프닝을 통해서 익숙한 관습에 기대려는 관객의 기대를 충족시켜주며 영화는 좀더 쉽고 빠르게 대중적 친화력을 획득하게 된다. 박민규의 글쓰기도 이와 같이 나열의 방식을 따르고 있다. 야구를 좋아하는 사람이라면 누구나 기억하는 1982년은 "다른 여러 가지 의미에서 한 번쯤 기억될 만한 해임이 분명"하다. "우선 37년 만에 야간 통행금지가 해제되었고, 중고생의 두발과 교복이 자율화가 확정됨은 물론, 경남 의령군 궁유지서의 우범곤 순경이 카빈과 수류탄을 들고 인근 4개 마을의 주민 56명을 사살, 세상에 충격을 준 한 해였다"(9쪽)로 시작해 아무런 연관 관계 없이 마구잡이식으로 그 해 있었던 일들이 배열된다.

> 끝으로 비운의 복서 김득구가 미국 라스베이거스에서 벌어진 레이 '붐 붐' 맨시니와의 WBA 라이트급 타이틀전에서 사망한 것도 바로 그해의 일이었다.
> 아니나 다를까
> 다사다난한 한 해였던 것이다.(9쪽)

이즈음에서 사건사고는 끝이라고 독자는 생각한다. 그러나 아니다. "오, 미안. 끝인 줄 알았는데 그뿐이 아니었다"(10쪽)고 배열은 이어진다. 이런 배열이 길게 이어진 뒤 느닷없이 "어디 그뿐이랴"는 문장이 행과 연을 바꿔서 나타난다. 그리고 다시 배열이 이어지며, 소설 속 화자는 "어럽쇼", "깜짝이야" "그것 참" "아쉽게도" "그랬거나 말거나" "나원, 참" "원, 참 나" 등을 토해놓는다. 극 중 상황을 설명해주는 변사의 말투처럼 혹은 중간중간에 추임새를 넣는 할머니의 이야기처럼 아무렇지도 않게 일상적인 말들을 거침없이 사용한다. 서사의 퇴행인 셈인데, 다양화 되어가고 있는 문화 변형 속에서 이런 글쓰기 방식은 '박민규식'이 되어버렸다. 이때 박민규 식은 이성에 기반을 둔 소설의 규칙으로 설명되지 않는다. 박민규는 소설이 가지고 있던 위압적인 질서, 다시 말해 합리적인 인과관계를 가지고 있는 소설의 규칙을 무너뜨리고 좀 더 가까이 대중에게 다가가 일반 대중의 말투로 글쓰기를 시도한다. 이런 새로운 글쓰기 양식을 통해 『삼미 슈퍼스타즈의 마지막 팬클럽』은 대중적 친화력을 획득한다. 좀 더 쉽고 재미있게, 그리고 편리하게 대중 속으로 파고들 모든 준비가 「프롤로그, 플레이 볼」을 통해서 끝이 난다.

이야기는 크게 3부로 나뉜다. 중학교 입학을 앞둔 12살의 내가 바라보는 세상은 「그랬거나 말거나 1982의 베이스볼」의 세상이다. 이때의 세상이란 "아무튼 당시의 자식 된 도리란 - 확실히 뭔가를 외우는 일에서 시작해 뭔가를 외우는 일로 끝을 맺곤"(18쪽)하는 "지금에 와선 도무지 이해할 수 없는"(18쪽) 세상이다.

1982년은 그런 식이었다.

국민교육헌장의 암기에서부터 오후 다섯 시만 되면 사람들을 '차렷' 시키던 국가 하강식, 시도 때도 없는 국기에 대한 맹세, 이 또한 빠지면 섭섭

한 애국가 제창(4절까지), 쥐를 잡자, 반공의 날, 방첩의 날, 멸공의 날, 민방위의 날, 산불 조심, 그냥 불조심, 보리 혼식 주간, 간첩 신고 113…… 도대체 이 따위들이 어린이와 무슨 상관이 있는 걸까. 생각 할수록 골치가 아파왔지만 나는 소년이었고, 그저 어른들이 시키는 대로 세상을 살아갈 뿐이었다. 이거야 원, 민족의 슬기를 모아 줄기찬 쓰잘데기 없는 짓으로 별 희한한 역사라도 창조하려는 걸까? 내심 궁금할 때도 있었지만 어쩌랴, 이제 모두 지난 일인데, 좋든 싫든, 아무튼 1982년은 그런 시절이었던 것이다. 북한은 종종 땅굴을 팠다. 진짜다.(22쪽)

북한이 종종 땅굴을 파던 1982년은 생각할수록 골치가 아파왔지만 다행스럽게 화자가 살고 있는 인천을 연고지로 한 프로야구팀 삼미슈퍼스타즈가 창단한다. 물론 프로야구의 창단은 '국풍81' 과 더불어, 정치와 문화의 착종이라는 정치적 야만이 숨어 있음은 주지의 사실이지만 어린 '나' 에게 그것은 적어도 국민교육헌장을 암기하는 일보다는 신나고 재미난 일임에 틀림없다. 이처럼 1980년대는 정치와 스포츠, 대중문화와 민주주의가 혼란스럽게 공존했던 시기이다. 1980년 5월 광주가 있었고, 1987년 6월의 역사적 항쟁이 있었다. 사람의 눈과 귀를 현혹하던 대중문화가 기하급수적으로 증식하던 것도 이 시기였다. 그리하여 나는 단짝 친구인 조성훈과 함께 아주 자연스럽게 대중문화 속으로 편입된다. 다른 수많은 친구들처럼 나도 삼미 슈퍼스타즈의 어린이 팬클럽에 가입을 하고, "우리 팀 선수들은 이름도 외우기가 좋다"(41쪽)며 삼미의 우수성을 강조한다. "평소엔 검은 교복 차림으로 자신의 정체를 숨기지만 게임이 있는 날엔 즉시 슈퍼스타즈의 복장을 착용하고 자신의 정체를 드러낸다."(48쪽) 그러나 오래지 않아 "나는 난생처음으로 '죽고 싶다' 는 생각을"(68쪽)을 한다. 5승 35패라는 그 어떤 팀도 깨지 못할 것 같은 패배 신기록을 세우며 삼미 슈퍼스타즈가 "전보다 더욱 슈퍼한 경기들을 펼쳐"(69쪽) 나갔기 때문이다. 그리하여 어린 나는 꼴찌가 "변명의 여지가 없는 최하위의 삶"(127쪽)이라는 사실을 깨닫는다.

평범하게 살면 치욕을 겪고, 꽤 노력을 해도 부끄럽긴 마찬가지고, 무진장, 눈코 뜰 새 없이 노력해봐야 할 만큼 한 거고, 지랄에 가까운 노력을 해야 '좀 하는데'라는 소리를 듣고, 결국 허리가 부러져 못 일어날 만큼의 노력을 해야 '잘 하는데'라는 소리를 들을 수 있다. 꽤 이상한 일이긴 해도 원래 프로의 세계는 이런 것이라고 하니까.(127쪽)

마침내 소년은 "소속이 문제였다. 소속이 인간의 삶을 바꾼다"(130쪽)고 결론을 내린다. 이후 소년은 중산층의 소속을 바꾸기 위한 수단으로 일류대가 필요하다는 것을 알게 되고 공부에 온 힘을 쏟는다. 소년에게 어른이 되어가는 과정이었고, 이 과정이 「그랬거나 말거나 1998년의 베이스볼」이다. 대학생이 되었지만 아직 어른이 되지 못한 소년에게 세상은 여전히 아리송하기만 하다. 이 시기는 "'알' 수 있었다기 보다는, '느낄' 수 있"(191쪽)는 모호한 시대였다. 그것은 비단 소설 속 화자에게만 해당하는 것은 아니었다. 국민들의 열망에 힘입어 민주화의 첫 길이 열리는 듯 보였지만 아니었다. 프로의 세계라는 기표 뒤에 숨어 있는 거대한 자본주의 욕망처럼 정치 이데올로기 역시 "화합과 안정"(139쪽)이라는 그림자에 기생하며 자신의 욕망을 키운다. 무서운 것은 욕망이 결코 자신을 드러내지 않는다는 사실이다. 욕망은 자신을 철저하게 숨기며 모든 것들을 잠식한다. 피할 수 있는 사람은 없다.

다들 미쳤다고밖에는 설명할 길이 없어…… 없다구. 그런데 세상을 둘러보니 다들 그런 거야. 다들! 다들 돼지발정제를 마신 것처럼 땀을 흘리고 숨소리가 거칠어져 있어. 아무래도 놈들이 원하는 건 돈과의 교미가 아닌가 싶어. 이미 마신 이상은…… 그 끝을 보지 않을 수 없는 거지. 어쩌면 우리가 대학을 간 것도 다 그걸 마셨기 때문이야. 지금은 느끼지 못해도 좀 더 시간이 흐르면 알게 되겠지. 여하튼 땀이…… 나고 숨소리가 거칠어질 테니까. 내가 왜 이러지? 난 결백해…… 하며 똑같은 짓을 하게 될 거라구. 분명해. 그래, 분명 누군가가 우리에게 그걸 먹였어. 우리가 마셔온 물에, 우리가 먹어온 밥에, 우리가 읽는 책에, 우리가 받는 교육에, 우리가 보는 방송에, 우리가 열광하는 야구 경기에; 우리의 부모에게, 이웃에게, 나, 너, 우리, 대한민국에게……(182쪽)

1998년의 대한민국은 '너무 휘황찬란' 하기만 하다. 역설적이게도 "너무 휘황찬란해서 항로를 찾을 수 없"(202쪽)다. 그래서 "나는 비로소 울"(202쪽) 수 있게 되었다. 비로소 어른이 된다. 화자가 기억하는 대학 시절은 아리송한 대중가요로 표현된다. 2부의 모든 소제목이 대중가요 제목이거나 유행가 가사인데, 화자가 건너온 1998년의 대한민국은 이처럼 서울올림픽이 열리는 자랑스럽고 아름다운 유행가 가사 속의 나라이다.

「그랬거나 말거나 1998년의 베이스볼」은 어른이 된 나를 그리고 있다. 일류대를 졸업했으니 이제 국내 대기업에 들어가는 것은 어렵지 않다. 돼지발정제의 욕망은 그곳으로 나를 이끌었다. 그러나 오래지 않아 나는 구조조정 대상자가 되고 아내로부터 이혼 당한다. 성장했다고 믿어 의심치 않았으나 나는 여전히 어리고 버림받는 존재였던 것이다. 문제는 그 이유가 나한테 있지 않다는 사실이다. 그것은 내가 속한 이 자본주의 사회가 '프로'의 세계이며, 프로를 지향하는 사회이기 때문이다.

　　그렇게, 여름은 흘러가고 있었다.

　　여름을 따라 여름을 따라, 프로의 세계도 쉴 새 없이 흘러가고 있었다. 사람들은 그 거대한 바퀴 속에서 여전한 삶을 살고 있었다. 터질 것 같은 전철 속에 자신의 몸을 구겨 넣고, 야근을 하거나 접대를 하고, 퇴근을 한 후 다시 학원을 찾고, 휴일에도 나가 일을 하고, 몸이 아파도 견뎌내고, 안간힘을 다해 실적을 채우고, 어떤 일이 있어도 자기 자신을 관리하고, 그 와중에 재테크를 하고, 어김없이 세금을 내고, 어김없이 벌금을 내고, 어김없이 국민연금을 납부해가며 먹고, 살고 있었다.

　　쉬지 않는다.

　　쉬는 법이 없다.

　　쉴 줄 모른다.

　　그렇게 길러져왔기 때문이다. 그리고 그렇게 기른 자식들이 역시나 그들의 뒤를 잇는다.

　　쉬지 않을수록

　　쉬는 법이 없을수록

　　쉴 줄 모를수록

　　훌륭히, 잘 컸다는 얘기를 들을 것이다.

　　완벽하고, 멋진 프랜차이즈다. (262~263쪽)

　　완벽하고 멋진 "프랜차이즈"는 말 그대로 '특권'이며 유통 자본의 논리이다. 가벼운 말장난으로 박민규는 자본주의가 가지고 있는 권력에 대해서 이야기하고 있는 셈이다. 훌륭히 잘 컸다는 이야기를 듣기 위해서 사람들은 자본이 가지고 있는 무서운 특권 속으로 들어가야 하며, '프로'가 되어야 한다. 그러나 프로의 세계는 결코 만만하거나 쉽지 않다. 그곳에서 일등이 되는 것은 더더욱 어려운 일이다. 결국 선택은 두 가지 가운데 하나이다. 거대한 바퀴 속에서 몸이 아파도 견디며 안간힘을 다해 프로의 세계에 사는 것이 하나이고, "1할 2푼 5리의 승률"[59]에 만족하며 사는 것이 다른 하나이다. 1할 2푼 5리의 승률로 살아가는 삶은 프로의 세계가 아니다. 다만 "'야구를 통한 자기 수양'"(40쪽)이며, 무엇보다 "지구상의 어떤 양서류보다도 돈 욕심이 없어"(297쪽)져야 가능한 세계이다. 이러한 삶은 사실 불가능한 세계 속의 삶이다. 자본은 이미 세계를, 아니 온 우주를 잠식했기 때문이다.

박민규는 이처럼 가장 익숙한 언표들을 사용해 소설을 이끌어나가고 있다. 그러나, 역설적으로 그 때문에 그의 소설들은 오히려 더욱 낯설고 이질적인 것으로 다가온다. 그의 글쓰기는 끊임없이 자신의 욕망을 드러내는 자본주의를 자본주의적인 방식으로 수용함으로써 오히려 자본에 대해 역설적인 방식으로 저항하고 있다. 박민규의 소설은 자본주의의 기표 아래서 그것들을 그대로 사용하며 자본주의를 비난하고 반성하게 만든다.

---

59) 박민규는 프롤로그 이전의 책머리를 통해 "1할 2푼 5리의 승률로 세상을 살아가는 모두에게 그래서, 친구들에게" 이 책을 바치고 있다.

미디어 매체의 대중성과 스포츠 영웅의 부각
: 영화 〈슈퍼스타 감사용〉

　김종현 감독의 영화 〈슈퍼스타 감사용〉이 재매개를 위해서 소설 『삼미 슈퍼스타즈의 마지막 팬클럽』에 빌려온 것이라고는 오직 "감사용"이라는 이름뿐이다. 감사용은 "이름도 외우기 좋"(41쪽)은 삼미 슈터스타즈의 선수들 가운데 하나로 "새로 발견된 공룡의 학술적 명칭인가, 하겠지만 그럴리가. 배번은 26번, 포지션은 투수였다."(42쪽) 오직 이뿐 원작은 감사용에 대한 더 이상의 어떤 언급도 하지 않는다. 소설은 꼴찌 팀 삼미 슈퍼스타즈를 바라보는 '나'와 친구의 이야기다. "자살을 꿈꾸고 있던 2명의 소년에게 꿈과, 낭만을 되찾아주"(103쪽)었던 삼미 슈퍼스타즈를 통해 나는 성장하고 깨닫고 변화한다. 그러나 재매개를 통해 영화는 팬클럽 회원으로서 '나'를 다루지 않는다. '삼미 슈퍼스타즈의 팬클럽'에 주목했던 소설과 달리 영화가 주목하는 것은 바로 삼미 슈퍼스타즈 그 자체이다. 삼미 슈퍼스타즈는 프로야구 초창기 인천을 연고지로 탄생하여, 3년 동안 최대 패전, 최소 승, 최대 대량실점, 최초의 노히트 노런, 최다 콜드 게임 패배, 최다 피홈런·피안타 등등 불명예스러운 기록만 세운 팀이다. 그리하여 삼미 슈퍼스타즈는 '삼미 슬퍼스타즈', '꼴지 슈퍼스타즈'라는 별명으로 불리며 관중들에게 외면 받는다. 이어 쌍방울로 스폰서가 바뀌면서 사람들의 기억 속에서 사라진 구단이다. 그리고 그 안에서 더욱 이채로운 존재, 오로지 야구가 좋아 프로의 세계에 뛰어든 감사용에게 영화는 초점을 맞추며 서사를 이끌어 나간다.

감사용은 투수였으나 감독에게는 "처음부터 너를 선발로 쓸 생각은 없었"[60]던 패전 처리 전문 투수일 뿐이다. 감사용은 "회식 끝나고서 설거지하는 거나 다름 없"고, 그래서 "제일 하기 싫고 잘해도 티가 안나"[61]는 패전 처리 투수를 도맡으면서도 선발의 꿈을 접지 않는다. "어떤 위치에 있던 어떤 상황에 있던 최선을 다해. 그게 프로"[62]이기 때문이다. 영화는 이처럼 실존하는 인물과 대중적 상상력[63]을 교차 편집하며 어려운 상황을 이겨내고 끝내 정상에 서는 영웅을 탄생시킨다. 그런데 박민규가 원작을 통해서 비난하고 있는 것처럼 스포츠는 우리가 인식할 수 없는 사이에 자본 이데올로기를 이 사회 속에 뿌리 박는다. 특히 한국에서처럼 스포츠와 이데올로기가 두드러지게 드러나는 곳은 흔하지 않다. 스포츠를 다루는 모든 미디어가 향하는 곳은 승자이다.[64] 영화는 이런 미디어의 속성을 역으로 이용하며 지금까지 다루어오지 않은 패자의 모습에 주목한다. 영화 속 감사용의 이력은 특별하다. 그는 야구를 좋아하지만 프로가 아니었다. 다만 삼미특수강 직장인 야구단원으로 다른 직장인 선수에 비해 공을 잘 던지는 왼손 투수일 뿐이다. 그런 그가 본격적으로 프로 야구를 시작하려던 시기는 흑백으로 표현되던 노스텔지어의 세계에서 칼라로 표현되는 현실의 세계, 즉 자본주의의

60) 김종현, 영화 〈슈퍼스타 감사용〉, 2004, 선발을 요구하는 감사용의 물음에 대한 감독의 답, 56분 30초~56분 35초.
61) 김종현, 위의 영화, 감사용 첫 등판에 대한 해설의 방송 멘트, 43분 50초~44분 05초.
62) 김종현, 위의 영화, 선발을 요구하는 감사용의 물음에 대한 감독의 답, 56분 36초~56분 45초.
63) 상상력이란 사실 지극히 개인적인 현상이며 그것이 창조되기 위해서는 혼돈을 전제로 한다. 그러나 대중적인 범주에 포함되면서 상상력은 길들여지고 익숙해진다.(박성봉, 「장르라는 놀이터」, 『멀티미디어 시대 대중예술과 예술 무정부주의』, 일빛, 195~223쪽.) 역경과 좌절을 뚫고 성공으로 가는 인간드라마는 승리를 목표로 하는 스포츠의 구조와 닮은 꼴이다. 스포츠가 문화로 정착 되면서 익숙한 대중적 상상력을 얻는 지점이다.
64) 백선기, 「2002년 월드컵 보도와 축제의 의미구조」, 『대중문화, 그 기호학적 해석의 즐거움』, 커뮤니케이션북스, 2004, 368~369쪽.

질서 속으로 이행을 겪는 시대였다. 아날로그적 감성은 사라지고 전원(田園)은 텔레비전 속에만 존재한다.

영화의 오프닝을 통해서 연속적으로 보여지는 흑백 사진 속에서 사람들은 모두 행복한 표정이다. 직장인 야구단원 감사용 역시 웃음 가득한 얼굴로 공을 던진다. 정지되었던 화면이 움직이고 감사용의 공은 스트라이크가 되어 팀을 승리로 이끈다. 이어지는 쇼트에서 감사용은 시장에서 일하는 엄마에게 야구에 대해서 이야기하며 즐거운 한 때를 보낸다. 이때까지 세상은 여전히 흑백 속이다. 가게 셔터로 설정된 흑백의 문이 닫히고 칼라의 문이 열린다. 컬러텔레비전이 열리면서 비로소 가족의 모습은 칼라의 색을 얻으며 화면에 펼쳐진다. 컬러텔레비전 그 자체가 카메라가 되어 눈높이 앵글(eye-level angle)로 가족을 보여준다. 이어 드라마 〈전원일기〉가 화면 가득 펼쳐지고 카메라는 부감 앵글(high angel)로 가족들을 담는다. 오프닝으로부터 4분 동안의 짧은 편집을 통해서 영화는 앞으로 펼쳐지게 될 그들의 세계가 결코 만만한 세계가 아님을 시사한다.[65] 그럼에도 감사용은 프로를 꿈꾸며 행복해 한다.

"술 한 잔 사줄래요? 나 오늘 흠뻑 취하고 싶은데…… 난, 당신이 너무 좋아요. 그 조각같은 얼굴, 완벽한 미소. 저 초원 위에 뛰어노는 말들을 봐요. 나도 저 말들처럼 자유롭게 달리고 싶어."

"……"

"너는 밥 처먹고 바둑만 뒀냐?"

"어때요, 정윤이랑 똑같았어요?"

"감주임, 신경쓰지마, 걔 배우병 도진 게 어디 한 두 번이야."

---

65) "부감 앵글은 그 각도가 다소 완만한 앵글이다. 부감 앵글은 피사체의 무력함, 억눌림, 왜소함, 혹은 덫에 걸린 듯한 느낌을 강조한다." - 허만욱, 『다매체 융합의 시대 - 문학, 영화로 소통하기』, 보고사, 2010, 221쪽.

"아, 살다보니 별일이네. 우리 회사에도 프로야구팀이 다 생기고."

"이봐 감주임, 프로야구 관심 없어? 내가 잘 아는 사람이 삼미팀 코치로 온댔거든."

"저요? 아이, 프로야구 선수는 뭐 아무나 되나요?"

"허기사, 뭐, 직장 야구에서 좀 한다고 다 프로가 되면 난 프로기사 되지. 야, 그만 거울보고 사용이처럼 일 좀 해라, 사람이 주제 파악은 하고 살아야지."[66]

자본의 세계에서 사람들은 역설적으로 냉혹한 프로의 세계를 꿈꾸며 행복해 한다. 회사 여직원은 난데없이 감사용에게 다가와 술을 사달라고 말한다. 이때 그녀의 말은 진실이 아니라 배우를 꿈꾸며 뱉어내는, 즉 프로의 흉내내기에 지나지 않는다. 프로야구 선수는 아무나 하냐며 겸손을 떠는 감사용은 과장의 눈을 피해 관리지침서 뒤에 투수 교본을 숨겨놓고 투구 자세를 교정한다. 그러나 영화가 집중하는 것은 거짓을 말하게 하는 자본 이데올로기가 아니라 그 속을 살아가는 실제의 인간이다. 영화는 대중영화에서 가장 사랑 받는 여섯 가지의 현대적인 장르 가운데 하나인 가족 드라마 형태로 시작해 시대를 초월해 사랑 받아온 여섯 가지 장르 가운데 하나로 옮겨간다. 바로 전기물이다. 역경을 딛고 성공해나가는 실존 인물 감사용의 모습을 통해서 영화는 대중화를 노린다.[67] 전경과 노동자의 시위 현장에 휘말렸다가 겨우 빠져나온 뒤 최류탄 가스에 눈물과 콧물이 범벅이 된 감사용의 눈에 들어온 것은 개천에 어른거리는 슈퍼맨이다. 등을 돌리면 거기에 슈퍼맨이 서 있다. 바로 건물벽에 커다랗게 그려진 삼미 슈터스타즈의 심벌이다. 감사용은 심벌의 세계로 들어가기를 주저하지 않는다. 그리고 그곳, 프로의 무대가 스크린에 펼쳐지면서 영화는 흥행의 요소 몇 가지를 추가한다. 바로 코믹과 멜로다.

"노크 좀 햄마."

"야, 호봉이 저거 여자 팬티 아니야?"

"아, 그, 그, 그, 그래. 너, 너희들. 마음대로 생각해라. 아, 너, 이걸 왜 여기다 놔두냐? 뭐, 뭐, 아까, 뭐. 지, 지금부터 지는 건 어, 억울하지도 않다. 야, 너 몸무게 몇 킬로라고?"

"칠십 삼."

"칠십 삼키로, 아, 아, 아, 아 그리고 마, 말이야. 우리 딸 정애가 어느 날 갑자기, 여자 팬티 두, 두 장을 가지고 와가지고 말이야. 아부지, 아빠, 이거 입고 나가면 시합에서 이긴다는 거야. 애, 애, 애가 한 말은, 긴가 민가 믿어야 할지 모르겠는데 말이야. 우, 우리 몇 연패였지?"

"십 오."

"십 오연패. 그, 그, 그래서 말야. 나는, 이, 이, 이연승이라도 해, 해보고 싶어서, 마, 마누라 팬티를 두 장이나 껴입고 이, 이런 정신으로 파이팅을 외치고 있는데, 너, 너희들 그렇게 하면 안 되지. 어, 어, 저, 정신들 똑바로 차리란 말이야. 정신들."

"변태 아니냐?"

---

66) 김종현, 앞의 영화, 감사용 회사 동료들의 대화, 5분~6분20초.

67) 영화를 홍보하면서 '실존 인물 감사용'을 강조했다는 것이 바로 이를 증명한다. 대중영화의 시대별 장르 구분은 박성봉의 「관객지향적 대중영화의 미학을 위하여」를 참조했음을 밝힌다.(『대중예술과 미학』, 일빛, 2006.) 박성봉은 스웨덴의 영화제작자 벵트 포스룬드가 나누어 놓은 장르 구분을 바탕으로 고전과 현대, 그리고 시대를 초월하여 사랑 받은 각각의 여섯 가지 대중영화의 장르를 설명하고 있다. 첫 번째로 '여섯 가지의 고전적인 장르들'은 1)웨스턴 2)슬랩스틱 코미디 3) 멜로드라마 4)로망 시대물 5)뮤지컬 6)전쟁물이다. 두 번째로 여섯 가지의 현대적인 장르들은 1)재앙물 2)SF물 3)로드 무비 4)버디 필름 5)노스탤지어 필름 6)가족 드라마이다. 마지막으로 시간을 초월한 여섯 가지 장르들은 1)드라마 2)코미드물 3)스릴러물 4)공포물 5)추리·경찰물 6)전기물이다.

"그게, 말이 되냐?"[68]

여자 속옷을 두 장이나 걸쳐 입으며 호봉은 그게 승리를 이끈다고 너스레를 떤다. 다른 곳에서 똑바로 말하던 호봉이 갑자기 목욕탕에서 말을 더듬는다. 이때 호봉의 모습은 〈넘버 3〉에서 송광호가 배역을 맡았던 조필의 오마주다. 불사파를 이끌며 "배배, 배, 배신이야." 외쳤던 조필처럼 호봉은 말을 더듬으며 자신을 합리화 시킨다. 이어지는 쇼트에서 호봉은 차에 올라 감사용에게 여자 팬티를 선물한다. 호봉은 다시 한 번 말한다. "야, 명심해. 진짜로, 뒤집어서 입으면 큰일 난다." 감사용은 "난, 싫어, 이런거." 거부를 하다가도 슬며시 "그런데 이런게 나한테 맞을까?"[69] 속삭인다.

코믹적 요소는 멜로적인 요소와 함께 나타나기도 한다.

"오늘 따라 일기예보가 맞네요. 비가 진짜로 오고."
"왜, 야구선수가 됐어요?"
"예?"
"……"
"그야, 좋아하니까요. 어렸을 때부터 야구할 때가 제일 신났어요."
"대단해요. 자기가 좋아하는 일 하는 게 얼마나 대단 한 건데. 나도 꿈이 있는데."
"그래요. 뭔데요?"
"말하면 웃을 수도 있는데. 안 웃을거죠?"

---

68) 김종현, 앞의 영화, 15연패 뒤 목욕탕에서 삼미 선수들이 옷을 입으며 나누는 대화, 46분 20초~47분 30초.
69) 김종현, 위의 영화, 47분 40초~48분 20초.

"하하, 안 웃을께요."

"뭐에요. 벌써 웃잖아요."

"아, 알았어요. 얘기 해봐요."

"정말, 웃지 않기. 경찰!"[70]

감사용과 은하의 데이트 장면은 익숙한 방식으로 전개된다. 감사용이 은하를 찾아가고 두 사람은 데이트를 즐긴다. 그리고 아주 당연한 듯 비가 내린다. 비를 피하며 처마가 늘어져 있는 긴 골목으로 들어선 두 사람은 꿈에 대해 이야기한다. 자신의 꿈이 경찰이었다는 은하의 말에 감사용은 웃음을 토해놓는다. 그런데 이때 감사용의 웃음은 은하를 향한 것이 아니라 영화배우를 꿈꾸던 회사 동료를 향한 웃음이다. 옛 동료 장이란은 영화배우가 되어 〈왕포도〉라는 성인영화에 출연한다. 영화 포스터를 보며 감사용은 "영화배우 된다더니 진짜 됐네. 아, 가슴은 진짜 크다"[71]라는 엉뚱한 말로 관객으로부터 웃음을 요구한다.

영화 〈슈퍼스타 감사용〉은 원작의 재매개라기보다는 실존하는 인물 '감사용'을 다룬 하나의 창작물이라고 해도 좋을 정도로 원작과는 전혀 다른 구성 요소를 가지고 서사를 이끌고 있다. 자네티는 이런 각색을 자유로운 각색[72]이라고 말한 바 있으나『삼미 슈퍼스타즈의 마지막 팬클럽』과 〈슈퍼스타 감사용〉 사이에는 자유로운 각색이 가지고 있는 거리를 뛰어넘어 두 매채 사이에는 오직 영감의 근원만이 존재할 뿐이다. 재매개의 재목적화(repurposing)인 것이다. 미디어가 다른 미디어를 재사용할 때 주제나 서사에 따라 해석하거나 각색하지 않고 각각의 목적에

---

70) 김종현, 위의 영화, 50분 10초~51분.

71) 김종현, 위의 영화, 51분 20초.

72) 문학작품에서 영화로의 각색을 세가지로 구분하고 있다. 거의 각색하지 않는 자유로운 각색, 원작

의해서 해석한 뒤 일정 부분만을 재매개할 경우, 이를 재목적화라고 한다.[73] 〈슈퍼스타 감사용〉의 재매개는 『삼미 슈퍼스타즈의 마지막 팬클럽』의 주제나 서사를 중심으로 이루어진 것이 아니라 상업과 흥행이라는 목적에 의해서 감사용이라는 실존 인물을 대중적 영웅으로 부각시키며 재목적화(repurposing)를 시도한다. 『삼미 슈퍼스타즈의 마지막 팬클럽』과 〈슈퍼스타 감사용〉이 가지고 있는 상호텍스트성은 이처럼 단순한 재매개의 성격을 뛰어넘어 2000년대 대중적 미디어의 속성을 반영한다.

두 매체 사이의 거리는 인물의 설정 그 자체에서부터 시작한다. 삼미 슈터스타즈를 응원하는 소년들과 삼미 슈퍼스타즈의 패전 투수 감사용이라는 인물 설정은 그 자체로 다른 서사를 이끌어내며, 주제까지 변화시킨다. 소설 속 소년은 언제나 꼴찌를 일삼는 삼미 슈터스타즈라는 야구팀을 통해서 성장해 나간다. 이때의 성장은 '프로' 라는 자본 이데올로기 아래서 추구되는 성장이 아니라 그것과는 정반대의 성장이다. 현실에 비추어볼 때 불가능한 꿈일지 모르겠으나, 박민규 식의 표현을 빌리자면 어쨌거나 소년은 지구상의 어떤 양서류보다도 돈 욕심 없이도 재미있고 행복하게 살아가는 방법을 깨달았다. 영화가 주목하는 인물은 '프로' 의 세계를 지향하는 감사용이다. 소설과는 정 반대의 인물인 셈인데, 흥행을 목적으로 하는 영화에서 감사용이 대중적 영웅으로서 역경과 좌절을 딛고 성공하는 모습으로 비춰져야 하는 것은 매우 당연하다. 이처럼 대중적 예술의 속성에 기인한 영화가 원작에게 기대는 것은

의 정신에 가까이 다가가면서 원전의 소재를 영화의 견지에서 재현하려는 충실한 각색, 희곡에 한정되어 언어 보다는 무대 배경을 넓히는 것을 목적으로 하는 축자적 각색이 그것이다. 그러나 "이런 분류는 편리를 위한 것일 뿐이다. 왜냐하면 실제로 대부분의 영화는 이들 가운데 걸쳐져 있기 때문이다." - 루이스 자네티, 『영화의 이해』, 박만준 · 진기행 옮김, 케이북스, 2008, 423~424쪽.
73) 제이 데이비드 볼터 · 리처드 그루신, 앞의 책, 53쪽.

주제나 서사가 아니라 재목적화에 맞는 소설의 대중적 인지도와 영감의 근원이다. 대중 예술로서 영화는 원작의 인지도와 대중적 성공에 기대는 것은 물론 한층 더 대중적인 방식의 서사를 추구하며 흥행을 노리고 있다.[74] 자본의 논리 속에서 힘겹게 하루하루를 살아가는 현대의 삶을 다루는 소설을 전면적으로 부정하고 영화는 다만 소설의 인지도와 더불어 스포츠 그 자체를 영상화함으로써 본격적인 대중화를 추구하고 있다. 이 시대 가장 대중적이며 세계적인 볼거리를 만들어내는 것이 바로 스포츠이기 때문이다.[75] 이런 까닭으로 해서 영화는 원작의 서사를 모두 버리고 대중적 영웅의 탄생이라는 새로운 서사를 창조한다.[76]

영화가 개봉되기 전에 맥스무비는 "영화가 야구영화이기 때문이 아니라 상처의 치유와 보상, 포기하지 않고 추구하는 꿈에 관한 감동의 드라마이기 때문일 것"이라며 흥행 성적에 대해 낙관적인 전망과 함께 "감사용과 박철순의 대결장면에 포인트를 두어 울컥거리게 만든다. 특히 감사용이 박철순과 같이(?) 몸을 푸는 코믹한 장면은 오히려 찡하다. 진짜 슈퍼스타 박철순과 유니폼만 슈퍼스타인 감사용을 대비시켜 관객들의 실패자 콤플렉스를 자극하며 감사용의 꿈과 도전에 간절함을 실었다"[77]고 평했다. 흥행에 성공하지 못할 요인을 단 하나도 가지고 있지 않는다는 평이다. 그럼에도 영화는 흥행에 성공하지 못했다.[78] 그 이유는 익숙함에서 찾을 수 있다. 영화는 흥행에 모든 요소들을 가지고 있지만, 그것은 역으로 어느 하나 깊게 주목하지 못했음을 말해준다.

---

74) 실제로 제 8회 한겨레문학상 수상작인 『삼미 슈퍼스타즈의 마지막 팬클럽』은 2011년 6월 기준 초판 38쇄를 발행하며 인기를 누리고 있다.

75) 팀 에덴서, 『대중문화와 일상, 그리고 민족 정체성』, 이후, 2008, 195쪽.

76) 원삭의 흔적이라고 굳이 믿어주고 싶은 장면이 있다면 그것은 OB 베어스와의 경기 진에 두 꼬마들이 선수들을 향해 삼미 슈퍼스타즈를 응원하며 피켓을 흔드는 장면 정도이다.

77) 각각 맥스무비 제공 네이버 인터넷 신문, 2004년 6월 21일, 2004년 8월 23일.

78) 영화진흥위원회 한국영화 산업정보에 따르면 〈슈퍼스타 감사용〉은 서울 관객수는 265,529명, 전국 관객수는 636,624명으로 초라하기만 하다.

삶의 어려움과 인간 본성의 양면성 때문에 우리 내부에 웅어리지는 정서의 침적물들을 한번 뒤흔들어본다는 의미에서 한 개인의 대중예술 체험은 이를테면 '살아있다'는 감각을 의미할 수 있는 것이다. 우리는 이러한 '살아있다'는 감각을 때때로 도박을 할 때나 아니면 배꼽을 쥐는 폭소를 터트릴 때 체험할 수 있는데 결국은 죽음에 이르게 되는 우리 육체의 결이 한 순간 살아있다는 감각으로 촘촘해진다.[79]

제대로 웃지도 못하고, 그렇다고 마음껏 슬퍼하지도 못하고, 사랑의 아련한 감정을 느낄 사이도 없이 영화는 끝이 난다. 식상한 이야기들은 죽음에 이르는 우리 육체의 결을 살아나게 하지 못한다. 식상한 전경들은 관객들을 돌아서게 만든다. 대중화를 목표로 끌어모은 흥행의 요소들이 오히려 흥행의 실패 요인으로 작용한다. 지나치도록 많은 대중적 요소들은 "우리 내면의 필연적인 욕구이자, 꽤 즐거운 인식 활동"으로 작용하는 해석적 여지를 제거해버린다.[80] "우리와 세계는 해석하는 순간 존재"하며, "해석은 우리를 자유롭게" 하는데 "적당한 되새김질의 즐거움을 누릴 수 있는 정도로 명백함과 여운"[81]을 수용자들이 자연스럽게 떠올리도록 만드는 미학을 포기한 채 영화〈슈퍼스타 감사용〉은 강압적인 방식으로 대중화만을 추구한다. 영화가 끝날 무렵 감사용은 "이기고 싶었어요. 나도 한 번 이기고 싶었어요. 이길 수 있었어요"[82]라고 말하며 흐느껴 운다. 그러나 그것은 감사용의 눈물일 뿐 관객의 눈물이

79) 박성봉, 「대중예술과 문화정책, 그리고 미학」, 앞의 책, 273쪽.
80) 박성봉, 「대중영화, 그리고 해석과 과잉 해석의 시학」, 『멀티미디어 시대 대중예술과 예술 무정부주의』, 일빛, 2011, 315~316쪽.
81) 박성봉, 위의 글, 317쪽.
82) 김종현, 앞의 영화, 오비와의 경기에서 패한 뒤 감사용의 독백, 47분 30초~48분 30초.

되지 않는다. 이처럼 과도한 감상성은 잘 만들어진 드라마가 되지 못한다. 그것은 한국영화에서 이미 유효성을 상실한 신파일 뿐이다.[83] 신파에 울고 웃기에는 관객들의 수준은 이미 높은 곳에 올라가 있다. 이처럼 지나친 대중적 요소는 해석적 여지를 제거한 채 식상한 전경들을 전달하며 신파로 전락해 대중들을 돌아서게 만들었다.

그럼에도 이 영화가 가지고 있는 미덕은 원작에 얽매이지 않는 서사의 축을 마련했다는 것에 있다. 그 뿌리는 비록 같지만 서로 다른 열매를 통해 더 다양한 서사의 거리를 대중에게 제공했던 것이다.

83) 이순진, 「조선/한국 영화에서 신파 또는 멜로드라마의 계보학」, 『한국영화사 - 開化期에서 開花期까지』, 김미현 책임 편집, 커뮤니케이션북스, 2006, 44~45쪽.

자본과 영화는 뫼비우스의 띠처럼 서로 끊을 수 없는 사슬 관계에 놓여 있다. 탄생이 그러했던 것처럼 영화의 발전도 경제적인 측면 아래에서 거듭되었다. 2000년대에도 소설과 영화의 재매개 과정에서 경제적인 요인이 여전히 주요한 원인 가운데 하나로 작용되고 있음을 확인할수 있다. 그럼에도 2000년대 소설 원작의 인지도를 바탕으로 한 각색 영화의 대중화 방식이 지난 시대와는 차별적인 방식으로 수용되었다는점에 의의를 두어야 한다.

박민규는 가장 대중적인 방식으로 자본화된 사회를 들려준다. 박민규가 선택한 이야기들은 독자들에게 이미 익숙한 것들이다. 만화와 야구, 무협지 등을 차용한 박민규 글쓰기는 자본주의 사회의 구조를 거부하는 만큼 자본을 기점으로 하는 대중문화의 이미지를 수혜 삼아 결코일상적이지 않은 방식으로 쓰여진다. 『삼미 슈퍼스타즈의 마지막 팬클럽』은 제목에서 말해주고 있는 것처럼 1982년에 창단된 삼미 슈퍼스타즈를 서사의 한 축으로 사용하고 있다. 대중화된 스포츠 장르를 문학적으로 수용하며 새로운 문체를 탄생시킨다. 스스로 꼴찌가 되어야만 꼴찌에서 탈출할 수 있는 자본주의의 병리를 그리고 있다.

김종현의 영화 〈슈퍼스타 감사용〉이 원작에게 빌어온 것이라고는 '감사용'이라는 실존하는 인물과 야구 원년을 추억하는 향수뿐이다. 김종현은 꼴찌팀 삼미슈퍼스타즈와 함께 성장하는 인물을 버리고 그자리에 꼴찌이지만 포기하지 않는 〈슈퍼스타 감사용〉을 통해서 대중적예술 장르인 영화의 속성에 기인하는 재목적화를 실행하고 있다. 영화〈슈퍼스타 감사용〉은 비록 흥행에 실패했지만 원작에 얽매이지 않고오직 원작이 가지고 있는 영감의 근원을 사용한다. 같은 뿌리에서 보다많은 서사 줄기가 자라고 그것이 예술이라는 열매로 자랄 수 있음을 확인시켜주는 부분이다.

2. 혼성장르화와 대중적 유토피아

대중 매체를 활용한 결혼 윤리의 붕괴 :
소설 『아내가 결혼했다』

소설 『아내가 결혼했다』는 일부일처제의 신화를 비난한다. 이때의 비난이란 화자 혹은 소설 속 인물 스스로가 일부일처제의 결혼 제도를 거부하는 몸짓으로 나타난다. 소설 『아내가 결혼했다』는 아내에 의해서 결혼 제도의 모순이 적나라게 드러난다. 아내가 불륜을 저지르는 소설들은 계속 있어 왔다. 대표적이라고 할 수 있는 『보봐리 부인』은 남편과의 따분해진 결혼 생활에 활력을 찾기 위해서 부정을 저지른다. 인생에는 혼인의 윤리 말고도 또 다른 열정의 윤리가 있다는 사실을 깨닫는 순간 그녀에게 찾아온 것은 방황이 아니라 불륜이었다. 결혼을 하는 사람들에게는 두 종류의 윤리가 있다. 혼인의 윤리와 열정의 윤리이다. 모든 기혼자들은 하나를 선택해야 한다.[84] 보봐리 부인은 열정의 윤리를 선택한다.

---

84) 데이비드 P. 버래쉬 · 주디스 이브 립턴, 『일부일처제의 신화』, 이한음 옮김, 해냄, 2002, 327쪽.

박현욱의 소설 『아내가 결혼했다』는 혼인의 윤리와 열정의 윤리를 모두 취하려는 아내를 통해서 이 사회가 가지고 있는 일부일처제의 신화가 얼마나 커다란 모순인가를 말해준다. 소설은 거두절미하고 "아내가 결혼했다"[85]며 시작한다. 이때 아내의 결혼은 정상적인 결혼이 아니다. 왜냐하면 화자로서 "나는 그녀의 친구가 아니다. 친정 식구도 아니다. 전 남편도 아니다. 그녀의 엄연한 현재 남편"(13쪽)이기 때문이다. "정말 견딜 수 없는 것은 그녀 역시 그 사실을 누구보다도 잘 알고 있다는 것이다."(13쪽) 정상적이고 합리적인 가족 가치관 안에서 이혼을 하지 않은 아내가 남편을 두고 또 한 번 결혼을 하겠다고 선언하는 것은 받아들이기 힘든 일이다. 그런데 아내는 아무렇지도 않게 남편이 아닌 또 다른 남자와 결혼했다. 화자가 말 그대로 부끄러움과 참혹함을 무릅쓰고 써야 하는 이상하고 이질적인 이야기가 어떻게 펼쳐질 것인지를 지켜보는 일, 소설은 일차적으로 독자들의 호기심을 자극하며 시작한다. 이후 소설은 나와 그녀의 연애담을 축구 경기에 빗대어 펼쳐 놓는다. "모든 것은 축구로부터 시작되었"(17쪽)으며, "섹스에 대해 말하자면, 한마디로 그녀는 최고의 새도 스트라이커"(27쪽)이다. 아내가 다른 남자와 결혼을 했어도 "공을 가지면 내가 주역"(230쪽)이고, "모든 것이 무너져도 우리에겐 항상 축구가 있"(353쪽)기에 그리 큰 문제가 되지 않는다. 축구 경기에 사랑 이야기가 깃들 수 있었던 것은 2002년 한일월드컵 이후 당시의 사회를 아우르는 트렌드가 축구이기에 가능했다. 소설은 축구에 관한 해박한 지식을 자연스럽게 본문으로 활용하면서 이야기를 끌어나간다. 마치 소논문을 연상시키게 하는 참고자료의

---

85) 박현욱, 『아내가 결혼했다』, 문이당, 2006, 13쪽. 작가는 여는 글을 대신해서 모두(冒頭)라고 썼다. 모두는 사전적인 의미로 말이나 글의 첫머리를 뜻하지만 자전적인 의미로는 '무릅쓰고 여는 첫머리' 이다. 예컨대 박현욱은 화자를 통해서 앞으로 펼쳐질 이야기가 결코 순탄치 않은 이야기임을 밝히고 있는 것이다. 이후부터는 쪽수만을 표기하기로 한다.

목록은 『아내가 결혼했다』가 기존 소설이 사용했던 서사 방식으로 움직이지 않고 있음을 말해준다. 박현욱은 "축구와 관련된 다양한 콘텐츠들을 소설적으로 매개"하여 "결정적으로 그와 같은 모티프를 실감과 더불어 전달할 수 있는 효과적인 매개의 방식을 장착"하였으며, 이를 바탕으로 "근래 시대적 트렌드를 소설화하여 대중적 반응을 얻어"[86]냈다.

"우리 집에서 커피 한 잔 하고 가실래요?"
술이 확 깨는 것을 느꼈다. 나는 내 귀를 의심했다. 그러나 분명히 그녀가 그렇게 말했다.

FC 바로셀로나가 지지 않았다면 그녀는 우울해하지도 않았을 테고 나는 그녀가 축구 팬이라는 것도 알지 못했을 것이다. 그리고 그녀는 영원히 70점에 머물러 있을 것이다. 우리가 축구에 대해 이야기를 나누지 않았다면 그녀가 나에게 친밀감을 느끼지도 않았을 테고 나와 단둘만의 술자리를 마다 했을지도 모르는 일이며 자신의 집에 가자고 말하지도 않았을 것이다. 말하자면 모든 것은 축구로부터 시작되었다.

**

세계 최고의 레프트 윙으로 꼽히는 맨체스터 유나이티드의 라이언 긱스. 유명한 럭비 선수였던 그의 아버지 데니 윌슨은 여자들에게 인기가 많았다. 무릇 따르는 여자들을 거부하기란 쉽지 않은 일. 그리하여 데니 윌슨은 불과 16세의 소녀 라이네 긱스를 임신시켰으며 그 결과 긱스가 태어났다. 결혼한 뒤에도 긱스의 아버지는 가정보다는 술과 다른 여자들을 훨씬 더 소중하게 여겼다. 그로 인해 잉글랜드는 세계적인 레프트 윙을 가질

---

86) 손정수, 「미디어 네트워크 속 '소설의 운명'」, 『세계의 문학』 2000년 겨울호, 276~277쪽.

기회를 놓쳤다. 원래 이름이 라이언 윌슨이었던 긱스는 부모가 이혼하면서 잉글랜드 사람인 아버지의 성을 버리고 웨일스 사람인 어머니의 성을 택했다. 긱스의 뛰어난 재능을 탐낸 잉글랜드에서는 귀화를 추진했지만 그는 어머니의 나라인 웨일스를 버리지 않았다. 웨일스의 대표 선수로서는 모든 축구 선수들의 꿈인 월드컵 출전을 할 수 없다는 것을 알면서도. 긱스는 "한 번도 나의 팀이라고 생각해 본 적 없는 잉글랜드 유니폼을 입고 월드컵에서 우승하느니 웨일스 소속으로 월드컵과 유로 대회 예선 한 경기라도 뛰는 것이 더 행복한 일이다"라고 말했다.

긱스는 어머니를 따라 웨일스로 갔고, 나는 그녀를 따라 그녀의 집으로 갔다.(21~22쪽)

다소 길게 인용된 문장들 가운데 서사를 위해 꼭 필요한 문장들은 많지 않다. 커피 한 잔 하고 가지 않겠냐는 그녀의 물음 뒤에 필요한 것은 "나는 그녀를 따라 그녀의 집으로 갔다" 정도이다. 일반적인 소설 문법에서라면 불필요해 보이는 문장들은 박현욱의 소설에서 "보편적인 윤리관을 뛰어넘는 주제가 월드컵 결승전을 관전하듯 경쾌하게 전개"[87] 하기 위해 필요하다. 이후 소설은 "사랑에 빠지면 고통이 시작된다"(50쪽)며 일반적인 이야기를 늘어놓는다. "사랑의 고통이란 더 많이 사랑하는 사람의 몫이다"(50쪽)는 말도 잊지 않는다. 소설에서 말하는 사랑은 정신적인 사랑이 아니라 "몸"의 사랑이다. 소설은 다시 묻는다. "몸이라고 하니 이상한가? 그러나 어른의 사랑이란 그런 것이다."(50쪽) 축구와의 접속에 성공한 소설 문법들은 비로소 사랑이란 무엇이냐고 묻는다. 결혼이란 자본화된 이 사회에서 사랑과 결혼이란 무엇이냐고

---

87) 김원일, 「제2회 세계문학상 심사평」, 『아내가 결혼했다』, 359쪽.

본격적으로 물음을 토해놓는 셈이다. 박현욱의 소설은 영상매체의 주요 특징인 '피상성(depthlessness)'을 그 밑바닥에 깔고 있다. 『아내가 결혼했다』는 언어를 통해서 인물 내면의 심리를 드러내지 않는다. 언어는 더 이상 사유의 매개체가 되지 않는다. 소설을 보여주는 인쇄매체 위에 새겨진 것은 서사가 아니라 상황과 자료들이다. 종이 위에 그려진 영상들은 이야기를 펼쳐보이며 세계를 인식하고 갈등을 구체화 시킨다. 이런 속성은 영화의 보여주기가 가지고 있는 자질이다. 그러나 세계가 파편화되고 다양화되어 가면서 영상화기법의 서사 진행 방식은 영상서사와 문자서사의 공유물이 되어가고 있다. 제임스 조이스 이후 현대소설의 주요 특징 가운데 하나로 자리 잡은 기법이다.[88] 박현욱은 그곳에서 한 발 더 나아가 백과사전식 지식들로 혹은 인터넷의 정보들을 활용하여 파편화된 세계를 인식하고 갈등을 구체화시킨다.

역동적이고 짜릿한 축구의 한 장면을 보는 것처럼 소설에 흥미를 가지고 읽어나가던 독자들은 그리하여 아주 자연스럽게 몸과 마음의 사랑이 가지고 있는 차이점에 대해서 생각한다. 박현욱은 축구를 매개로 하는 스포츠물과 연애를 바탕으로 하는 멜로물을 교합하여 새롭고도 대중적인 문학장르를 만드는 데 성공한다.[89] 소제목이 끝나는 지점 마다 축구에 대한 상식들이 마치 백과사전을 펼치듯 나열되고, 나와 그녀의 연애는 축구 경기 규칙에 의해서 진행된다. 그리하여 독자들은 페널티 킥 앞에 선 골키퍼처럼 날아드는 질문에 대해 생각해야 한다.

---

88) 앨런 스피겔, 「조이스와 동시대인들」, 『소설과 카메라의 눈』, 박유희, 김종수 옮김, 르네상스, 2005, 175~176쪽.

89) 2006년 3월 10일 초판을 찍고 겨우 4개월이 지난 같은 해 7월 20일 초판 26쇄를 찍으며 대중적인 사랑을 받은 『아내가 결혼했다』의 혼성장르화 경향이 스포츠물과 멜로물에 국한되는 것은 아니다. 소설은 어느 중간중간에 영화의 제목과 내용을 자신의 서사 일부로 활용하기도 한다. 소설 속 「참고 자료」를 통해서 밝히고 있는 것처럼 소설은 TV의 다큐멘터리를 비롯해 인터넷에 떠도는 이야기들을 아무렇지도 않게 늘어놓기도 한다. 소설은 또한 이웃 소설들을 차용하기도 한다.

"일부일처제가 절대 유일의, 절대 불변의 법칙이 아니라는 거야."(136
쪽)

일부일처제가 자본을 대물림하기 위한 남성들의 교묘한 전략이었던
것처럼[90] 축구 역시 자본주의의 매커니즘에 맞게 진화되어 왔다는 사실
은 자명하다. 축구는 이제 단순하게 하나의 스포츠에 국한되지 않는다.
그 안에는 수많은 욕망들이 꿈틀거린다. 축구가 전 세계적으로 인기를
구가하고 있는 것도 자본주의적 욕망이 숨겨져 있기에 가능한 일이다.
결혼을 두 번이나 하고 말겠다는 그녀의 외침이 물신화된 사회 속에서
더욱 더 큰 목소리로 들리는 것은 그 때문이다.

그런데 아내는 왜 다시 결혼을 하는 것일까? 처음 그녀는 절대 결혼
을 하지 않겠다고 했다. "덕훈 씨만 사랑하게 될 것 같진 않"(29쪽)았고,
"알고 보면 우리나라는 프리섹스의 나라였다고. 우리 조상의 빛나는 얼
이 억압 속에서도 이루어 낸 일이야. 오늘에 되살리는 건 당연"(68쪽)하
기 때문이다. 그녀는 이적(移籍)이 자유로운 축구 선수처럼 자유로운
섹스를 위해 결혼을 하지 않겠다고 말해 왔다. 그러나 덕훈은 "그녀의
값어치를 어느 누구보다도 내가 잘 알고 있다. 나중에 뭐가 어떻게 되건
사전 계약을 남발해서라도 일단 그녀를 영입"(80쪽)하려 마음먹고 성공
한다. 그토록 원하던 결혼에 '골인' 한다.

문제는 나와 결혼을 한 여자가 또 다시 누군가와 결혼을 하겠다는 폭
탄선언이다. 결혼에 대해서 그토록 부정적인 시선을 던지던 그녀는 나
와의 결혼 생활을 통해 결혼의 긍정적인 면을 발견한다. 그녀의 또 다른
사랑, 재경과의 관계를, 불륜의 그것이 아닌 합법적인 것으로 만들려는
그녀의 노력은 이처럼 결혼을 긍정하는 가치관의 변화에서 시작된다.

90) 엥겔스, 『가족, 사유재산, 국가의 기원』, 김대웅 옮김, 아침, 1987, 83~84쪽.

한국 사회가 지닌 유교적 모순을 비난하던 그녀의 모습에 대한 지독한
아이러니다.

> "사랑하는 사람을 정부(情夫)로 만들고 싶지 않아. 사랑하는 사람의 정
> 부(情婦)로 남고 싶지도 않아. 결혼해서 같이 살고 싶어."
> "그래야만 한다면 나랑 헤어지면 되겠네."
> "당신이 그걸 원한다면 그렇게 해. 하지만 당신의 나에 대한 애정이 변
> 한 게 아니라면 당신하고 헤어지고 싶지 않아."
> 나는 다시 말해야만 했다.
> "사람이 원하는 모든 걸 다 가질 수는 없다니까."
> 아내도 다시 말했다.
> "모든 걸 다 가지려는 게 아니야."(140쪽)

이미 결혼한 것과는 상관없이 '또 한 번의 결혼'을 통해 '또 한 번의
진실한 사랑'을 찾겠다는 그녀의 외침은 일부일처제의 신화 속에서 살
고 있는 사람들에게 철없이 보일 뿐이다. 그럼에도 불륜이 판치는 오늘
날의 현실 속에서 사랑하는 사람을 정부로 만들고 싶지도, 사랑하는 사
람의 정부로 남고 싶지도 않다는 외침은 묘한 울림으로 다가온다. 불륜
과 사랑, 결혼의 모순에 대해서 들려주는 소설은 많았다. 그러나 아내로
부터 다른 남자와의 '결혼'이 선언된 소설은 지금까지 없었다. 기실, 결
혼이 하나의 제도로 형성되게 된 것은 근대적 개인의 자율적 선택 즉
'사랑'이라는 지극히 개인적인 주관이 허용되면서부터이다. 따라서
"근대사회에서의 결혼은 '사랑'과 자율적 '선택'이라는 개인적 자유가
주어지는 개인화의 과정에서 개인주체의 환상과 일상성에 대한 꿈을
만족시키는 근대적 삶의 이상화이며 그 상징이다. 근대에서 결혼은 자

기 가능성을 극단적으로 실험해 보이는 장이면서 일상성이 주는 안녕을 누리는 장인 것이다."[91] 역사의 뒤편으로 근대가 사라진 것처럼 보이는 우울한 시대, 두 사람의 결혼이 온전할 수 없는 것은 매우 당연하다.

덕훈과 인아의 결혼과 사랑에 대한 모습은 쓸쓸한 현대의 풍경과 다름없다. 작가는 이런 모든 상황들을 하나의 아이러니로 만들며 독자들에게 웃음을 강요한다. 작가가 말 그대로 무릅쓰고 썼다는 모두(冒頭)를 읽었을 때 독자들은 이 풍자적 상황에 대해 이미 대비하게 된다. 이 소설이 지니는 미학 가운데 하나는 수용자들에게 불륜을 고백하는 전달자가 바로 '아내'에게서 '남편'에게로 옮아갔다는 사실이다.

있다. 그런 인간들은 일찍부터 존재했다. 결혼을 해서 가정을 이루었으며 흩어져서 살기도 했고 모여 살기도 했다. 그들은 세 명 이상이 동시에 결혼을 하고 함께 살면서 성 관계 및 자녀 양육까지 공유하는 집단혼이다. 원시 시대에 존재했고 브라질의 밀림 등 극히 제한된 곳에서도 존재했다. 사이버 세계에나 존재하는 집단혼이 현실의 문명 세계에서도 실재하는 것이다. 세상에는 별의별 인간들이 다 있다.

그들은 도착증 환자이거나, 성장기에 받은 심각한 트라우마를 지니고 있거나, 적어도 제정신이 아닌 사람들이다. 멀쩡한 인간들이 어떻게 그렇게 살 수 있단 말인가.(내 마누라도 그 지점에 관한 한 멀쩡한 인간이 아니다.)

그러나 미국에서의 집단혼에 관한 연구 결과를 보면 그들은 교육 수준이 높고,(학교에서 대체 뭘 배운 거냐.) 정상적인 어린 시절을 보냈으며, (그럴 리가!) 자유주의적인 성향을 지닌 사람들이라고 한다.(망할 놈의 자유주의.)

---

91) 김용희, 「결혼과 일상에 대한 문화비평적 접근」, 『한국문학이론과 비평』 제17집, 한국문학이론과 비평학회, 2002, 417쪽.

폴리아모리스트들은 가장 성숙한 형태의 폴리아모리즘을 '폴리피델리티'라는 말로 표현했다. 폴리피델리티란 가족 확대를 통해 친밀감을 강화하는 것이며 거기에 그치지 않고 집단 결혼과 공동 양육, 완전한 재산 공유, 그리고 공동체 생활을 통해 세계를 변화시키겠다는 유토피아적 발상이다.(338~339쪽)

소설은 현대의 결혼 제도를 비판하고 유토피아의 세계, 즉 폴리피델리티를 꿈꾸는 것처럼 보인다. 그러나 작가는 유토피아를 꿈꾸지 않는다. "어떤 개념에 기대든 간에 유토피아는 이상 사회를 표상하는 까닭에 당위의 세계이며, 현실에 대한 제도적인 비판과 개혁을 위한 제안을 하므로 또한 규범의 세계이다." 따라서 유토피아는 도피가 아니다. 그곳은 좀 더 나은 세계에 대한 희망이 제시되는 세계이다. 이런 까닭으로 개인적인 모험과 같은 경우뿐만 아니라 잃어버린 낙원이나 황금시대를 향한 종교적 동경 등도 엄격한 의미에서 유토피아적 비판과 구별하지 않으면 안 된다. 이들은 현재보다 나은 이상적인 세계를 꿈꾸며 공통의 충동과 낙원을 다시 되찾으려는 공통의 염원을 가지고 있다. 예컨대 유토피아적 희망은 집단적인 문제를 집단적으로 해결하려 하는 동시에 미래지향적인 것이다.[92] 그러나 『아내가 결혼했다』에서 보여지는 세계가 인간의 현재 조건에 대한 비판과 조롱을 포함한다 할지라도 유토피아의 미래지향적인 차원은 결여하고 있기 때문에 그 꿈이 유토피아에 닿아 있다고 할 수 없다. 박현욱 식 글쓰기로 표현하자면 (불쑥불쑥 끼어드는 괄호 속 문장들이) 이를 증명한다.

---

92) 임철규, 『왜 유토피아인가』, 민음사, 1994, 11~18쪽.

얼핏보면 소설에서 결혼과 성, 행복에 관한 상식을 배반하는 아내를 전면에 내세우는 것은 그 주장이 가진 진보성을 부각하려는 의도인 것처럼 보일 수 있다. 하지만 고정관념을 배반하는 아내를 교묘한 방식으로 다시 배반하는 또 다른 냉소가 은밀하게 행해지고 있다는 사실을 짚어볼 필요가 있다. 아내의 냉소가 아닌 남편의 냉소가 아내를 또 다시 냉소하고 있다는 사실은 이 소설을 흥미로운 양상으로 몰아간다.[93]

소설은 자본주의적인 규칙들로 철저하게 무장된 이 사회에서 새로운 꿈꾸기가 얼마나 부질없는 것인지를 말해주고 있다. 특히 그것이 이 사회의 질서를 거부하는 꿈일 때 부질없음은 냉소와 조롱이 된다. 아내의 소망이 독자에게 직접적으로 전달되는 것이 아니라 남편인 '나'에 의해서 초점화되고 여과되어 전달되는 것도 그 때문이다. 부질없는 아내의 꿈은 남편에게로 와서 굴절되고 왜곡된다. 아내의 꿈꾸기는 해석되거나 설득되지 않는다. 아내의 꿈꾸기가 설명되는 것은 축구의 규칙에 적용되었을 때이다. "이게 축구였다면 진작 부정 선수 개입으로 인한 몰수 게임이 선언되었을 것이다. 부정 선수로 인한 몰수 게임의 공식 스코어는 3대 0"(171쪽)인데, 이때 아내를 바라보는 것은 심판의 입장이 아니라 지극히 남편의 입장이다. 그리하여 '나'는 남자가 아닌 남편의 규칙에 맞게 새로운 꿈을 만든다. 그놈(재경)을 떼어놓고 아내와 딸(지원)과 함께 월드컵을 보러 독일에 가는 꿈이다. "꿈이 이루어질 수도 있고 그렇지 않을 수도 있다. 생각하고 싶지 않은 일이지만 그때까지도 놈을 떼어 내지 못한다면 어쩌면 네 사람이 모두 가게 되는 달갑지 않은 사태가 생겨날지도 모르겠다."(353쪽) 소설은 끝나고 '달갑지 않는 사

---

93) 권유리야, 「신은 비뚤비뚤한 선 위에도 똑바로 글을 쓴다」, 『2000년대 한국문학의 징후들』, 산지니, 2007, 26쪽.

태가 생겨날지' 혹은 안 생겨날지는 어느 누구도 알 수 없다. 둥근 공이 어디로 튈 것인지를 정확히 알 수 있는 사람이 없는 것처럼 아직 끝나지 않은 이야기가 어디로 튈 것인지 알 수 있는 사람은 없다.

『아내가 결혼했다』는 축구, 영화, 인터넷, 철학 등 다양한 분야의 장르들을 접속하며 그것들을 매개하는 근대의 소설이 가지고 있던 규칙과 규범을 벗어던지고 이야기를 풀어나간다. 결혼을 하고서도 또 한 번 결혼을 하겠다는 아내의 선언처럼 소설은 축구와 소설이 무엇이 다르냐고 선언하듯 쓰여졌다. 소설은 그리하여 더욱 넓은 영토를 얻게 되었다. 이 영토에는 구체적인 시공간이 존재하지 않는다. 있다면 그것은 지금까지의 소설이 가지고 있던 눈으로는 볼 수도 느낄 수도 없는 시공간이다. 그것은 규칙은 있으나 결과는 알 수 없는 아직 시작 전의 축구가 가지고 있는 흥분과 열망 만이 존재하는 시공간이다.

영상매체의 대중성과 유토피아적 결혼관
: 영화 〈아내가 결혼했다〉

　소설 『아내가 결혼했다』가 환멸과 조롱으로 세상을 바라본다면 영화 〈아내가 결혼했다〉는 연민과 희망으로 세상을 바라본다. 소설이 '내 인생은 엉망이 되었다' 며 독자들을 향해 하소연하듯 화자의 처지를 밝히며 시작하는 것과는 달리 영화가 예쁘고 아기자기하게 시작하는 것도 그런 시선의 차이 때문이다. 영화의 오프닝을 통해 FC 바르셀로나와 레알 마드리드의 경기를 보여준다. 과격하고 거칠지만 손에 땀을 쥐게 하는 장면들이다. 이어 상암월드컵경기장 위로 붉은 해가 떠오른다. 희망찬 모습이다. 경쾌하게 흐르는 Pet Shop Boys의 'Go West'는 영화가 활기찬 도시의 일상 속에서 스포츠와 같이 흥미진진한 이야기를 담고 있다고 말해준다. "오프닝 크레디트와 함께 시작되는 음악은 영화의 전반적인 분위기나 정신을 시사하는 일종의 서곡"[94]으로 작용하기 때문이다. 활기찬 오프닝 음악 사이로 바쁜 도시인의 일상을 보여주며 덕훈이 등장한다. 뛰고 달리고 그렇게 간신히 지하철 오르려는 순간 야속하게도 지하철 문이 닫히고 만다. 이때 구세주처럼 예쁜 구두 하나가 지하철 문 사이에 놓인다. 구두의 주인인 주인아는 구두를 두고 달아나야만 했던 지난 날의 신데렐라와는 다른 모습이다. 그녀에게 처녀성으로 불리는 순결 따위는 전혀 필요하지 않다.[95] 필요한 것은 자신의 의지에 맞는 방식으로 사랑을 쟁취하며 자본화된 도시를 살아나가는 적극성이

---

94) 루이스 자네티, 「음향」, 앞의 책, 232쪽.

다. "그 존재 방식에선 동원과 배제를 통해 변경에서 머뭇거리는 주변화된 모습이 주류를"[96] 이루던 지난 영화와는 달리 소설의 재매개를 시도하면서 정윤수 감독이 가장 많이 신경을 쓴 부분이 바로 인물의 성격이라는 것을 알 수 있게 해주는 열쇠가 된다. 클로즈업 된 구두가 이를 말해준다. 소설 『아내가 결혼했다』에서 주인아는 "사귀게 되면 좋지만 어떻게든 사귀려고 안달할 정도는 아닌 딱 그 정도의 점수"(18쪽)인 70점의 여자이다. 그녀의 "눈은 그리 크지 않았다. 키도 작은 편이었다. 그리고 가슴도 작아보였다."(18쪽) 그런 그녀가 단숨에 90점으로 솟구칠 수 있었던 것은 축구를 좋아하는 단순한 까닭 때문이다. 그러나 영화 〈아내가 결혼했다〉의 주인아는 다른 모습이다. 멀리서 달려오는 남자를 위해 지하철 문틈으로 구두를 집어넣을 수 있는 배려심 깊은 그녀는 5년 전 같은 회사에서 프리랜서로 일했던 동료였다. 노브라를 즐겼으며, 총각이든 애 아빠든 "일하는 동안 모두가 그녀를 좋아"[97]하도록 만드는 매력 만점의 여자였다.

> "부모님이 이름을 참 잘 지으셨어요. 주인아 씨. 대번에, 모든 사람들을 다 마당쇠로 만들잖아요. 주인 아씨. 아씨."[98]

말문이 막혔을 때 아무렇게나 농담 삼아 던진 말은 덕훈이 이미 5년 전에 그녀에게 했던 말이었다. 비록 영화가 충실한 각색으로 소설에서

---

95) 신데렐라의 이야기에서 구두란 몸에 꼭 맞는 용기(容器)라는 점에서 여성의 성기를 상징하며 그것이 깨지기 쉽다는 점에서 처녀막을 상징한다. 무도회에서 신데렐라가 달아나는 것은 사랑이 아직 완전하지 못한 단계에서 섣불리 순결을 내주지 않겠다는 의미가 된다 - 주경철, 『신화에서 역사로, 신데렐라 처녀의 여행』, 산처럼, 2005, 48~49쪽.

96) 유지나, 「한국영화에서의 여성상」, 김미현 책임 편집, 커뮤니케이션북스, 2006, 255쪽.

97) 정윤수, 영화 〈아내가 결혼했다〉, 2008, 덕훈의 나레이션, 4분 10초.

98) 정윤수, 위의 영화, 5년 만에 다시 만난 자리에서 덕훈이 주인아에게 건네는 말, 3분 10초~3분 20초.

처럼 덕훈의 입장에서 주인아를 그려나가지만 주인아를 중심으로 이야기를 풀어나갈 것임을 암시하는 부분이다. 또한 덕훈이 스스로 주인아의 마당쇠가 될 것임을 보여주기도 한다. 재매개를 통해서 그만그만한 70점짜리 주인아는 애교와 매력이 넘치는 캐리어우먼으로 설정된다. 인물의 변화는 주인아를 둘러싼 남자들에게서 더욱 뚜렷하게 나타난다. 소설을 이끌어가는 화자로서 조롱과 냉소를 가득 담고 아내를 바라보는 나(노덕훈)는 재매개 과정에서 우유부단한 성격을 더욱 강하게 드러낸다.

> 한 달도 버티지 못하고 그녀에게 전화를 했다. (뭐라고? 손가락을 부러 뜨리라고?)
> 그녀에게 말했다. 한번 만나자고. (혀도 뽑아 버리라고? 김유신도 말의 목을 쳤지, 말 등에 실었던 자기 엉덩이를 도려내진 않았잖아. 뽑거나 부러뜨린다면 휴대폰을 박살 내야겠지만, 휴대폰 비싼 거잖아.)(62~63쪽)

애인이 있는 상태에서 또 다른 남자와의 동침을 서슴없이 일삼는 그녀와 헤어진 뒤 나는 '한 달도 버티지 못하고 그녀에게 전화를' 건다. 이때 나를 조롱하는 것은 바로 '나' 자신이다. 일반적인 본문과는 달리 괄호 안에 있는 말들은 나를 조롱하듯 딱딱한 글씨체를 사용한다. 그리고 그는 스스로에게 손가락을 부러뜨리라고 말한다. 그러나 김유신을 핑계 삼은 나는 다시 "휴대폰 비싼 거잖아"라고 말한다. 냉소와 조롱을 통해서 그마저도 물신화된 자본주의 사회에서는 마음껏 실천하지 못한다는 것을 역설적으로 보여준다. 이처럼 언제나 냉소와 조롱을 가득 담은 나의 시선은 영화에서 연민의 시선이 된다.

"덕훈 씨한테 연락 올 줄 몰랐는데 의외네요."

"왜요? 흐음, 흠, 왜?"

"남자들이 헤어진 여자한테 연락하는 건 뭔가 안 좋은 일이 생겼거나, 새로 만난 여자랑 뭐가 잘 안되거나, 아님, 같이 잘 여자가 필요하거나. 근데 왠지 덕훈 씬 셋 다 아닌 거 같아서요. 아닌가?"

"……"

"……"

"다시 시작하자. 싫어?"

"네."

"나랑 연애하기 싫어?"

"네."

"그럼 결혼하자. 둘 중 하나 골라."

"덕훈 씨! 둘 중 하나라도 행복하지 못하면 둘 다 행복할 수 없는 게 연애예요. 덕훈 씨랑 난 너무 달라."

"나, 사랑하니? 사랑은 했니?"

"봐, 덕훈 씬 날 못믿잖아."

"아니야, 믿어, 믿고 믿을 거야, 그리고, 나, 너 사랑해. 인아야, 내가 변할 게."[99]

인아와 헤어진 뒤 덕훈은 하루하루를 술로 보낸다. 영화는 술 취한 덕훈의 모습을 보여주며 "난 참 바보다 사랑은 떠나갔다 넌 내꺼였는데 이젠 아닌가 보다, 사랑 참 슬프다"는 노랫말(강승원 - Foolish Blues)을 흘려보낸다. 오프닝을 통해 영화 전반의 분위기를 암시했던 음악이 정

---

99) 정윤수, 위의 영화, 헤어진 뒤 다시 만날 것을 원하는 덕훈과 인아의 대화, 34분~35분 30초.

서적 변화를 통제하며 덕훈의 연민을 부각시킨다. 이어지는 쇼트에서 덕훈의 우유부단함은 더욱 더 크게 나타났다. 다시 만나자는 말을 어렵게 꺼내는 덕훈은 말 중간 중간에 한숨을 쉬거나 음료수를 홀짝거린다. 혹은 말끝을 흐리며 인아의 눈치를 살핀다. 소심한 덕훈은 그리하여 겨우 용서를 구하고 다시 만날 것을 약속 받지만 이 역시 덕훈의 방식이 아닌 인아의 방식 아래서 이루어진다. 덕훈 씨만 사랑할 수 없을 것 같아 결혼을 하지 않던 인아가 결혼을 하는 것은 대한민국이 2002년 월드컵에서 4강에 진출한 것만큼이나 놀라운 일이다. 그러나 인아는 결혼 뒤에 행복을 알게 되었다며 또 다른 결혼을 선언한다. 이때 덕훈이 하는 행동이라고는 집안을 어지럽히거나 인터넷이라는 공간 안에서 수많은 여자들과 가상의 결혼을 할 뿐이다. 그러나 덕훈의 가상 결혼은 오래 가지 않는다. 인아의 임신과 함께 새로운 화합의 자리가 마련되었기 때문이다. 두 번의 이혼을 경험한 누나, 그리고 그걸 지켜보며 아내를 칭찬하는 어머니라는 주변 인물을 부각시키며 영화는 덕훈의 소심함을 돕기도 한다.

인아와 새롭게 결혼하는 재경 역시 재매개 과정에서 원작과는 다른 성격의 인물이 된다. 영화에서 재경은 인아의 모든 것을 인정하며 그녀를 헌신적으로 사랑한다. 재경은 일정한 소속 없이 자유 계약으로 일하는 프리랜서로 인아처럼 자유로움을 꿈꾸는 사람이다. 재경은 덕훈에게 '형님'이라고 부를 정도로 온순하고 배려 깊은 인물로 보여진다. 인아에게 재경이 '나답게 살게 해 주는 사람'인 것처럼 재경에게 인아 역시 같은 사람이다.

"저 알고 있었어요. 지원이, 생물학적 아빠가 제가 아니란 거. 죄송해요, 미리 말씀 드리지 못해서. 휴유~. 저흰 피임을 했거든요. 인아 씨도 그

걸 원했고요. 저도 아기가 뭔지도 몰랐고요. 제가 결혼 전에 결혼도 몰랐잖아요."

"휴우~ 휴. 자네 인아랑 왜 결혼했나?"

"그럼 형님은 인아 씨랑 왜 헤어지지 못하셨어요?"[100]

재경은 인아의 두 번째 남편이 아니라 결혼과 제도가 온전한 한 인간에게서 앗아간 것들을 나타내는 상징적인 캐릭터이다. 인아가 떠나버린 뒤 재경이 덕훈의 집에 찾아와 고개를 푹 숙이고 "갈 데가 없어서요"[101]라고 뱉어내는 말이 이를 증명한다. 또한 재경은 지원이 덕훈의 딸이라는 걸 알면서도 그 어떤 아빠보다 살뜰하게 아이를 보살피는 자상함을 보이기도 한다. 영화에서 재경은 인아의 다중결혼(폴리아모리)을 인정하는 자유로운 남자이다. 그러나 소설에서 재경은 이중적인 인물의 한 전형이다.

애인? 남편 둘도 모자라서 또 애인? 에이, 설마. 나는 당황하지 않았다. 아내가 그러고도 남을 사람이라는 건 나도 알고 있다. 정말로 애인이 생겼을지도 모른다. 그러나 아내에게 또 다른 남자가 있을지도 모른다는 걱정은 뒷전으로 밀려났다. 그보다는 놈이 안달하는 것이 고소했다. 나는 빈정대는 티가 나지 않도록 최대한 점잖게 말했다.

"당신은 폴리아모린지 뭔지를 하겠다는 사람 아니오?"

"네?"

"그건 애인이 많아도 터치 안 하는 거라고 하지 않았나요?"

"그렇긴 합니다만 이 경우가 꼭 그런 것만은……."

---

100) 정윤수, 위의 영화, 재경과 덕훈의 대화, 1시간 50분 40초~1시간 51분 50초.
101) 정윤수, 위의 영화, 1시간 49분 20초.

놈의 말이 끝나기도 전에 이번에는 빈정대는 티가 한껏 나도록 조롱을 가득 실어서 말했다.

"근데 왜 그러는 거요? 폴리 뭐라는 거가 고작 며칠 늦게 들어오고 전화 몇 번 받지 않으면 의심하고 뒤를 캐고 하는 그런 거요?"

놈은 곧바로 풀이 죽었다.(225~226쪽)

재경은 인아를 미리 선점한 덕훈을 인정하면서도 자신이 덕훈처럼 되는 것을 원하지 않는다. 소설은 이처럼 재경의 이중적인 면을 폭로하고 있다.

영화가 재매개를 시도하면서 원작의 주요한 세 인물의 성격을 변형하는 것은 그것이 갈등과 화합을 축으로 하는 대중화 전략에 더 잘 맞기 때문이다. 열린 결말로 독일 월드컵에 가기 이전의 상태까지 보여주었던 소설과는 달리 영화는 먼저 떠난 인아를 쫓아 스페인으로 가는 재경과 덕훈의 모습을 결말에 보여준다.

소설에서 축구는 하나의 서사 축으로 사용되고 있다. 그러나 백과사전식으로 늘어놓은 지식의 나열과 축구장에서 벌어진 에피소드를 영화가 보여주기에는 한계가 있다. 소설의 체험이 독자의 자유로운 시간 속에서 이루어진다면 영화의 체험은 스크린에 펼쳐지는 제한된 시간 안에서 이루어지기 때문이다. 무엇보다 백과사전식으로 지식을 무작정 늘어놓는 것은 관객에게 지루함을 주는 요소로 작용한다. 영화에서 축구를 하나의 미장센으로 활용하는 것은 그 때문이다. 또한 축구가 미장센으로 활용되면서 소설 속 화자가 품고 있는 냉소와 조롱의 효과를 가져오기도 한다. 덕훈이 인아의 목을 조르는 영상 속으로 축구경기를 방영하는 TV가 스쳐지난다. 박현욱이 모두(冒頭)에서 다소 고백적이면서도 다분히 냉소적으로 표현했던 "내 인생은 엉망이 되었다"라는 문장은 정윤수의 영화를 통해 인아의 목을 조르는 폭력적인 장면으로 옮아간다. 아내가 다른 남자와 결혼한다고 했을 때 분노하지 않았던 독자들과는 달리 영화에서의 관객은 더욱 깊은 갈등을 경험하게 된다. 갈등이 클수록 화해의 폭도 넓어진다.

제도로서의 결혼, 예컨대 일부일처제의 신화는 아내에 의해서 깨진다. 이혼이나 불륜이 아니라 나와의 결혼 생활을 그대로 유지한 채 다른 남자와 다시 결혼을 하겠다는 아내의 선언은 그야말로 충격적이다. 원작에서 여는 글로 쓰였던 모두(冒頭)의 문장이 덕훈의 한숨과 함께 내레이션으로 처리되어 영화 중반부에야 나오는 것도 이런 갈등의 한 축으로 해석된다. 소설의 덕훈이 "결국 그렇게 하지 못했"(323쪽)던 돌잔치 프로젝트를 영화에서는 실행한다. 소설에서 밝혀지지 않은 지원이의 생물학적 친부가 영화에서는 덕훈임이 밝혀진다.

당신 내 아내고 지원이도 내 아이야.[102]

친생자확인서를 들고 덕훈은 지원의 돌잔치에 쳐들어간다. 덕훈의 말은 충분히 비극적이다. 이중 결혼 생활이 그대로 드러나고 인아는 떠난다. 영화는 결말을 향한다. 충분히 비극적일 것 같은 영화의 결말은 예상 밖으로 화합의 무대속에서 이루어진다. 인아를 사랑했던 덕훈과 재경이라는 두 남자는 축구를 통해 서로를 소통하게 되고, 함께 독일 월드컵을 보러 떠난다. 그리고 그곳에서 다시 인아와 만난다.

한국 축구의 문제는요, 축구를 즐기지 못한다는 거에요. 모두가 하나가 되어 골을 향해 달려가는 그 집단적 황홀감 같은 거요. 적이 꼭 적인가? 다

---

102) 정윤수, 위의 영화, 재경과 인아의 돌잔치에 찾아간 덕훈의 말, 1시간 45분.

같이 골을 향해 달려가는 거죠?[103]

　파편화된 현대 사회의 모순 속에서 결혼과 사랑이라는 영원한 딜레마를 영화는 축구라는 화합을 통해 비껴간다. 영화의 엔딩에서 다소 길게 덕훈과 인아, 재경이 함께 행복한 모습으로 스페인의 이곳저곳을 누비는 장면이 이를 증명한다. 갈등의 한 축으로 작용했던 딸아이도 결말에서 만큼은 누구누구의 아이가 아니라 두 남자의 아이이다. 번갈아 가며 두 사람은 지원을 안고 목마를 태운다. 심지어 두 남자는 지원의 양손을 각각 잡고 아이를 들어올린다. 소설이 냉소라는 담론을 선택했다면 영화는 화합이라는 담론을 선택한다. 이처럼 영화는 원작이 가지고 있는 냉소와 조롱을 버리고 화합이라는 주제를 선택하며 사랑과 성에 관한 판타지로써의 한 전형을 선보인다. '모두가 하나가 돼서 골을 향해 달려가는 그 집단적 황홀감 같은' 걸 기대하며 대중적인 인기를 바라는 것일까, 그러나 그 때문에 오히려 영화는 대중에게 멀어졌다.[104] 두 번씩이나 결혼을 해버리는 이 엉뚱한 여자에 대해 영화는 연민의 시선으로 바라보고 있다. 냉소와 환멸이 사라진 자리에 남는 것은 식상한 이야기이다. 영화는 식상한 방식으로 두 번씩 결혼하는 여자를 관객 앞에 선보이며 그저 조금 특별한 멜로드라마의 한 전형으로 전락해 버린다. 그럼에도 이 영화가 가지고 있는 의의는 현실의 삶을 생생하게 재현하

---

103) 정윤수, 위의 영화, 재경이 덕훈과의 술자리에서 하는 말, 1시간 50분 00초~1시간 50분 20초.

104) 영화 〈아내가 결혼했다〉는 CJ엔터테인먼트에서 공동제작과 배급을 맡아 만들어진 영화이다. 영화는 특이한 소재와 더불어 대중들로부터 관심을 받고 있는 여배우 손예진의 노출을 내세우며 관객몰이에 나섰고 국내 스크린 장악 1위인 CGV(CJ엔터테인먼트의 계열사)에서 통상 8개관 중 3개관을 장악하며 개봉했다. 이런 배경을 바탕으로 〈아내가 결혼했다〉는 개봉 몇 주 동안 꾸준히 관객 성적 1위를 자랑하며 흥행에 성공하는 것처럼 보였다. 그러나 관객은 이내 돌아섰다. 영화진흥위원회 한국영화 산업정보에 따르면 〈아내가 결혼했다〉의 총 입장 관객수는 전국 1,818,497명(서울 633,447명)인데, 이는 우리나라 흥행순위 100위(2011년 08월 현재 영화진흥위원회가 한국영화 산업정보를 통해 밝힌 역대 흥행 순위 100위는 〈1번가의 기적〉으로 전국 관객수가 2,750,475명이 집계됐다) 안에도 들지 못하는 초라한 수준이다.

는 여성을 창조해냈다는 데에 있다.

황금기를 구가하는 한국영화에서 여성 인물과 그들의 삶은 여전히 양
적으로도 소수자로서 변방에 위치한다. 그런 의미에서 한국영화가 삶과
접속하는 진일보를 위해 창조해 내야 할 부분은 여성이란 구체적 실존이
다.[105]

영화 〈아내가 결혼했다〉는 새로운 여성이란 구체적 실존을 창조했다
는 것에서 진일보한 작품이라고 할 수는 있다. 영화는 구두라는 소도구
를 사용하여 주인아의 적극성을 부각함과 동시에 소설과는 다른 방식
으로 두 남자를 화해시키는 여성상을 통해 여성이란 구체적 실존을 만
들어냈다.

---

105) 유지나, 앞의 글, 262쪽.

20세기 이후 예술이 시도하고 있는 대중화 전략은 재미와 감동, 흥미의 삼각형을 균형 있게 유지하며 진행되어 왔고 이러한 삼각형의 균형은 다시 소통으로 이어졌다.[106] 민중이 사라지고 민중을 아우르는 공통의 이야기가 사라진 시대, 이제 오늘날 소설은 이 삼각형의 균형을 제안으로 품으며 새로운 소통의 가능성을 획득하고 있다. 재매개를 통해 영화는 소설의 소통과는 다른 소통의 방식을 창조적으로 발견하며 대중화를 추구한다.

박현욱의 『아내가 결혼했다』는 처용에서부터 내려오는 아내의 외도라는 원형적 서사에 축구와 인터넷 등의 수많은 장르들을 혼합하며 2000년대 소설의 새로움을 창조한다. 박현욱은 2002년 한일월드컵 이후 당대를 아우르는 축구를 트렌드로 활용하며 축구와 사랑 이야기를 버무리고 있다. 소설은 축구에 관한 해박한 지식을 백과사전처럼 나열하며 멀쩡한 남편을 두고도 또 한 번의 결혼을 하겠다는 여자의 이야기를 슬며시 집어넣는다.

정윤수의 〈아내가 결혼했다〉는 축구를 미장센으로 사용하며 '남편을 두고 또 한 번의 결혼을 선언한 아내' 라는 특별한 존재를 다룬다. 소설에서 보이는 야유와 조롱은 사라지고 그 자리에 축구를 통한 화합이 남는다. 남편을 두고 또 다른 결혼을 선언하는 아내의 특별한 상황이 관객에게 익숙한 멜로의 한 전형으로 타락하는 것은 이 때문이다. 그럼에도 영화는 주인아의 적극성을 부각시키며 2000년대를 살아가는 현재형 여성의 구체적 실존을 만들어냈다.

2000년대 상호텍스트성을 보여주는 작품들은 모두 대중적인 현상을 다루고 있다는 특징을 보인다. 야구, 축구, 결혼, 역사 등 이미 익숙한 이야기들에 빗대어 자신들의 이야기를 우회적으로 풀어나간다. 재매개

---

106) 박성봉, 「대중예술이란 무엇인가」, 앞의 책, 33쪽.

를 통해서 영화는 소설이 다루고 있는 대중적인 현상을 직접적인 방식으로 다루거나 원작의 주제만을 선별하여 다루고 있다. 대중의 호응을 이끌어내려는 영화의 오래된 관습에서 비롯된 상호텍스트 양상이다. 그럼에도 2000년대 소설과 영화는 모두 다양한 방식으로 독자 혹은 관객에게 다가선다. 지난 시절 규범화된 방식은 이제 존재하지 않는다. 그것은 원작 소설에서도, 그 원작 소설을 재매개하는 영화에서도 나타나는 특징 가운데 하나이다. 이런 다양화를 통해서 2000년대 이후 문화와 예술은 더 넓고 새로운 영역을 개척하고 있다.

변화에 대응하는 소설과 영화

2000년대에 쓰여진 장편소설들은 지난 시대 강요받았던 장편소설에 대한 규범에 얽매이지 않는다는 것을 보여준다. 따라서 한국소설의 한 징후로 나타나고 있는 장편소설의 진화는 지난 시절 '근대의 서사시'로 평가 받았던 장편소설로의 진화가 아니다. 2000년대 장편소설은 소설의 자유로움과 예술의 다양함 아래에서 진행됐다. 그럼에도 장편소설의 진화를 두고 몇몇 평자들은 상업적인 것과 결합한 또 다른 자본화의 결과라고 진단한다. 2000년대 들어서면서 부쩍 많아진 장편 소설 문학상과 더불어 인터넷 지면의 증가 등이 상업적인 환경 속으로 작가들을 내몰고 있다는 진단이다. 문학의 상업성은 우리 작가들을 준비하지 않은 시장으로 내몰고 있는 것도 사실이다. 그러나 그처럼 준비되지 않은 무책임함은 새로운 가능성과 환상성으로 장편소설의 너 많은 소설적 가능성을 얻게 해주었다.

2000년대에 쓰여진 장편소설들은 지난 시대 강요받았던 장편소설에 대한 규범에 얽매이지 않는다는 것을 보여준다. 따라서 한국소설의 한 징후로 나타나고 있는 장편소설의 진화는 지난 시절 '근대의 서사시'로 평가 받았던 장편소설로의 진화가 아니다. 2000년대 장편소설은 소설의 자유로움과 예술의 다양함 아래에서 진행됐다. 그럼에도 장편소설의 진화를 두고 몇몇 평자들은 상업적인 것과 결합한 또 다른 자본화의 결과라고 진단한다. 2000년대 들어서면서 부쩍 많아진 장편 소설 문학상과 더불어 인터넷 지면의 증가 등이 상업적이 환경 속으로 작가들을 내몰고 있다는 진단이다. 문학의 상업성이 우리 작가들을 준비하지 않은 시장으로 내몰고 있는 것도 사실이다. 그러나 그처럼 준비되지 않은 무책임함은 새로운 가능성과 환상성으로 장편소설의 더 많은 소설적 가능성을 얻게 되었다. 신화의 시작이 시장에서 이루어진 것처럼 장편소설도 이제 준비되지 않은 소란스러움으로 왜소한 문학성을 넘어서 소설이 가지고 있는 자유로움을 마음껏 누리고 있는 것이다. 2000년대 장편소설이 그 동안 단편소설의 특징이라고 여겨졌던 수많은 특징들을 껴안으며 성장한 것도 이런 자유로움과 연관이 깊다. 이번 장에서는 거대담론으로 여겨졌던 결혼과 역사라는 주제가 2000년대의 소설 속에서 어떻게 미시담론화 되었는지를 살피며, 소설이 재매개되는 과정에서 주제는 어떤 변화 양상을 겪게 되는지를 살펴보도록 한다.

1. 변화하는 가치관과 주제의 심화

변화하는 결혼 가치관과 사랑의 방식 : 소설 『결혼은, 미친 짓이다』

결혼이 인륜지대사(人倫之大事)라는 말은 결혼에 대한 우리 사회의 가치관이 어떤 것인지를 극명하게 보여준다. 결혼은 성스러우며 아름답고 무엇보다 사람과 사람 사이에 가장 중요한 행사라는 것이 결혼에 대한 사회 전반적인 시선이다. 그러나 작가 이만교는 결혼에 대한 모든 가치관들을 조롱하고 야유한다. 소설 『결혼은, 미친 짓이다』가 가지고 있는 미덕은 바로 이곳으로부터 시작한다. 소설은 기존 가치관의 통념을 보란 듯이 깨뜨리며 농담과 같은 가벼운 글쓰기를 시도하고 있다. 이만교의 소설 『결혼은, 미친 짓이다』는 "얼핏 가볍다는 느낌이 들 만큼 쉽게 이야기를 풀어나가"[107]는 것은 물론 "이미 제목에서부터 숨김없이 느껴지는 지나친 가벼움과 일종의 속취(俗臭)"[108]를 취하고 있으며, "소

---

107) 이문열, 2000년 〈오늘의 작가상〉 심사평, 『세계의 문학』 2000년 여름호, 134쪽.
108) 김화영, 2000년 〈오늘의 작가상〉 심사평, 위의 계간지, 132쪽.

설인가 싶을 정도로 일상적인 잡담들로 채워져 있는 작품"[109]이다. 그럼에도 이 작품이 〈오늘의 작가상〉을 수상한 것은 그 가벼움으로 인한 가독성과 "가벼운 잽을 계속 날리다가 결정적인 순간에 훅을 뻗는 순발력"[110]때문이다. 소설은 결혼이라는 무거운 주제를 시장 바닥에 떠도는 하나의 풍문처럼 잡스럽게 취급한다. 해학적이고 유쾌한 방식으로 "결혼은, 미친 짓이다"라고 말하고 있는 셈이다. 그런데 이때 작가가 취하는 시선은 씁쓸하기만 하다. "왜냐하면 이 시선은 밖을 바라보는 동시에 스스로의 내면적 공허를 비추는 거울이기 때문이다."[111] 지나칠 정도로 가벼운 글쓰기 방식을 통해 이만교는 결혼이 미친 짓이 되어버린 오늘의 세태를 씁쓸한 내면 속의 거울로 그려내고 있는 것이다.

『결혼은, 미친 짓이다』의 시선이 머무는 첫 번째 공간은 결혼이라는 제도를 통해 형성되는 '가족'이다. 이때 가족이란 현대인들의 물신화된 '집'을 통해서 완성된다. 집이 부동산이라는 가치 아래 놓일 때 그 안에 살고 있는 가족이라는 공동체는 핏줄로 형성된 애정공동체가 아니다. 현대인의 가족에게 필요한 것은 사랑이 아니라 집 혹은 집 안에서 필요한 물질적 충족을 만족시켜주는 구성원이 된다. 소설 속 준영의 동생이 '강남'을 꿈꾸다 결국 유부남의 애인이 되어 강남에 아파트를 얻게 되는 것도, 준영의 '그녀'가 기만적이고 비극적인 사랑을 유지하면서도 결국 물질적인 조건에 따라 직업이 의사인 남자와 결혼을 하는 것도 그런 까닭이다.

물신화된 가족의 가장 앞자리에 선 것은 텔레비전이다. 이만교의 소설 속에 나오는 가족의 모습은 텔레비전을 중심으로 그려진다. 첫 번째 장인 〈청첩장〉에 이어 두 번째 장으로 쓰인 〈텔레비전〉에서 텔레비전

---

109) 조성기, 2000년 〈오늘의 작가상〉 심사평, 위의 계간지, 135쪽.
110) 조성기, 위의 글, 135쪽.
111) 김화영, 앞의 글, 133쪽.

을 중심으로 형성된 오늘날의 가족이라는 허구가 여실히 드러난다. 현대의 삶 속에서 텔레비전은 마치 가족인양 일상적인 삶에 침투해 있다. "당신도 이리 와서 함께 식사하지 그래?"라는 아버지의 대화 속으로 "-너 죽고 싶니?"[112]라는 텔레비전의 '말'이 끼어든다. 텔레비전을 통해 전달되는 기계화 된 소리들은 물신화된 현대의 가족 안에서 '소음'이 아니라 '대화'로 작용된다. 뿐만 아니라 텔레비전은 가족의 관계를 이끌기까지 한다. 어머니는 텔레비전을 보며 울고, 동생은 텔레비전을 보며 낄낄거리고, 형과 형수는 텔레비전 때문에 싸운다. 가족들은 "대화를 하다 말문이 막히면 이 드라마에서 일례를 찾곤"(22쪽)하기도 한다.

> "언니, 나 저거 사 입을까 봐!"
> 동생이 과일 깎던 식칼을 손에 든 채로 텔레비전 화면을 가리켰다.
> "조심해!"
> 내가 놀라 소리 질렀다. 하마터면 뛰어가던 조카 녀석의 눈을 찌를 뻔했다. 그랬다면, 하고 나는 잠시 급정거한 채 입을 다물고 멍하니 앉아 있었다. 형수는 조카 녀석을 윽박지른 다음, 식탁에 앉은 채로 엉덩이와 고개를 빼들고는 텔레비전으로 눈길을 던졌다. 그러나 광고는 이미 끝나 있었다.(14~15쪽)

텔레비전 광고를 보며 구매 의욕을 느낀 동생은 텔레비전에 몰두한 나머지 식칼로 조카의 눈을 찌를 뻔 한다. 그러나 형수(조카의 엄마)는 조카를 윽박지를 뿐 타이르거나 감싸주지 않는다. 아이의 안전보다 더 중요한 것은 이렇게 '식탁에 앉은 채로 엉덩이와 고개를 빼들고는' 바

---

112) 이만교, 『결혼은, 미친 짓이다』, 민음사, 2000, 10쪽. 이후 소설 본문일 경우에는 쪽수만을 밝히기로 한다.

라봐야 하는 텔레비전 광고다. 이처럼 텔레비전은 가족의 가장 높은 곳에 위치한다. 그리하여 텔레비전에 대해서 비판적인 나조차 텔레비전을 기준으로 세상을 비판한다. 텔레비전이 가족의 관계를 주도하는 것을 물론 소통의 중심이 되어 청자와 화자의 관계를 역전시킨다. 텔레비전이 말하고 사람은 듣는다. 이야기를 하는 화자는 사라지고 이야기를 들어야 하는 청자만 남는 기이한 역전을 독자는 경험한다. 이처럼 '텔레비전'은 현대인들의 자의식으로 작용하며, 현대의 단면을 집약적으로 보여준다. 물질적 차원의 지극히 당연하고 평범한 사실은, 농담을 가장하여 '나'라는 자의식의 주체와 그 객체가 되는 또 하나의 '나'를 교묘하게 극화한다. '텔레비전'은 단순히 배우의 얼굴이나 세상의 뉴스를 보여준다는 의미를 넘어서서, 또 하나의 '나' 혹은 '우리'라는 의미를 가지게 되므로 세상의 화자이며 무의식의 세계가 된다. 가족제도를 둘러싼 물신화된 현상은 이렇게 텔레비전이라는 소도구를 사용하여 현대인들의 일상화된 풍경으로 그려지고 있다.

현대인의 물신화된 삶을 보여주기 위해 『결혼은, 미친 짓이다』가 선택한 이야기 방식 중 하나가 바로 관계비틀기인 셈이다. 소설에서 독백처럼 뱉어내는 대사와 문장들이 공허하게 다가오는 것도 그들이 뱉어내는 말들이 농담이거나 혹은 "앵무새"의 그것처럼 자신의 것이 아니기 때문이다.

"비판적 거리를 유지하지 못한 채 대중문화에 중독되어 있는 친구들 경우도 마찬가지야. 왕재미 없어, 짱입니다요, 따위의 유행이나 천편일률적인 유머 시리즈, 유행하는 영화와 패션…… 의 문법을 그대로 차용하지. 그들이 사용하는 언어는 말뜻에 대한 깊은 이해 없이 말소리만 따라서 하는 앵무새의 지껄임과 다를 바가 없어" (226쪽)

"강의실과 집을 혼동하는 것 같아"(21쪽)라는 소리를 듣고 있는 것처럼 나는 이미 오래전부터 가족들에게는 앵무새가 되어버린 지식인이다. 그러므로 "광신도와 극단적인 운동권 학생과 대중문화에 중독된 친구 간의 공통점"(225쪽)을 설명하는 나에게 동생이 오히려 "후후, 오빠야말로 진짜 새 같아"(226쪽)라고 말하는 것은 무리가 아니다. 그들, 그러니까 앵무새를 닮은 현대인과는 변별된 삶을 살아가려고 발버둥치는 '나'야말로 "진짜 새"가 되어버리는 이 지점을 통해 이만교는 현대의 삶이 도무지 그 끝을 알 수 없는 아득한 절벽 위에 서 있음을 반어적으로 말해주고 있다.

현대인의 삶속에서 인생의 가장 중요한 결혼은 청첩장에 들어 있는 문장들처럼 상투적이다. 소설의 표현에 따르면 결혼이란 "가령, 〈화창한 봄날〉, 〈사랑의 화촉〉, 〈왕림〉 같은 단어들"(8쪽)처럼 오직 청첩장 속에서만 살아 움직이는 환상의 세계이다. 준영이 "아무튼 결혼"을 하는 규범에게 "뭐라 위로의 말을 건네야 할지 모르겠……"(8쪽)다며 말을 줄이는 것도 그 때문이다. 소설을 이끌고 나가는 화자인 나(준영)에게 결혼은 사랑을 전제로 이루어지는 것이 아니다. 준영에게 결혼은 물질적인 계산으로 이루어진 차이점들의 조합일 뿐이다.

"바로 그거야." 내가 받았다. "그렇게 각자의 차이점이 고작 몇몇 유행의 조합에 불과하기 때문에 결국 배우자를 선택할 때 가장 중시되는 것은 돈이지. 우리나라 같은 경제 구조에서 가장 얻기 어려운 것은 돈이니까, 같은 값이면 돈 많은 상대를 택하지 않겠어?"

"돈 많은 신부감을 원해?"

내가 어깨를 들었다 내린 다음 대답했다.

"아니."

"그럼?"

"돈 많고 예쁘고 똑똑하고 착하고." (93쪽)

맞선에서 연애의 단계로 나아가는 지점에서 그들이 나누는 대화는 사랑에 대한 환상들이 아니다. 오히려 그들은 냉소와 환멸을 담아 진지하지 않은 농담처럼 결혼에 대한 문제점들을 지적한다. 결혼에 대한 지적은 소비자본주의사회가 만들어낸 욕망에 대한 비판으로 이어진다. 이미 오래전에 결혼을 하나의 상품처럼 규격화시켜버린 자본주의 사회에서는 규격화되지 않은 것들이란 없다. 소비자본주의사회 특유의 패턴화 경향 속에서 '데자뷔 강박(dejavu compulsion)'이라 이름 붙여도 좋은 병리적 증상들이 횡행하고 있는 것이다.[113] 나와 그녀의 연애 혹은 맞선은 여성생활지의 나온 '맞선을 성공으로 이끄는 아홉 단계'를 따라하며, 조카의 선물을 사기 위해 '전문가가 추천하는 자녀를 위한 선물 10가지'를 펼쳐봐야 한다. 이때 발생하는 문제는 개성의 상실만을 의미하지 않는다. 더 큰 문제는 개성의 상실과 더불어 발생하는 소통의 부재이다.

"더구나 사람들은 거의 같은 취향을 저마다 반복해 가령 똑같은 뉴스, 연속극과 유머 시리즈, 엇비슷한 카페와 음악, 베스트셀러와 화제가 되고 있는 영화들을 동시에 보고 있지. 애인을 갈아치워 봐도 다들 비슷비슷해서 다만 위치만 다른 체인점에 들어가 앉아 있는 기분이라구."

---

113) 김형중, 「최근 소설의 영화화에 대한 비판적 고찰, 〈결혼은, 미친 짓이다〉를 중심으로」, 『한국문학이론과 비평』제36집, 한국문학이론과 비평학회, 2007, 216쪽.

말을 마치고 돌아보았더니 웬 아주머니가 마주 쳐다보며 눈을 깜박거렸다. 인파 속으로 밀려났던 그녀가 다시 다가오기를 기다렸다가 말했다.(90쪽)

나의 말은 그녀에게 제대로 전달되지 않는다. 가족들과의 온전한 소통이 텔레비전 때문에 불가능했다면 그녀와의 대화는 규격화된 인파들 때문에 불가능하다. 인파 속으로 밀려났다가 돌아온 그녀에게 내가 "개성이란 결국 직장 상사의 취향이거나 리어카에서 구입한 귀고리에 불과한 거야"(90쪽)라고 말할 때 그녀는 놀란 표정으로 귀를 만져본다. 그녀가 놀라는 까닭은 나의 말이 지니는 힘 때문이 아니다. "귀고리 놓고 온 줄 알고 깜짝 놀랐네. 이거, 리어카에서 고른 거 아냐. 비싼 거라구." 중얼거린 그녀가 "그런데 리어카라니, 그게 무슨 소리야?"(91쪽)라고 말한다. 소통의 부재는 결혼뿐만 아니라 '연애'를 규격화 하는 것은 물론 현대 사회 그 자체가 규격화되고 있음을 의미한다. 나와 그녀의 사랑이 "〈맞선〉이라는 이 통속극!"(65쪽)으로 시작하여, "불면증에 시달리는 성인들을 위해 방영되는 〈신파 단막극〉"(75쪽)이 되었다가, "신파는 커녕, 알고 보니 이건 포르노"(77쪽)가 되는 것도 바로 이 시대의 사랑이 규격화되었음을 의미한다. 나와 그녀의 통속적인 사랑은 세상에 까발려지고 있는 "기분 나쁜 몰래카메라"(79쪽)가 된다. 이처럼 결혼과 세상에 대해 냉소적인, 그리하여 조롱과 환멸을 담은 농담으로 세상을 비판하고 있는, 조금은 특별할 것 같은 나의 연애담조차 실은 세상 모두에게 알려진 '몰래카메라'에 지나지 않는다.

심지어 우리 모두는 탤런트가 되어버렸다. 탤런트의 배역과 역할을 좌우하는 것은 탤런트 자신의 의견이 아니라 광고주와 시청자들의 반응과

방송국 소유주이듯, 우리들은 끝없이 광고로부터 욕구를 전달받고, 타인의 시선에 의해 조절당하고, 우리의 물질적 소유주인 직장 상사나 부모로부터 간섭을 받는 세대다.

내 안에 언제부터인가, 텔레비전이 들어와 있는 것이다!

그리고 우리의 결혼과 직장 생활은 정해진 대본처럼 상투화되어 가고 있다.(279~280쪽)

현대인의 일상 속에서 결혼과 결혼을 전제로 한 모든 연애는 지루하고 따분한 연기에 지나지 않는다. 물신화된 세속적인 도시 안에서 사람들은 다만 자신의 연애만은 다른 이들과 다르다고 믿으며, 믿는 척 연기하며 상투적으로 살아나가야만 한다.

소설이 쫓는 또 하나의 다른 시선은 바로 '그녀' 이다. 그녀는 상투화되고 규격화되는 일상을 거부한다. 그녀는 세속적 종교로서 낭만적 사랑을 꿈꾼다. "현대의 시민들은 계급적 연결망이 안락한 사회적 확실성과 사회적 지위를 충족시켜주지 못하기 때문에 자신에게만 고유한 사귐을 생각해내야 한다"[114]는 울리히 벡의 말처럼 그녀는 자신에게만 존재하는 새로운 사랑을 시도한다. "애교스러운, 그러나 거울로 연습해 본 적이 있는 표정"(65쪽)을 지을 줄 아는 그녀에게 시간 강사라는 불안정한 직업을 가지고 있는 나는 애초 연애의 대상이 되지 않는다. 그럼에도 그녀가 나를 만나고 있는 것은 내가 연애의 대상이 아니라 그녀가 가지고 있는 "다섯 개의 대본"(168쪽) 가운데 하나이기 때문이다. 그런데 그녀와 나의 대본은 그녀가 가지고 있는 다른 네 개의 대본과는 다르다. 그녀가 나머지 네개 대본 속 상대 배우들과 맞선 이후에 만남을 지속하

---

114) 울리히 벡 · 엘리자베스 벡 - 게른스하임, 「사랑, 우리의 세속적 종교」, 『사랑은 지독한, 그러나 너무나 정상적인 혼란』, 강수영 · 권기돈 · 배은경 옮김, 새물결, 1999, 326쪽. 이곳에서는 백지연의 「낭만적 사랑은 어떻게 부정되는가, 이만교와 정이현」, 『창작과 비평』2004년 여름호에서 재인용.

는 것은 그들 가운데 하나가 "직업, 나이, 고향, 출신 학교"(58쪽)로 표현되는 그녀의 〈조건〉을 충족시켜 줄 수 있을지도 모른다는 기대감 때문이다. 그러나 그녀의 대본 속 나는 〈조건〉을 충족시켜주지 않는다.

"더구나 네가 맞선에서 찾는 건" 두 다리를 어깨 너비로 벌려 회색 블록만을 딛은 채로 내가 말했다. "어떤 남자가 아냐."
"뭐?"
"어떤 〈조건〉이잖아."
그녀가 어이없어하는 표정으로 화를 내며 말했다.
"잘난 척하지 마. 너는 모두 틀렸어. 네가 뭐라고 대답했든 나는 거기에 나가지 않았을 거야."
나는 무시하고 말을 이었다.
"내가 그 조건에 맞지 않았기 때문에, 그래서 결혼 가능성에서 제외되었기 때문에, 나와 그날로 섹스한 거야. 단순히 좋아서 섹스한 것만은 아냐."(111~112쪽)

그녀에게 내가 등장하는 대본은 이처럼 조건이 아니라 섹스이다. 이미 살펴본 것처럼 그녀와 나의 연애는 〈맞선〉이라는 통속극으로 시작해 포르노를 통과해서야 비로소 완성된다. 이 지점을 통과하면서 소설은 포르노로 시작된 사랑이 가능한 것인지를 묻는다. 사랑과 결혼을 분리시키며 그녀는 그것이 가능하다고 말한다. 그리하여 그녀는 결혼이라는 연기를 벌이며 나와의 만남을 계속 이어간다. 그녀에게 결혼이 "새로운 직장"(234쪽)이라면 나와의 만남은 사랑이다. 그녀는 진짜 결혼을 앞두고 나와 "서해안의 그 많은 어촌들 중에서도 〈작당〉이라 불리는, 아주 작은 어촌"(209쪽)으로 가상의 신혼여행을 떠난다. 결혼이 연기가 되고 연기가 사랑이 되는 역전이 다시 한 번 일어난다.

그렇게 볼 때 이 소설에서 낭만적 사랑의 신화에 도전장을 내미는 주체
는 지식인적 언술로 사랑의 개념을 거론하는 준영이 아니라 사랑과 결혼
을 분리시키는 연희라고 할 수 있다. 자본주의사회의 결혼문화가 만들어
낸 욕망을 적극적으로 받아들인 연희는 그 자체로 소비되어가는 사랑의
환상에 탐닉한다. 그녀에게 결혼제도 속의 사랑이나, 불륜 속의 사랑은 다
같이 권태를 견디기 위한 한시적 소모품에 지나지 않는다. 그녀는 세속적
인 결혼신화 속에서 위장된 낭만적 사랑을 차갑게 떼어낸 후 불륜의 방법
으로 자신의 사랑을 실현한다.[115]

그녀가 불륜의 방법으로 실현시킨 사랑이 나에게는 시대의 불협화음
과 같은, 그러기에 결코 완벽할 수 없는 환상, 혹은 거짓에 지나지 않는
다. 그녀가 세속적 종교로서 낭만적 사랑을 꿈꾸는 것에 비해 나에게 사
랑이라는 것은 좀 더 현실적이기 때문이다. "당신이 세상에서 가장 사
랑스러워, 라고 저녁마다 거짓말하면서 살 자신이 없어"(174~175쪽)라
고 내가 말하는 것은 자본화되고 '물질화된 현실 속에서 사랑이란 존재
하는 않는다'는 다른 표현이다. 세속화되어버린 현대 속에서 규격화되
지 않고 개별적인 사랑이란 불가능하다는 깨달음이다.

"우리 역시 두 개의 길을 모두 가볼 수는 없는 거였어. 우리가 이런 식으

---

115) 백지연, 위의 글, 137쪽. 백지연은 평론을 통해서 '그녀'를 연희라고 지칭하고 있다. 그러나 이만
교의 소설 『결혼은, 미친 짓이다』속 어느 곳에도 그녀의 이름은 나오지 않는다. 그녀의 이름이 '연
희'가 되는 것은 영화를 통해서이다. 소설의 모든 이름들, 그러니까 친구인 규진의 결혼식장에 모
인 모든 이들에게 이름을 붙여준 것에 비해서 '그녀'만이 오로지 '그녀'로 불리는 까닭에 대해서
생각해야 한다. 예컨대 소설 속 그녀는 이름을 가진 하나의 존재이기 이전에 우리 사회에 규범화된
하나의 인물로서 '그녀'인 것이다.

로 만나는 건 사랑 없이 의사와 결혼한 것보다 훨씬 더 치사한, 두 개의 길을 다 가보려는 욕심에 불과해."(273쪽)

물신화된 현대의 일상 속에서 진실된 사랑은 없다는 깨달음을 소설은 몇 가지 시선을 통해서 보여준다. 쓸쓸하고 공허한 풍경이다. 두 갈래의 길 앞에서 멈춰버린 걸음을 다시 내딛지 않는 한 공허함은 사라지지 않는다. "어느 쪽을 선택해도 나는 상관없는데, 그러나 한 가지만 선택해서 행동해야 한다. 이것이 현실"(280쪽)이기 때문에, 현대인들은 그 공허함을 감추기 위해서, 세속적인 종교로서 불륜적 사랑을 원한다. 사랑과 결혼이라는 가치관이 변화하는 지점이다.

변화하는 가족 가치관과 불륜의 합리화
: 영화 〈결혼은, 미친 짓이다〉

작가의 말을 통해 고백하듯이 이만교의 소설 『결혼은, 미친 짓이다』
는 마치 영화의 대본이라고 해도 좋을 정도로 기존의 소설 문체와는 다
른 형식으로 쓰여졌다.

내 꿈은, 영화만큼이나 빠르게 읽히면서 만화만큼이나 킥킥대는, 그러
나 소설답게 독자를 깊은 생각에 빠뜨려놓는 글을 쓰는 것이다. 각종 영상
문화와의 부대낌을 통해 소설은 자기 스타일을 새롭게 바꿀 필요가 있다.
꽤나 막연한 발언이긴 하지만 막연하기에 꿈 꿀만하다. 그리고 최근 들어
서야 진정한 유머와 속도감, 그 가벼움의 미학은, 말의 재치보다는 무소유
의 정신 혹은 확연무성(廓然無聖)의 자세에서 비롯될 수 있음을 어렴풋이
깨우치고 있다. 좀 더 파고들어 볼 작정이다.[116)]

이만교의 소설은 이 글을 통해 살펴본 다른 어떤 작품들보다 문학이
가지고 있는 권위적 목소리를 털어내고, 그러나 결코 의뭉스럽지 않게
영화 혹은 다른 장르와의 접속을 시도한다. 이는 작가의 말을 통해 살펴

---

116) 이만교, 「작가의 말」, 앞의 책, 283쪽.
117) 김형중, 앞의 논문, 214쪽.

본 것처럼 작가의 내면으로부터 아주 자연스럽게 발현한다. 소설은 시작부터 매우 간결하게, 마치 영화의 쇼트를 보여주고 있는 듯이 쓰여지고 있다. 묘사를 버리고 지문 형식으로 쓰여진 문장들은 오히려 소설의 긴장감을 고조시킨다. 묘사를 철저히 버리며 발화되는 문장들은 화자의 것이 아니라 앵무새가 되어버린 지식인의 그것이라는 비판의 다름 아니다.

"표면적으로 볼 때 이만교의 소설 『결혼은, 미친 짓이다』는 영화화하더라도 텍스트에 남아 있을 만한 문학적 잉여라곤 찾아볼래야 찾아 볼 수 없는 작품이다. 이 작품은 차라리 영화화되지 않기가 오히려 힘든 텍스트로 보인다."[117] 영화의 보여주기 형식을 빌어 이만교는 조롱에 가까운 비판을 던지고 있다. 그럼에도 영화는 소설과는 다른 방식으로 서사를 이끌어나간다. 유하 감독이 영화를 통해서 주목하는 것은 영상화된 글쓰기 방식이 아니라 현대인들의 고독과 사랑에 닿아 있는 소설의 주제이다. 영화는 그것을 더욱 심화시킨다. 소설이 두 갈래의 길 앞에 멈춰선 현대인들의 모습을 그리고 있다면 영화는 보다 직접적으로 두 개의 방을 방황하는 현대인들의 모습을 보여준다. 두 개의 방을 만들기 위해서 유하 감독이 가장 먼저 시도하고 있는 것은 인물의 변화이다. 소설 속 부인물로 등장했던 그녀를 영화는 '연희'라는 이름을 붙여 전면에 내세운다. 소설 속에 규범화된 그녀는 영화를 통해 독자적인 인물로 거듭나며 적극적으로 세상에 개입을 하게 된다. 우리 사회가 안고 있는 사랑과 결혼이라는 수렁을 소설에서는 모든 현대인들의 것이라고 말하는 반면에 영화는 그것이 개인의 몫이라고 말한다.

사진에서 만큼은, 그녀도 나도 한없이 행복해 보인다. 하지만 우리는 그 길을 가지 않았다. 이제 나는 어렴풋이 알 것 같다. 그녀가 왜 이런 앨범을

만들었는지. 그리고 그녀가 내게 끝내 하지 못한 말이 무엇이었는지를……118)

    사진을 보며 그녀가 끝내 하지 못했던 말들을 준영은 알게 된다. 소설에서 보여주었던 두 갈래 길 앞에 선 현대인의 모습을 영화는 사진이라는 소도구를 사용하여 프레임 안의 또 다른 프레임이라는 미장센의 효과를 보여준다. "시각적인 요소들은 끊임없이 움직이는 상태에 있다. 구도는 해체되어 그 경계가 다시 정해지고, 눈앞에서 다시 조립"119)되는 미장센의 효과를 통해 삶과 연기의 경계는 허물어진다. 그녀가 끝내 말하지 않았던 것처럼 준영도 그 말은 하지 않는다. 그 자리를 비집고 연희가 다가온다. 닫힌 문을 열고 들어가며 연희의 모습을 담은 영화의 엔딩은 지금까지 남자들이 주도적이었던 사랑을 여자의 것으로 환원시킨다. 주도적인 여자의 사랑 방식은 재매개를 통해 새롭게 삽입된 에피소드에서도 나타난다. 함께 비디오 보기를 원하는 류세은은 선생님과 키스하고 싶다는 생각을 한다고 말한다. 소극적인 남성에 비해 여성의 적극성이 드러난다. 이후 영화는 적극적으로 사랑을 추구하는 연희의 모습을 곳곳에 삽입한다. 닫힌 화자로서 준영을 선택한 소설과 달리 영화는 연희를 중심 화자로 선택한다. 나를 통해서 그려지던 소설 속 풍경들은 연희를 통해서 그려진다. 적극적인 방법으로 사랑을 성취해나가는 연희를 통해서 불륜의 사랑은 합리화된다.

    "나중에 자기 냄새 나면 어떻게 하지?"

    "왜 들킬까봐?"

---

118) 유하, 영화 〈결혼은 미친 짓이다〉, 2002, 준영의 내레이션, 1시간 30분 ~1시간 32분.
119) 루이스 자네티, 「미장센」, 앞의 책, 48~49쪽.

"아니 더 흥분될 것 같아서."

"남편이랑 할 때 내 이름은 부르지 마."

"아……"

"왜?"

"안 서는데……"[120]

연희와 준영이 섹스를 시도하는 장면이다. 이때 이들이 사랑을 나누
는 공간은 결혼 후 의사 남편과 살게 될 연희의 신혼방이다. 준영이 부
담감을 갖는 것도 당연하다. 연희는 아무렇지도 않게 준영을 바라본다.
뿐만 아니라 소설 속에서 준영이 얻은 자취방에 놀러가는 그녀는 영화
속에서 준영의 자취방을 얻어주는 연희가 된다. 결혼을 통해 부를 축적
한 연희는 비록 불륜이라고 할지라도 기꺼이 자신의 사랑을 위해서 자
신들만의 공간을 만들어 간다. 연희에게 결혼을 통해서 얻어지는 새로
운 가족이란 또 다른 직장으로 작용하기 때문이다. 이처럼 영화는 결혼
과 가족에 대해 비판하는 소설의 시선을 '가족' 안에 한정시켜 구체적
으로 비판한다. 냉소와 환멸로 그려지던 물신화된 결혼이라는 현대인
들의 일상이 냉소와 환멸을 거둬들이면서 오히려 좀 더 구체적으로 관
객 앞에 다가선다. 물신화된 현대의 연기되어지는 삶은 이제 더 이상 거
부할 수 없는 실제가 되어버렸다는 깨달음이다. 소설에서 '나'를 통해
서술된 비판의 목소리가 준영의 내레이션을 통해 전달되면서 비판적
시선이라기보다는 결혼과 사랑에 대한 애틋한 마음으로 변해버리는 것
도 현실을 좀 더 생생하게 재현하려는 보여주는 영화의 서사 방식이다.

연희는 경제적 가치를 누구보다 잘 알고 있다. 그녀가 가난한 시간 강
사를 버리고 부자인 의사와 결혼하는 것은 매우 당연하다. 그럼에도 그

---

120) 유하, 앞의 영화, 준영과 연희의 대화, 57분~57분 30초.

녀는 달콤한 사랑을 포기하지 않는다.

　　야경이 너무 마음에 든다.
　　그치, 근데 말야. 이런 데서 야경을 볼 때면 가끔 그런 생각이 들어. 하느님은 늘 스카이 라운지 높이쯤에 떠 있을게 아닐까. 여기서는 세상이 그저 보시기에 좋게만 보이거든…… 아, 아. 근데 지금 이 순간에는 그런 하느님도 잠시 한눈을 팔게 분명해.
　　왜?
　　왜냐하면, 너무 아름다운 미인이 옆에 와 있거든.
　　……
　　재미없어?
　　거짓말인데도 듣기 좋아. 평생 이렇게 데이트나 하면서 그런 달콤한 말이나 실컷 듣고 살았으면 좋겠다.[121]

　　연희에게 준영의 말은 거짓에 지나지 않는다. 그럼에도 그녀는 기꺼이 그 거짓말을 받아들인다. 낭만적 사랑을 꿈꾸며 연희는 사랑과 결혼을 분리시키며 세속화된 소비자본주의의 결혼제도를 전면적으로 부정한다. 물론 연희가 꿈꾸는 이중적인 사랑이 정상적인 가치관 아래 실현될 가능성은 극히 적어 보인다. 이때 연희가 할 수 있는 것은 사랑을 포함한 삶 전체에 대한 연기이다. 다음 쇼트가 삶을 연기하는 연희의 모습을 극명하게 보여준다.

　　나 선볼 것 같아, 다음 주에. 내 얘기 들었어.
　　어.
　　볼까 말까?

니가 알아서 해.

그렇게 말할 줄 알았어.

아니, 내가 보지 말라고 안볼 것도 아니잖아.

그건 그래. 그래도 자기가 보지 말라면 최소한 안본 척은 했을 거야.

아, 정말 결혼할 생각이 있기는 있는 거야?

당연하지, 남자만 나타나면 바로 할 거야.

그래, 니가 결혼을 한다고?

왜? 나 결혼 못할 것 같니?

니가 결혼을 한다면 그건 일종의 범죄 아냐?

웃겨?

처녀여야 한다는 따위의 소리가 아니야. 너 같은 스타일이 결혼하면 평생 신랑 하나만 보고 살 수 있을 거 같아. 그게 가능할 거 같아.

난, 자신 있어. 절대로 들키지 않을 자신.[122]

연희는 최소한 거짓말은 할 수 있을 거라며 또 다른 맞선에 대해서 이야기한다. 냉소를 잔뜩 담아서 준영은 연희에게 훈계하듯 말한다. 절대로 들키지 않을 자신이라는 것은 연희가 준영과의 만남을 지속하겠다는 의미이다. 이어지는 장면에서 연희는 길거리에 쪼그려 앉아 웃음을 토해놓는다. 이때 연희를 모습은 어깨 너머 숏(over-the shoulder shot)에서 정지화면으로 이어진다. 쪼그려 앉아 울고 있는 연희의 모습이 잠시 비춘 뒤 서로를 비난하는 두 사람의 모습이 담긴다. 어깨 너머 숏에서 "카메라와 가까운 거리에 있는 뒷모습의 인물이 정면으로 보고 있는 사람보다 우월하거나 주도권을 쥐고 있는 인물"[123]인데, 서로가 서로를

---

121) 유하, 위의 영화, 준영과 연희의 대화, 29분 ~30분 10초.
122) 유하, 위의 영화, 준영과 연희의 대화, 30분 20초~31분 50초.
123) 허만욱, 앞의 책, 213~214쪽.

비난할 때마다 두 사람의 모습이 등을 보이며 역전된다. 이후 정지화면에서 훌쩍이는 연희의 모습은 그녀의 사랑이 결코 거짓이 아님을 말해준다.[124] 준영에 비해 연희의 사랑은 비록 이율배반적이지만 진실된 것이라는 사실을 관객은 웃음 속에 숨겨진 연희의 눈물을 통해서 알게 된다.

재매개되는 과정에서 변화되는 인물들은 연희만이 아니다. 소설 속에서 둘째 아들이었던 준영은 장남이 된다. 영화의 시작은 장남이 된 준영이 동생 결혼식장에 서 있는 것으로 시작한다. 소설 속에서 부여되었던 냉소 가득한 준영의 자유로움은 영화 속에서 사회의 중압감으로 변화하게 되는데, 이를 통해서 영화는 우리 사회에서 장남이라는 중압감과 그 중압감을 떠안고도 어쩔 수 없이 결혼은, 미친 짓이라고 말해야 하는 준영의 심리를 반어적으로 말해주고 있다. 소설 속에서 많은 장에 걸쳐 할애한 가족 이야기가 영화 속에서 사라져버린 것도 그 때문이다. 우리 사회의 통념 속에서 장남이 가지고 있는 이미지를 깨뜨림으로써 영화는 준영의 냉소와 환멸을 우회적으로 보여준다.

인물의 변화는 담화의 변화를 가져온다. 준영을 중심축으로 해서 쓰여진 소설 속 인물들은 그대로 모두 파편화되고 굴절된 현대의 단면들을 보여주는 인물들이다. 〈청첩장〉의 규진, 〈텔레비전〉의 가족, 〈연락〉의 지영, 〈러브레터〉의 류세은, 〈안락의자〉의 형수, 〈미로〉의 어머니, 〈앵무새〉의 여동생, 〈양주〉의 은지 등은 모두 정상적이지 않다. 그들은 일탈된 삶을 살아가거나 자신도 모른 채 물신화되어 간다. 영화는 준영과 연희라는 두 인물을 중심축으로 하면서 소설에 비해 이야기는 단순

---

124) 정지화면은 주제의 목적을 위해 주로 사용된다. 리처드슨의 〈장거리 주자의 고독〉에서는 영화가 끝나가는 마지막 영상에서 주인공의 상태에 변함이 없다는 것을 정지화면이 말해주고 있고, 서부극 〈내일을 향해 쏴라〉에서는 죽음을 넘어서는 궁극적인 승리를 상징하기 위해 정지화면이 사용되었다.(루이스 자네티, 「움직임」, 앞의 책, 137~138쪽)

화된다. 물신화되어 가고 있는 사회를 다양한 인물로 보여주었던 소설에 비해 영화는 두 인물을 중심으로 좀 더 적극적이며 직접적인 방식으로 보여주고 있는 셈이다. '나'라는 화자를 중심으로 하여 이야기를 풀어나갈 때 연희는 화자의 부인물에 지나지 않는다. 준영과 연희가 동등한 입장으로 바라보며 이야기를 풀어나갈 때 연희는 이야기를 이끌고 나가는 서사의 중심축이 된다. 소설 속에 보였던 준영의 냉소적인 결혼관은 사라지고 연희의 자유분방한 연애관이 그대로 드러난다. 연희의 사랑은 세속적 종교로서 낭만적 사랑을 실현시켜야 하는 현대인들의 외로움을 대변해준다. 연희가 준영과의 일상을 사진으로 담는 것도 그런 까닭으로 해석된다. 가짜 '신혼여행'에서부터 연희는 준영과의 일상을 사진으로 기록한다.

> "애, 니 형이 안 보인다?"
> "그래요."
> "어, 아까지 계셨는데."
> "그래."
> "제가 한 번 찾아볼까요?"
> "갔을 거야. 형은 내 결혼식 때도 안 찍었잖아."[125]

동생의 결혼식에 참석했던 준영은 기념촬영을 하지 않고 사라진다. 그러나 연희를 통해 준영은 카메라에 담긴다. 이때 그들이 카메라 앞에서 취하는 행동들은 신혼여행을 마친 행복한 부부들의 그것처럼 지극히 상투적이다. 이때부터 준영은 카메라 앞에서 또 다른 삶을 연기하고 있음을 영화적 아이러니를 통해서 극명하게 보여준다. 물신화된 현대

---

125) 유하, 앞의 영화, 준영 가족들의 대화, 3분 10초~3분 30초.

의 연애담이 실은 〈맞선〉이라는 이 통속극이거나 불면증에 시달리는 성인들을 위해 방영되는 〈신파 단막극〉일 뿐이라는, 그러니까 위선에 가득한 얼굴로 상대방은 물론 자신의 삶을 기만하는 것이 현대인들의 일상이라는 깨달음이 소설에서 들려주기 방식으로 전달되었다면 영화에서는 연희의 카메라라는 소도구를 통해서 보여진다.

관객들로 하여금 그들이 연기하고 있다는 사실을 지각시켜주는 장면이란 점도 흥미롭지만, 그 보다 이 장면들의 관습성이 더 흥미롭다. 감독 유하는 의도적으로 이들의 연기 장면을 관습적인 장면으로 구성한다. 바닷가에서 뛰노는 연인, 카메라 앞에서 포즈를 취하는 연인, 젖은 옷을 말리며 기대앉은 연인, 황혼의 바닷가에서 조개 줍는 연인 등등의 클리셰는 사실 이발소 그림들만큼이나 흔하다. 유하는 그들의 신혼여행 연기를 일부러 지극히 관습적인 미장센에 따라 포착함으로써 삶이란 어차피 연기, 그것도 아주 관습적인 연기란 사실을 시각적으로 보여준다.[126)]

영화 속에서 '관습적인 연기'를 펼치는 이는 비단 준영과 연희뿐만이 아니다. 규진과 은정은 결혼을 앞두고 불륜을 저지르지만 정작 결혼식장에서는 오래된 친구일 뿐이라며 연기를 한다. 류세은은 친구들 앞에서 착한 학생인 척 연기하며 준영에게 사랑을 고백한다. 병원에 입원한 준영의 어머니는 여자 친구를 연기하는 연희에게 착한 시어머니가 될 수 있다고 연기한다. 이렇게 현대인들의 삶은 온통 관습적인 연기로 이어진다. 왜 현대인들은 삶을 연기해야 하는 것일까? 소설의 결말에서 전화벨이 울린다. 그녀로부터 온 전화이다. 준영은 전화를 받지 못한다. 받거나 받지 않는 두 가지 선택 앞에 준영은 놓여 있다. 그러나 선택

---

126) 김형중, 앞의 논문, 220~221쪽.

은 독자의 몫이다. 영화의 결말을 이끄는 것은 연희이다. 영화의 마지막 쇼트는 준영의 옥탑방을 찾아오는 연희의 모습을 담고 있다. 연희는 아주 잠깐 망설인 뒤 준영의 문을 열고 들어간다. 연희에게는 비록 그것이 불륜이라고 할지라도 자신의 방이며 자신의 삶인 셈이다. 연희가 준영과의 낭만적 사랑을 계속해서 카메라에 담고 그것을 남겨두는 것도 바로 이런 까닭이다. 이처럼 연희는 결혼이라는 새로운 직장을 통해 얻은 부를 이용해서 불륜을 위한 자신만의 방을 마련한다. 소설에서 길이 사회적 의미로 표현되는 '외부'의 공간이라면, 영화에서 방은 개인적으로 표현되는 '내면'의 공간이다.

예술은 '예술이라 불리는 것'보다 '예술이라 불리게 될 것'에 더 많은 기대를 가지고 있다. 이미 존재하는 예술을 먹어치우고 살찌운 '새로운 예술'에 가치를 두는 것은 그런 까닭이다. 이는 예술이 가지고 있는 하나의 추상적·환상적 자율성 때문이다. "예술의 구체성은 현재 존재하는 것에, 설사 그것을 부정하는 형태에서라도 찬사를 보내는 것이다." 예술이란 이미 존재하는 것에 부여된 모든 것들을 파괴함으로써 그 힘을 얻게 된다. "예술의 독자적인 진리는 사회와 자연의 모든 차원을 가로막는 일상적인 현실과 절연한다. 예술은 이러한 차원에로의 초월이며, 거기서 예술의 자율성은 모순속의 자율성으로서 구성된다. 예술이 이 자율성을 버림과 동시에 자율성이 표현되는 미적 형식도 버릴 때, 예술은 그것이 파악하여 고발하려는 현실에 굴복하게 된다." 따라서 예술은 자율성 안에서 존재하며 이런 자율성은 언제나 새로움을 목말라 한다.[127] 이러한 예술의 특징으로 인해 2000년대 서사 예술의 변화는 새로움을 형성하며 가능성의 세계로 서사 예술을 이끌어 간다.

이만교의 소설 『결혼은, 미친 짓이다』는 결혼이라는 무거운 주제를 다룬다. 그러나 이만교가 다루고 있는 사랑과 결혼은 결코 성스럽거나 무겁지 않다. 물질화된 도시에서 사랑과 결혼은 신파극이거나 포르노에 지나지 않을 뿐이다. 결혼에 대한 지적은 소비자본주의사회가 만들어낸 욕망에 대한 비판으로 이어진다. 결혼을 이미 오래전에 하나의 상품처럼 규격화시켜버린 자본주의 사회에서는 규격화되지 않은 것들이 없다. 결혼에 대한 화자의 비판이 자신의 것이 되지 못한 채 앵무새의 그것과 같이 단순한 메아리에 지나지 않는 것 역시 현대인들의 삶이 규격화되었기 때문이다.

---

127) 허버트 마르쿠제, 「미적 차원」, 『미학과 문화』, 최현 옮김, 범우사, 1989, 234~245쪽 참고 및 부분 인용.

유하의 영화 〈결혼은, 미친 짓이다〉는 사진이라는 소도구를 사용하여 결혼과 가족에 대한 비판을 가족에 집중한다. 영화 속 연희가 불륜적 사랑을 계속해서 사진으로 남겨두는 것은 그것이 비록 불륜이라고 할지라도 연희에게는 낭만적 사랑이기 때문이다. 세속적인 종교로서 낭만적 사랑을 꿈꾸는 연희에게 결혼을 통해 생성된 가족이란 새로 얻은 직장에 지나지 않는다. 그리하여 연희는 결혼을 통해 얻은 방과 불륜을 통해 얻은 두 개의 방을 가지고 있다. 연희의 방이 두 개인 것처럼 준영의 방도 두 개라고 할 수 있다. 하나는 연희와 사랑을 나누며 행복할 수 있는 사진 속의 방이며, 다른 하나는 남편이 있는 연희와의 어쩔 수 없는 괴리를 느껴야 하는 현실 속의 방이다. 현대인들은 이 두 방을 오가며 삶을 연기해야 한다. 연기하지 않고는 진실을 찾을 수 없다. 그것이 바로 물신화된 도시가 가지고 있는 모순이다.

2. 거대담론의 해체와 인식의 변화

역사적 인물의 개별화 :
소설 『망하거나 죽지 않고 살 수 있겠니』

이지민의 소설 『망하거나 죽지 않고 살 수 있겠니』[128]는 1930년대 일제 강점기의 경성을 무대로 하고 있다.

일제 강점기란 어떤 시대인가? 이러한 물음 자체가 불필요할 정도로 일제 강점기에 대한 우리의 역사 인식은 뚜렷하다. 일제 강점기란 "소작인 만보의 아낙이, 굶다, 애들에게 졸리다 못하여, 창서네 부엌에 들어가 찬밥덩이를 훔치다 들키어, 그것이 부끄러워 못살겠다고, 우물에 빠져 죽"[129]어야 했던 시대였고, "모든 식구가 퍼러퍼레서 굶고 앉은 꼴

---

128) 이지민은 문학동네 신인작가상을 수상할 때 '이지형'이라는 필명을 사용했다. 그러나 영화 〈모던 보이〉가 개봉된 뒤 소설이 재판될 때 이지민이라는 본명을 사용했으며, 책 이름도 『모던 보이 - 망하거나 죽지 않고 살 수 있겠니』로 바꿨다. 이 글에서는 이지민의 뜻에 따라 필명이 아닌 본명을 사용하기로 한다. 다만, 책 제목에 대해서는 그 스스로가 수상 인터뷰를 통해 제목 『망하거나 죽지 않고 살 수 있겠니』가 가지고 있는 의미를 밝히고 있으므로 초판본을 사용하기로 한다. 이지민의 책을 인용할 때는 쪽수만을 밝히기로 한다.

129) 박노갑, 『40년』, 깊은샘, 1989, 29쪽.

을 나는 그저 볼 수 없었다. 시퍼런 칼이라도 들고 나가서 강도질이라도 하여서 기한을 면하든지 하는 수밖에는 더 도리가 없게 절박"[130]한 시대였다. 일제 강점기 속에서 식민지 '조선'은 유령이 사는 도시였으며[131], 붉은 쥐들의 나라였다.[132] 이처럼 일제 강점기란 우리 민족의 역사 속에서 가장 아팠던 상처의 시간이며 암흑의 시대이고 좌절의 시대이다. 심지어 그 시대는 구더기가 들끓는 '묘지'[133]의 시대이기도 하다. 때문에 "일제 강점기의 문학은, 당대에 작품을 쓴 모든 작가들에게 공통적으로 작용하는 강압적 굴레를 둘러쓰고 있었고"[134], 그러한 강압은 일제 강점기를 그리는 오늘날의 문학에서도 거의 동일하게 적용되고 있다. 일제 강점기라는 시공간이 "바로 우리 문학은 물론 영화, 만화 등이 그야말로 '파먹을 수 있는' 거대한 소재의 보고임에도 불구하고" 오늘날의 작가 지망자들이 그곳을 그리지 않는 것도[135] 바로 이 때문이다. "식민지라는 억압적 시공간은 친일이냐 반일이냐라는 이항 선택의 갈림길에서 반일의 역사적 당위성을 후대 사람들에게 각인시켜주는 상징적 공간"이며, "친일의 부당성과 반일의 정당성이라는 이분법적 역사의식은 그 공간에 대한 자유로운 상상력의 개입을 불온시"킨다. 팩션(faction)이라는 신조어가 출판계를 강타하며 오늘날 '역사' 그 자체가 대중적 문화 키워드로 변해버린 상황 속에서도 일제 강점기에 대한 역사 인식은 바꿀 수 없는 하나의 커다란 흐름으로 인식되었다.[136]

---

130) 최서해, 「탈출기」, 『최서해전집』상, 곽근 편, 문학과지성사, 1987, 16쪽.
131) 이효석, 「도시와 유령」, 『이효석 단편 전집』1권, 가람기획, 2006.
132) 김기진, 「붉은 쥐」, 『한국소설문학대계』9권, 두산동아, 1995.
133) 염상섭에 의해 쓰여진 『만세전』을 보자. 3·1 운동이 일어나기 전, 조선의 현실은 어떤가? 그것은 구더기가 들끓는 공동묘지와 같은 암담함이 가득한 세계이다. 1924년 출간된 『만세전』은 1922년 『신생활』지에 「묘지」라는 제목으로 발표되었다가 뒤에 제목을 바꿨다.
134) 김종회, 「해방 전후 박태원의 역사소설」, 『박태원과 역사소설』, 구보학회 펴냄, 깊은 샘, 2008, 9쪽.
135) 도정일, 「심사평」, 『망하거나 죽지 않고 살 수 있겠니』, 문학동네, 2000, 220쪽.
136) 오태호, 「역사를 소설화하는 세 가지 방식」, 『오래된 서사』, 하늘연못, 2005, 35쪽.

그러나 이지민은 『망하거나 죽지 않고 살 수 있겠니』라는 소설을 통해 "우리 민족의 가장 불운한 시기를 배경으로 엉망진창, 유치찬란한 '장난'을 종횡무진 펼쳐 보이며"[137] 우리에게 익숙했던 일제 강점기에 대한 역사 인식을 허물어 버린다. 이지민 소설 『망하거나 죽지 않고 살 수 있겠니』가 가지고 있는 미적 출발점은 바로 이곳으로부터 시작된다. 물론 근대의 역사학이 문학과의 의도적인 결별을 위해 노력하며, 또 오늘날의 역사소설이 역사적 사실보다는 역사를 허구화하고 현재화하려는 작가의 의도를 더 많이 반영한다는 점 때문에[138] 이지민의 역사 인식은 어쩌면 매우 당연한 것으로 보인다. 그럼에도 그가 다루고 있는 시대가 우리 민족의 암흑기인 일제 강점기라는 점을 생각할 때 『망하거나 죽지 않고 살 수 있겠니』를 통해 보여준 이지민의 역사 인식은 남다를 수밖에 없다. 자유로운 상상력이 금기시되어 왔던 일제 강점기라는 시공간을 이지민은 단순한 외형적 표피로 사용한다. 이지민에게 일제 강점기 시공간은 소설 속 이해명과 조난실이 "기발하고도 코믹한 연애"를 벌이는 "허황된 만화 같기도 하고 혹은 종잡을 수 없는 몽롱한 꿈속의 세계"[139]일 뿐이다. 몽롱한 꿈속의 세계에서 주인공 이해명이 할 수 있는 것이라고는 자신을 떠난 여주인공 조난실의 꽁무니를 쫓아다니는 것뿐이다. 정말이지 꽁무니를 쫓아다닐 뿐이어서 해명은 다른 특별한 행동을 하지 않는다. 일장기로 표상되는 천 개의 태양이 뜬 종로에서 해명이 스스로 가상의 민족 영웅 '테러 박'이 되기를 자청하는 것도 민족이나 국가를 위해서가 아니다. 그것은 단지 해명이 "조난실이라는 욕

---

137) 신수정, 「작가 인터뷰 - 불쌍한 미치광이들」, 이지민의 『망하거나 죽지 않고 살 수 있겠니』, 232쪽.
138) 박진, 「역사 서술의 문학성과 역사소설의 새로운 경향」, 『장르와 탈 장르의 네트워크들』, 청동거울, 2007, 55~74쪽.
139) 임철우, 「심사평」, 이지민의 『망하거나 죽지 않고 살 수 있겠니』, 225~226쪽.
140) 김병익, 「역사소설의 현재성」, 『기억의 타작』, 문학과 지성사, 2009, 267쪽.

망"에 사로잡혔기 때문이다.

　　나에게 중요한 건 '사랑'이 아니란 걸 깨달았다. 나에게 중요한 건, 영
　　원히 미워할 수 없는 원수덩어리, 멋있는 나를 구박하는 나쁜 여자, 항상
　　돈이랑 시간이 모자란다고 투덜거리는, 그러나 아무리 힘들어도 상냥하고
　　가식적인 웃음만은 잃지 않는, 그냥 그런 여자, 나의 첫 여자친구, 그 유명
　　한 '조난실'이라는 이름의 그 사람. 그 자체뿐. 나에겐 사랑보다 그녀가
　　더 중요한 것이었다.(132쪽)

　　'종잡을 수 없는 몽롱한 꿈속의 세계'에서 필요한 것은 바로 '조난
실'로 대표되는 '이름의 그 사람'일 뿐이다. 이해명은 소설 속에서 스
스로 움직이기를 거세당한 채 '욕망'에 이끌려 "자기가 어디에 있는지,
무얼 하고 있는지, 누구와 있는지도"(94쪽) 모르며 이리저리 흔들리는
그림자로 살아간다. 그럼에도 소설 속 이해명의 위치는 글을 이끌고 나
가는 주인공으로 등장한다. 그것도 닫혀 있는 화자 '나'로 존재하며 소
설을 이끌고 나간다. 역사를 다루는 거개의 소설을 이끌어나가는 화자
는 열려 있는 화자로 '그' 혹은 '그녀'였다. 이는 역사를 다루고 있는
소설들이 당대의 이념과 정신은 물론 인간의 행동에 이르기까지 그 시
대가 요청하는 바들을 정밀하게 대응하고 있기 때문이며, 한 시대가 품
고 있는 의식적·무의식적 소망과 의지를 표현하려고 노력하기 때문이
다.[140] 당대의 의식, 혹은 당대를 대표하려는 인물의 의식을 그려나가기
위해서 역사를 다루는 소설들은 개인의 내면을 멀리하고 열려 있는 화
자를 통해 그 시대가 요청하는 소망을 수행한다. 그러나 이지민 소설
『망하거나 죽지 않고 살 수 있겠니』는, 역사를, 그것도 우리 시대 가장

---

140) 김병익, 「역사소설의 현재성」, 『기억의 타작』, 문학과 지성사, 2009, 267쪽.

암울했던 역사의 비극적 시공간을 사용하면서도 이해명이라는 등장인물을 '나'로 그리고 있다. 역사라는 객관적 서사가 '나'라는 주관적 서사로 옮아오는 지점이다. 역사적 인물로 '그' 혹은 '그녀'가 아닌 '나'는 역사 속에서 마음껏 자유로울 수 있다. 이지민에게 역사란 하나의 표피에 지나지 않음을 알 수 있다. "나라를 찾는 것보다 애인을 찾는 게 더 어렵습니다"(10쪽)라고 말할 수 있는 것도, "경성의 역사를 기록하는 일은 독립이 된 다음에도 꼭 필요한 일"(32쪽)이라 말하며 스스로 경성의 미래를 생각하는 사람이라고 말할 수 있는 것도 바로 역사라는 시간 속에서 이해명이 개별화된 인물이기에 가능하다. 이때 개별화란 역사 속 개인과는 다른 의미를 가진다. 역사 속 개인이 역사를 대변하기 위해 필요한 하나의 구성 요소에 지나지 않는다면, 역사 속 개별화(individualization)란 역사와는 별개로 존재하는, 그러니까 역사까지도 기존의 인식과는 전혀 다른 인식으로 전환시킬 수 있는 차별적인 인물을 말한다. 이때 비로소 역사라는 강압에 지배당했던, 그리하여 상층부로는 떠오를 수 없었던 각개의 하위 주체들은 하나의 개인으로 존재할 수 있는 자리를 얻게 된다. 이지민의 소설이 가지고 있는 긍정적인 힘은 바로 그가 보여준 기발하고 코믹한 세계관이 아니라 그처럼 허무맹랑한 세계관을 통해 역사 속에서 사라진 개별화된 존재들의 목소리에 귀를 기울이고 있다는 것에서 비롯된다.

역사 속 개별화된 인물을 그리기 위해 소설은 지금 오늘날의 일상 풍경들이 그곳에서도 재현되었음을 밝힌다. 망하거나 죽지 않고 살 수 있겠느냐는 물음이 하나의 슬로건처럼 다가와야 했던 '묘지'의 시대, 그러나 도발적인 제목과는 달리 그 시대의 일상은 평이하고 단조롭고, 그래서 매우 익숙하기만 하다.

전차가 멈추는 순간 비가 쏟아지기 시작했다.

사람들이 맨 앞에 서 있던 나를 밀치면서 내렸다. 그들은 일제히 손바닥으로 머리를 가리고는 뛰었다. 모두 검은 코트의 단춧구멍 같은 어두운 골목 속으로 잘도 숨어들어갔다.(7쪽)

이러한 익숙함은 기실 현재의 모습과 크게 다르지 않다. 소설의 배경이 바로 오늘 우리가 살고 있는 현실 속 모습이라 여기는 것도 이런 묘사 때문이다. 이처럼 소설은 의뭉스럽게 역사의 현장 속으로 들어간다. 역사는 사라지고 당대의 현실이 그대로 우리에게 남게 된다. 이때 과거가 되어버린 이야기가 현재의 문을 열고 독자에게 다가온다. 이처럼 "21세기 초입의 대한민국 수도 서울은 왜곡된 식민지 근대화의 거품 속에서 부글거리고 있는 20세기 초입의 식민지 제일의 도시 경성과 거의 다를 바 없다."[141] 소설 속 두 주인공 이해명과 조난실이 사랑하는 방식도 오늘날의 젊은이들과 크게 다르지 않다. "마지막 회가 상영 중인 극장 안은 집으로 돌아가기 아쉬운 연인들로 가득했"(23쪽)고, "그들은 좀 더 뜨겁고 좀 더 먼, 서로의 어딘가를 만져보기 위해 열심히 꼼지락거"(23쪽)린다. 조국의 광복 따위보다는 애인을 찾는 일이 더 시급하고, 서로가 서로를 모른 척 바람을 피우며 질투한다. 그리고 이처럼 일상화된 풍경 속에서 '역사'라는 거대담론은 무너지고 이해명이라는 개별화된 '나'를 통해 역사는 초점화되면서 요약되고 여과되며 결정된다. 소설이 가지고 있는 '거짓'도 '진실'도 아닌 세계관을 이지민은 이해명이라는 '모던 보이'를 통해서 그려보이고 있다.

나는 고향 땅의 화강석이 청량리 전차선의 새로운 지선 위로 아무 반항

---

141) 신수정, 앞의 글, 231쪽.

없이 묵묵히 끌려왔듯이 군말 없이 총독부로 들어가 착실한 사회인이 되었다. 이를 두고 몇몇 대학동창들이 노골적으로 나와 내 아버지를 싸잡아 비난하였으나 그건 그들이 뭘 모르고 하는 소리였다. 자식의 장래와 조국의 미래를 함께 염려하시던 양심 있는 친일파인 아버지는 첫 출근 날 내게 이렇게 말씀하셨다. 네가 원래 게으르고 공상이 많아 뭘 해도 엉망이고, 또 점을 봤더니 앞으로 십 년간은 재수가 없어 나가는 곳마다 족족 망한다니, 비록 총독부에서 일하는 것이지만 그 역시 조국의 독립에 일조하는 것이므로, 마음 편히 가져라. (30~31쪽)

거대담론으로서의 역사가 사라진 자리를 비집고 들어선 것은 이렇게 아이러니적 현실 독해이다. 하나의 개인으로 존재할 때 이해명에게 필요한 것은 조선의 독립이 아니라 '총독부에서 일하는 것'이다. 그리고 총독부에서 일하는 것은 다시 '조국의 독립 일조'라는 아이러니가 된다. 이런 아이러니적 현실 독해는 신임 총독의 취임이라는 시간 속에서 큰 파장을 키우며 독자에게 다가온다.

『망하거나 죽지 않고 살 수 있겠니』는 이틀 뒤면 신임 총독의 취임식이 진행될 1930년 경성에서 무대로 펼쳐진다. 불우한 산책자처럼 이해명은 "완벽히 젖"어 "더 이상 젖을 수도, 더 이상 운이 없을 수도, 더 이상 슬플 수도 없"(8쪽)는 결코 유쾌하지 않은 여정을 시작한다. 어느 날 갑자기 떠나버린 애인을 찾아 떠나는 것이다. 이해명이 조난실을 찾아 헤매는 이틀 동안의 여정이 이 소설의 큰 틀거리를 이루며 '소설의 시간'으로 작용한다. 그러나 '소설 속 시간'은 훨씬 길고 자유롭다. 해명이 난실을 처음 만났던 순간부터 난실이 떠나야 했던 까닭을 회고하는

---

142) 소설의 시간이란 소설 속 화자가 겪고 있는 시간을 말하며, 소설 속 시간은 소설 속 화자가 경험했던 그리하여 기억하거나 회상하는 방식으로 독자에게 들려주는 시간이다. 소설의 시간이 '일차 서사의 시간'이라면, 소설 속 시간은 '이차 서사의 시간'을 의미한다.

장면에 이르기까지 소설 속 시간은 보다 자유롭게 이곳저곳을 이동한 다.[142] 이 또한 기존 역사 소설과의 차별점이라고 할 수 있다. 역사를 다 루는 기존의 소설들이 자연적 시간을 중심으로 하는 연대기적 방식을 따르는 것에 비해서 『망하거나 죽지 않고 살 수 있겠니』는 비연대기적 서술 방식으로 소설 속 시간을 보다 자유롭고 복잡하게 만든다. 이런 비 연대기적인 서술은 추리 소설의 양식처럼 독자들에게 이해명과 조난실 의 관계에 대한 궁금증과 호기심을 유발시킨다. 독자들은 첫사랑을 찾아 떠나는 이해명의 여정이 '현실의 나'를 닮아 있음을 발견하게 되 면서 역사의 면면이 실은 오늘과 다르지 않음을 깨닫게 된다. 오늘이 과 거가 되고 과거가 미래가 되는 뫼비우스의 띠를 통해서 독자는 잃어버 린 시간을 찾게 되는 것이다. 이러한 깨달음은 거대담론이 지향하는 규 범의 세계에서서 나오는 것이 아니라 작은 이야기를 통한 성찰을 통해 얻게 된다는 점에서 다시 한 번 힘을 얻게 된다. '묘지'의 시간이었던 일 제 강점기란 '낭만의 화신'임을 자처하며 그 스스로 역사 인식을 버린 모던 보이들에게도 어쩔 수 없이 '나의 둥그런 푸른 무덤'으로 작용하 고 있다.

나는 점점 '나의 둥그런 푸른 무덤'과 멀어지고 있었다. 어쩔 수 없었 다. 나는 결국 조난실과 한패가 될 수는 없었다. 공범이 될 수는 없었던 것 이다. 서로의 아픔에 무감각해지는 것은 슬픈 일이니까. 그녀가 나를 더욱 아프게 한다고 해도 나는 그대로 느껴야만 하는 것이다. 슬퍼지지 않기 위 하여. 그러나, 것도 중요하긴 하지만 실은 진짜 이유가 따로 있는데, 아무 래도 총독보다 멋있게 보이는 건 예의가 아닌 것 같았다. 아무래도 영 그 게 마음에 걸렸다. 그뿐 아니라, 나는 나의 무덤에게 부담과 실망을 안겨 줄 수는 없었다. '나의 둥그런 푸른 무덤'은 총독의 무덤도 그 누구의 무덤도 아닌, 바로 나의 무덤이므로, 묻힌다면 나 혼자만이 묻혀야 하는 것이다. 나의 무덤이 원하는 건 오직 나 하나이니까.(212~213쪽)

소설 끝에서 만나는 이해명의 독백이다. 조난실을 쫓는 과정에서 이해명은 스스로 가공의 인물 테러 박이 되기를 희망한다. 그런데 이때 이해명은 민족의 독립을 위해 테러 박이 되려는 것이 아니다. 이해명은 단지 "조난실이 인정한 유일한 '테러 박'"(211쪽)이 되어 사랑을 얻고 싶을 뿐이다. 그럼에도 이해명의 욕망을 통해서 비록 역사와는 동떨어진 인물이라 할지라도 일제 강점기는 개개인에게 또 다른 강압으로 작용하고 있음을 보여준다. 그러나 지극히 개별화된 나는 중간에 발길을 돌린다. '총독보다 멋있게 보이는 건 예의가 아' 니기 때문이며, 내가 원하는 것은 '나의 둥그런 푸른 무덤' 일 뿐이기 때문이다. 이해명의 '푸른 무덤' 은 이처럼 역사적 인식과는 다른 개인적 실존으로서의 무덤이다. 그리고 그것은 각각의 개별화된 인물들에게 또 다른 무덤으로 작용한다. 이 무덤을 통과하면서 독자들은 "개인적 실존은 역사적 담론 앞에 사장되어도 좋은 것인가라는 질문" 을 만나게 된다.[143] 물론 정답이란 있을 수 없다. 다만, 역사의 무거운 담론 아래에서도 개인적 실존이 존재하며, 그리하여 작은 이야기들은 이토록 끈질기게 하나의 개인을 담아왔다는 사실만 인지하면 족하다. 이것이 『망하거나 죽지 않고 살 수 있겠니』가 풀어놓는 이야기다.

　　제가 생각하는 한국사회는 슬로건과 표어의 사회입니다. '하면 된다' '휴지는 휴지통에' 에서부터, 세계화, 정보화, 인터넷 대한민국까지. 교실, 사무실, 길거리, 신문, TV, 심지어 껌 포장용지에까지, 눈 돌아가는 곳 어

---

143) 오태호, 앞의 책, 37쪽.

디에나, 붙어 있는, 그 시대가 요구하는 가치와 목표들. 온 사회가 마치 수험생의 책상머리 같다는 생각까지 들 정도입니다. 물론, 한 세기 동안 끊임없이 이어진 역사적 비극과 시련을 헤쳐나가기 위해서 그 정도의 의식화 노력은 어쩌면 당연한 것일지도 모르겠습니다. 그러나, 저는 계속해서 학습하고 터득해서 일정 궤도에서 부지런히 빙빙 돌기를 가용하는 그 모든 표어 딱지들이 너무 부담스러웠습니다.(작가 인터뷰, 230쪽)

슬로건의 사회로부터 벗어나는 일, 그리하여 '그 시대가 요구하는 가치와 목표들'을 위해 달려가는 구성원으로서의 개인이 아니라, 자신의 생각과 뜻에 따라 움직이는 개별적인 개인의 목소리를 꿈꾸는 작가 이지민의 소설 미학은 이해명을 통해서 독자에게 전달되고 있는 셈이다.

역사의식의 사회화 : 영화 〈모던 보이〉

이지민의 소설 『망하거나 죽지 않고 살 수 있겠니』를 재매개한 정지우의 영화 〈모던 보이〉는 1930년대 일제강점기의 경성을 시공간으로 그리고 있음을 적극적으로 관객에게 보여주고 있다. 소설에서는 정확한 연대를 밝히지 않으며 이해명을 비롯한 등장인물들을 통해 소설 속 배경이 일제강점기의 어느 시대라는 것을 알려주는 것에 비해 영화는 오프닝을 통해 그 무대가 1930년대의 경성임을 직접적으로 보여주고 있다. 이후 호외로 뿌려지는 '일중전쟁 발발'과 만주사변 6기 승전 기념식장의 모습을 통해 영화의 시간을 보여준다. 역사적 현실에 비추어 볼 때 루거우차오[蘆溝橋]에서 일본군이 일으킨 군사행동을 시작으로 발발됐던 중일전쟁과 1937년 7월부터 같은 해 9월까지라는 것을 알 수 있다.

언어라는 상징기호를 사용하는 소설은 인간의 감성을 통해 무한한 상상의 세계를 펼쳐보일 수 있는 예술이다. 이는 역으로 소설이 사물을 있는 그대로 들려주기란 사실상 불가능하다는 것을 뜻한다. 스크린을 통해 실제하는 현상을 보여주는 영화와 달리 언어를 통해 들려주는 소설은 사물을 그대로 '보여주지' 못한다.[144] 1930년대를 시공간으로 사용하고 있지만 애써 묘사하고 있는 1930년대 풍의 거리 묘사가 아니라면 과거의 모습은 짐작하기 쉽지 않다. 이에 비해 영화 〈모던 보이〉는 충실하게 1930년대를 그려보이고 있다. 영화의 오프닝은 1930년대 경성역을 재현한다. 거리를 활보하는 인력거와 기모노를 입은 기녀들을 통해 영화는 소설에서 보여주지 못한 1930년대의 거리를 관객에게 보여준다.

영화 〈모던 보이〉가 충실한 각색에 따라 소설을 재매개하는 과정에서 가장 많이 변화시킨 것은 시간이다. 소설의 시간은 이틀 동안으로 매우 짧지만 소설 속 시간은 해명과 난실의 만남과 헤어짐, 난실을 쫓는 해명의 긴 시간으로 1930년의 어느 봄부터 이듬 해 여름 8월까지이다. 시간의 차이는 소설과 영화가 자신들의 담화를 풀어나가기 방식의 변화를 가져온다. 소설은 해명이 난실을 찾아 헤매는 시간의 과정을 독자에게 들려주는 방식으로 서사를 풀어나간다. 그러나 영화의 시간은 보여주어야 한다. 영화 속 해명이 과거를 회상한다고 하더라도 영상을 통해 보여주는 모습이 현재(영화 속 현재)에 있다면 그것은 과거의 시간이 되지 않는다. 그러므로 해명이 난실에게 들려주는 '저는 일본인이 되겠습니다'라는 어릴적 꿈은 과거의 시간 속에 있지 않고 현재의 시간 안에 머무른다. 이처럼 소설이 소설의 시간과 소설 속 시간을 가지고 있는 것에 비해 영화의 시간은 하나의 시간으로 이루어진다.

---

144) 묘사란 어쩔 수 없이 주관적 개입을 필요로 한다. 왜냐하면 "묘사란 사물이나 현상이 지닌 성질, 인상을 감각적으로 표현하는 언술 형식"(오규원, 『현대시작법』, 문학과 지성사, 1990, 65쪽)이기 때문이다. 글쓴이의 주관이 배제되어 있는 그대로의 묘사란 사실상 불가능하다. 그리고 주관 없이 그려진 '성질과 인상'은 풍경일 뿐 묘사가 될 수 없다. 이는 롤랑 바르트가 『카메라 루시다』를 통해 "도대체 사진이란 그 '자체로서' 무엇인가"(롤랑 바르트, 『카메라 루시다』, 조광희 옮김, 열화당 1986, 11쪽)라고 물은 뒤, "나는 모든 사진의 매개자로서 내 자신을 선택하기로 했다. 내 자신의 개인적인 방식에 의거한 근본적인 특성, 즉 그 특성이 없다면 사진이란 것이 도대체 존재할 수 없을 보편성을 명백하게 표현해 볼 생각이었다"(16쪽)고 말한 것에서 확인할 수 있다. 피사체가 없이는 결코 존재할 수 없는 사진, 그리고 가장 객관적일 것 같은 사진 또한 "개인적인 방식에 의거한 근본적인 특성"이 들어가야 하는 것이다. 가장 객관적인 예술 장르로 불리는 사진이 이럴진대 상징으로 쓰여진 문장이란 어떨 것인가? 다시 한 번 강조하지만 주관적이지 않은 묘사란 사실상 불가능하다.

소설의 시간이 영화의 시간보다 자유로울 수 있는 것은 바로 이 때문이다.[145] 소설은 소설의 시간과 더불어 소설 속 시간을 마음껏 사용하며 이곳과 저곳을 오갈 수 있다. 소설 『망하거나 죽지 않고 살 수 있겠니』에서, 이틀이라는 소설의 시간이 1년을 넘는 소설 속 시간을 오가며 독자들에게 궁금증을 유발시킬 수 있었던 것은 바로 시간의 자유로움이 있었기에 가능했다. 소설은 조난실을 찾아가는 이틀 간의 여정이라는 일차 서사를 바탕으로 해서 1년이 넘는 긴 시간의 이차 서사를 끌어오고 있으며, 이를 통해서 역사라는 과거의 한 장면을 열어보이고 있다.

이에 비해 영화의 시간은 3개월 남짓이다. 물론 〈모던 보이〉가 『망하거나 죽지 않고 살 수 있겠니』를 재매개하면서 시간을 짧게 그리고 있는 것이 영화가 가지고 있는 제약 때문만은 아니다. 비록 소설에 비해 시간의 제약을 받는다고 하지만 영화는 여러 방법으로 영화의 시간을 늘릴 수 있다. 알란 파커(Alan Parker) 감독이 연출한 〈핑크프로이드의 더 월Pink Floyd : The Wall〉(1982년)의 경우 담배 한 개비가 타들어 가는 시간 동안에 주인공은 어린 시절의 자신을 떠올린다. 그리고 그 회상은 다시 아버지에게로 이어지며 2차 세계대전의 포탄 아래 내버려진 아버지와 병사들에게로 이어진다. 예컨대 담배 한 개비의 짧은 시간을 통해 감독은 자유롭게 넓고 긴 시공간을 오가는 셈이다. 따라서 시간을 더 크게 보여주려고 감독이 마음먹었다면 "일본인"이 되고 싶다는 어린 이해명을 카메라로 담아 관객들에게 보여주면 된다.[146] 그럼에도 감독은 어린 이해명을 그리지 않는다. '일본인이 되고 싶었다'고 말하는 이해

---

145) 소설의 들려주기 방식을 영화의 형식으로 빌어온 리차드 샌크만 감독의 영화 〈맨 프롬 오브 어스 (The Man From Earth, 2007)〉를 살펴보자. 영화가 이야기하는 시간은 1만 4천 년이다. 영화는 1만 4천 년을 살아온 남자를 관객 앞에 내어놓는다. 그러나 영화는 이 시간들을 스크린에 재현하지 않는다. 보여주지 않고 남자의 입을 통해 말해 줄 뿐이다. 스크린에서 재현되지 않는 시간은 영화의 현재가 되지 못하는 것이다. 따라서 1만 4천 년을 이야기하는 영화가 가지고 있는 영화의 시간은 고작 열 시간 남짓이다.

명에게서 조난실에게로 카메라가 클로즈업(close-up)된 채로 옮겨지면서 역사의 시간 속에서 두 사람 모두 피해자인 동시에 가해자임을 말해준다. "클로즈업은 관객에게 집중의 효과와 함께 주관적인 감정을 전달할 수 있는 효과"[147]를 가져오는데, 강압적으로 작용하는 역사의 시간 속에서 피해자는 때때로 가해자가 될 수 있다는 깨달음이다. 이런 깨달음을 위해 영화는 담화의 시간을 압축한다. 영화에서 구현되는 현재의 시간을 살고 있는 이해명을 좀 더 선명하게 초점화함으로서 그의 내면 변화를 뚜렷하게 읽으려는 의도이다. 소설이 시간을 자유롭게 배열하며 이차 서사를 꾸준히 제시하는 것에 비해 영화의 시간이 연대기적 서사 방식에 따르는 것도 이런 의도 때문이다. 이처럼 소설 『망하거나 죽지 않고 살 수 있겠니』속에 그려지고 있는 1년 반 동안의 비연대기적 시간은 영화 〈모던 보이〉로 재매개 되는 과정에서 3개월의 연대기적 시간으로 변화하고 있다.

개별화된 인물을 그려내고 있는 소설과 달리 영화의 인물은 역사 속 인물로 변화되고 있다. 그런데 이런 변화의 과정을 불러오는 것은 민중이나 역사 혹은 조국과 같은 거대담론의 힘이 아니다. 영화에서는 일본인 검사 신스케를 찾아온 로라에게 해명이 스스로 신스케라 말하는 것을 통해서 새로운 가해자를 발견한다. 영화 〈모던 보이〉는 새로운 내부 가해자의 발견을 통해서 역사적 소용돌이를 헤쳐나가는 방법이 꼭 독립처럼 크고 무거운 거대담론이 아니라 한 사람의 내면 풍경이 달라지는 것처럼 미시담론으로부터 가능하다는 것을 보여주고 있다. 이처럼

---

146) 보여주어야 한다는 직접성 때문에 영화의 시간은 소설이 가지고 있는 시간 보다 많은 제약을 받는다. 해명의 어린 시절을 직접적으로 보여줄 때 영화는 영화 속 시간을 얻는 것이 아니라 영화의 시간을 늘리게 된다. 어린 이해명으로부터 독립군이 된 이해명에 이르기까지 긴 영화의 시간만을 가지게 되는 것이다.

147) 허만욱, 앞의 책, 214쪽.

피해자가 가해자가 되는 열린 서사를 통해 역사라는 무거운 벽을 허물고 지금 이곳이 일제강점기와 다름 아니라는 새로운 미학을 획득하고 있는 셈이다. 소설에서는 "아마도…… 당신은 나와 공범이 될 테니까요?"(104쪽)라는 조난실의 말, 즉 조선 독립을 희망하는 역사적 대표 인물을 통해 가해자를 발견하는 것과는 다른 표현이다. 소설이 이해명이라는 개별화된 인물과는 다른 역사적 강압으로부터 가해자를 발견하고 있다면 영화는 보다 적극적으로 가해자는 바로 우리 자신이라고 말하고 있다.

> 폭풍우에 부서진 조난당한 배, 즉, 그건 바로 무얼 말하는가, 그걸 간략하게 다른 말로 줄이면 무엇이 되나, 그건 바로, 바로, 조! 난! 실! 오가이가 부채꼴의 감옥에 갇혀 있듯 난 조난실이라는 감옥에 갇혀 있었던 것이다. 모든 게 밝혀졌다. 경성과 조난실은 공범이었다. 한패가 되어 나를 속여왔던 것이다.(151쪽)

소설 속에서 조난실은 가공의 테러 박을 만들어낸 인물이며 바로 그 장본인이다. 조난실이 꿈꾸는 세계는 독립의 세계이며 민족의 세계이다. 그럼에도 조난실과 경성은 공범이 되어 나를 속여왔다. 역사의 강압, 그 자체가 개별화된 인물에게는 하나의 폭력으로 작용하고 있다는 깨달음이다. 이러한 깨달음을 영화는 내면의 풍경을 통해서 그려나간다. 비록 짧은 시간이지만 뻔뻔하고 몰지각한 모던 보이는 조난실이라는 한 여인을 만나 역사적 인물로 거듭난다. 이해명의 변화는 거대담론이 가지고 있는 힘이 아니라 자신에게 가해자로 작용했던 또 다른 인물을 통해서이다.

1937년, 일제강점기. 조선총독부 1급 서기관 이해명은 단짝친구 신스케와 함께 놀러 간 비밀구락부에서 댄서로 등장한 여인 조난실에게 첫눈에 반한다. 영화의 시작이다. 소설은 갑자기 사라져버린 애인 조난실을 찾아 이해명이 카페 '아틀란티스'를 찾는 것부터 시작한다. '사람들이 맨 앞에 서 있던 나를 밀치면서 내렸'던 것처럼 이지민은 대한민국 역사의 맨 앞에 서 있는 일제감정기를 가볍게 밀치면서 소설을 시작한다. 소설이 그랬던 것처럼 영화 역시 역사가 가지고 있는 무게는 저 멀리 밀쳐두며 시작한다. 소설 속 조난실을 갈구하는 이해명이 "처음 무지개를 본 아이의 마음으로 내 운명을, 사랑을 무엇보다 기적을 예언했다"(23쪽)면 영화는 좀 더 직접적으로 조난실을 욕망한다. 소설 속에서 "그냥 카페 여급, 남자 사냥꾼, 거짓말쟁이, 게다가 제 여차친구일 뿐"(14쪽)이며, "춤을 추다니. 노래도 얼마나 못하는데"라고 기억되는 조난실이 영화 속에서는 '소문 이상'인 로라가 되어 경성 최고의 카페에서 춤추고 노래한다. 첫눈에 반한 해명은 온갖 방법을 동원하여 꿈같은 연애를 시작한다. 그러나 행복은 아주 짧다. 난실이 정성스럽게 싸준 도시락이 총독부에서 폭발한다. 그뿐인가, 난실은 해명의 집을 털어 흔적도 없이 사라져버리고 만다. 그때부터 해명은 난실을 찾아 경성을 떠돈다. 난실은 난실이었지만 난실이 아니었고, 난실이 아니었지만 난실이었다. 댄서가 아니었지만 댄서였고, 댄서였지만 댄서가 아니었다. 그녀는 이름도, 직업도 여럿이었다. 해명은 돌아선다. 그녀를 사랑하기에 위험은 너무 크다. 그러나 밀려드는 절망 속에서 해명은 다시 걸음을 옮겨 그녀에게 향한다. 절망이 클수록 그녀를 향한 열망도 점점 커져간다. 영화 〈모던 보이〉의 이해명은 감당하기에는 큰 위험을 감수하며 그녀를 향해 다가간다. 영화가 보여주는 내면 풍경이 본격적으로 시작되는 부분이다. 소설에서는 그저 떠나버린 애인만을 찾기 위해 분주하다. 조난실이 인정하는 유일한 테러 박이 된 뒤에 이해명이 취하는 행동은 총독보다 더 멋있는 것은 실례가 된다는 아주 우스꽝스러운 핑계를 만들어가며 테러를 포기한다. 신분을 감추고 폭탄을 만들었던 조난실과는 너무도 다른 모습이다.

> "아이씨, 아까 구두를 잃어버렸어요. 아아, 아, 발 다쳤어요. 발."
> "그냥, 잊어버려. 뭐, 어차피 나라도 잃고, 애인도 잃어버린 마당에." [148]

'나라' 와 '구두' 를 같은 의미로 취급하는 경성 제일의 한량, 이해명은 영화로 재매개되면서 변화를 가져온다. 그 변화의 중심축은 바로 영화에서 역사 속 인물로 그려지는 조난실을 통해서다. 영화의 결말에서 조난실은 테러 박이 되어 폭탄 테러를 자행한다. 이해명이 다치지 않게 무대 뒤편에 묶어둔 채이다. 장면이 바뀌고 이해명은 눈 내리는 숲 속을 걷는다. 깊은 산에서 사람들과 만나 숨겨두었던 무기를 꺼낸다. "천하에 둘도 없는 친일파 뺀질이" [149]였던 이해명이 독립투사로 거듭나는 장면이다. 이어지는 장면에서 사람들이 보고 있는 지도는 이해명이 그렸던 경성의 지도이다. 영화는 이처럼 이해명이라는 개별적인 인물이 조난실이라는 역사 속 개인을 통해 역사적인 인물로 변화하는 과정에 주목한다.

소설이 영화로 재매개되면서 변화하는 인물은 주인물만이 아니다. 부인물의 변화도 매우 선명하게 드러나는데 신스케가 소설에서는 해명의 친구에 지나지 않는 것에 비해 영화에서는 해명의 친구이기도 하면서 적이기도 한 모습으로 그려진다.

---

148) 정지우, 영화 〈모던 보이〉, 2008, 이해명과 미스터 리의 대화, 40분.
149) 정지우, 위의 영화, 조난실의 대화, 48분 30초.

신스케 차례였다. 신스케는 잠시 뜸을 들였다. 그러다 갑자기 두 손을 번쩍 들어올리더니 눈알이 튀어나오고 목에 힘줄이 투두둑- 끊어질 정도로 무섭게 외쳤다.

"대한독립만세! 만세! 만세!"

나는 깜짝 놀랐다. 신스케 본인도 놀란 듯했다. 교본에는 그럴 때 물을 끼얹거나, 다시 인두로 지지라고 씌어 있었다. 나는 신스케에게 왜 그렇게 지나칠 정도로 진지하게 연기했는지 묻지 않을 수 없었다. 아직도 얼굴이 시뻘건 신스케는 무안한지 손을 비비면서 웅얼거렸다.

"그냥 예전부터 한번 해보고 싶었어. 좀 이상했지?"(41쪽)

소설 속 일본인 신스케가 이해명의 도움을 받으며 조선어를 배우는 장면이다. 이때 이들이 사용하는 '조선어'는 일반적인 언어라기보다는 강압적인 언어로 작용한다. 호주머니에 딱 들어가도록 만들어진 일본 경찰관 조선어 교본에 수록된 것들이다. 신스케와 해명은 이처럼 나라와 나랏말은 물론 조선의 독립까지도 장난스럽게 가지고 노는 단짝 친구일 뿐이다. 영화는 신스케의 인물을 다르게 설정하면서 이해명의 내면 풍경이 변화하는 당위적 과정을 그려나간다. 소설에서 이해명의 친구이며 상관으로 나오는 신스케는 영화에서 일본인 검사로 등장한다. 총독부에서 이해명과 신스케가 처음 만났다는 소설의 설정과는 달리 영화는 이해명의 일본 유학 시절 두 사람이 만난 것으로 되어 있다. 또한 영화는 테러 박을 좇는 과정에서 신스케 검사에게 잡혀 고문당하는 해명의 모습을 추가하기도 한다. 신스케의 정부(情婦) 유키코와 사랑을 나누며 이해명이 "현실성 없는 백치"150)임을 강조하는 소설과는 달리 영화는 신스케라는 또 다른 강압적인 인물을 내세워 이해명의 내면 풍경의 변화를 돕고 있다. 그리하여 소설 속 '낭만의 화신'은 내면 풍경의 변화를 거듭하며 영화 속에서 "테러의 화신"[151]임을 자처한다. 역사 속 개별화된 인물이 재매개를 통해서 역사의식의 사회화를 이루는 지점이다.

이밖에도 영화는 소설에서 사용하지 않았던 소도구를 적극적으로 사용하고 있다. 이해명이 조선을 위해서가 아니라 일본을 위해서 그렸던 지도는 다시 조선 독립을 위한 도구로 활용된다. 소설 속에서 쓰여지지 않은 조난실의 편지는 이해명이 역사적 인물로 거듭나는데 결정적인 역할을 하기도 한다. 이처럼 연대기적으로 단순히 인물을 추적하는 것처럼 보였던 영화는 역사란 무엇이냐고 조용히 묻듯이 〈개여울〉이 흘러나온다. 영화 중반에 일본어 노래로 불려진 〈개여울〉이 민족의 언어를 얻고 비로소 밖으로 등장하는 것인데, 이는 "난실을 얼굴 없는 가수로 설정하여 〈개여울〉이라는 음악 모티프를 축으로 내러티브를 끌어" 나가며 소설에서는 실현 불가능한 미학적 효과를 "매우 독창적이고 뛰어난 미학적 성취"로 이끌어낸 부분이다.[152]

그렇다면 같은 시대, 이해명처럼 지식인이라 불렸던 많은 조선의 모던 보이들은 어떤 모습으로 살아갔을까? 많은 당대의 모던 보이들이 이해명과 크게 다르지 않은 삶을 살았다. 그들은 일본에서 유행하는 갓빠 모자를 쓰고 일본의 문화를 향락하며 하루하루를 살아갔다. 그들은 이해명이 총독부 1급 서기관으로 일하며 "내가 원래 게으르고 공상이 많아 뭘 해도 엉망이고, 또 점을 봤더니 앞으로 십 년간은 재수가 없어 나가는 곳 족족 망한다니, 비록 총독부에서 일하는 것이지만 그 역시 조국의 독립에 일조하는 것이므로, 마음 편하게"(31쪽) 자신을 합리화 시킨

---

150) 임철우, 「심사평」, 이지민의 앞의 책, 226쪽.
151) 정지우, 앞의 영화, 이해명의 대화, 1시간 50분.
152) 안영순, 「서사담론의 변화와 관객성 : 소설과 영화 '모던 보이'를 중심으로」, 『외국문학연구』제35호, 외국문학연구소, 2009, 116쪽.

다. '나'를 통해 서술된 이 부분은 영화에서도 이해명을 통해 말해진다. 그것은 당대 지식인의 모습이다. 자국의 힘없음을 탓하며 때로는 일본이라는 거대 제국주의에 희생된 조선이라는 작은 나라가 다시는 광복이 되지 못할 것이라 스스로 믿으며 조선의 지식인들은 살아갔다.

"상해에서, 왜, 내게 돈을 달라는거지?"

"작년부터 일본 경찰에 검거된 후 재판도 없이 실종된 조선인 명단입니다. 어르신께서 주신 돈은 그 사람들을 찾는데 요긴하게 쓰일 것입니다."

"글쎄, 내집에서 나가줬으면 좋겠네."

"어르신! 고종이 승하하셨을 때 보여주셨던 패기는. 도대체 어떻게 되신 겁니까?"

"일본이 그리 쉽게 망할 것 같은가?"[153]

영화 〈모던 보이〉는 소설 속에서 등장하지 않은 이해명의 아버지를 적극적으로 활용한다. 역사 속을 방황하던 당대 조선 지식인들이 소설 속 '나'뿐이 아니었음을 보여주기 위한 장치이다. 영화 속 이해명의 아버지는 일본식 옷차림으로 거만하게 앉아 있다. 그 앞에는 독립운동을 하는 백상허가 무릎을 꿇고 있다. 두 사람의 대화를 통해 알 수 있는 것처럼 이해명의 아버지는 고종이 승하했을 때 울분을 토했던 당대 지식인이었다. 그는 거침없이 일본이 쉽게 망하지 않을 것이라며 자신의 친일을 항변한다. 일제강점기, 희망과 절망의 위태로운 줄타기에서 인간 절망으로 밀어넣는 것은 비단 밖으로부터 비롯된 일제의 간악한 억압만은 아니었다는 사실을 영화는 말해주고 있다.

영화 초반 신스케 검사를 찾아온 로라(조난실)에게 자신이 일본인 검

<hr />

153) 정지우, 앞의 영화, 이해명 아버지와 백상허의 대화, 41분 ~ 41분 40초.

사 신스케라 말하는 이해명의 모습에서, 조난실이 싸준 도시락 속 태극기가 이해명에 의해서 일장기로 변화하는 모습에서도 내부 가해자는 발견된다. 예컨대 폭력과 억압의 가해자는 비단 밖으로부터 존재하는 것만이 아니라 때때로 그것은 안으로부터 비롯된다는 깨달음이다. '나' 혹은 '우리'라는 이름으로 행해지는 억압과 폭력은 내부에서 비롯된 것으로, 그것은 외부로부터 비롯되었을 때보다 훨씬 무서운 형태로 전개된다. 외부로부터 비롯된 억압은 그것을 인지하고 대비할 충분한 요소들을 마련하지만 내부에서 비롯된 억압은 미처 그것을 대비할 어떤 틈도 주지 않기 때문이다. 또한 내부에서 비롯되는 억압은 그 자체로 또 다른 폭력이나 전쟁을 발생하게 만드는 가장 중요한 원인이 된다.[154] 내부에서 비롯된 억압과 폭력이 더욱 두려운 것은 그것이 빙산의 일각처럼 아주 작은 부분만 밖으로 드러난다는 사실이다. 언제나 존재하지만 쉽게 인식하지 못하는 것, 아니 인식하기를 일부러 피하려 했던 것이 바로 '나' 혹은 '우리'라는 이름의 가해자일 수 있다는 사실이다.

소설 『망하거나 죽지 않고 살 수 있겠니』는 이처럼 피해자가 가해자가 되는 서사의 진행 과정을 통해 역사라는 벽을 허물고 지금 이곳이 일제 강점기와 다름 아니라는 새로운 미학을 획득한다. 그리고 영화 〈모던 보이〉는 새로운 내부 가해자의 발견과 동시에 내면 풍경의 변화를

---

154) 전쟁의 원인이 내부에서 비롯된 불합리와 그것에 대한 제도적 억압 과정에서 비롯된 것임은 주지의 사실이다. 마빈 해리스에 의하면 많은 원시의 부족들이 전쟁을 벌이는 까닭이 참으로 단순한 것에서 발생되었음을 알 수 있다. 어떤 부족들은 자신들이 용맹스러운 무사임을 증명하기 위해 전쟁을 벌이고, 어떤 무사들은 사람의 고기를 먹을 수 있다는 기대에 부풀어 전쟁터로 나간다. 전쟁이란 이처럼 외부에서 비롯된 억압과 폭력에서 발생하는 것이 아닌 내부에서 일어나는 열망과 기대들에 의해서 발생하는 것이다. "이런 열망들은 폭력을 사용할 수 있는 인간의 잠재력을 자극하고 호전적인 태도를 나타내도록 돕"기도 한다. 이때의 잠재력이란 밖에서 발생하는 것이 아니라 내부에 이미 존재하고 있던 것임을 생각해야 한다. 예컨대 폭력이나 억압의 시작점은 바로 '나'인 셈이다.(마빈 해리스, 『문화의 수수께끼』, 박종렬 옮김, 한길사, 1982, 제 4장 「원시전쟁」 부분 참고 정리 및 부분 인용)

통한 개별 인물의 역사화를 통해서 역사적 소용돌이를 헤쳐나가는 방법이 독립처럼 크고 무거운 거대담론이 아니라 한 사람이 가지고 있는 작은 미시담론으로부터 가능하다는 것을 보여주고 있다.

2000년대 소설의 주요 특징은 소설의 다양화와 장편소설의 진화를 들 수 있다. 이미 살펴본 것처럼 이 시기에 영화로 재매개를 시도한 소설 원작들 가운데 단편소설이 단 한 편도 포함되지 않았다는 사실은 우리 문학의 무게 중심이 단편에서 장편으로 옮아가고 있음을 의미한다. 단편소설은 다양화와 더불어 서사 자체를 파괴하며 이미지 혹은 언어의 유희로까지 쓰여지는 것이 2000년대 소설의 한 특징이다. 이런 단편소설의 자리를 대신하며 장편소설이 진화를 거듭했다. 그 동안 거대담론에 묶여 있던 장편소설들은 거대담론을 버리고 지난 시대 단편이 보여주었던 간결하고 절제된 미학을 자기 것으로 만들며 한국 소설의 새로움을 획득했다. 이는 서사 예술의 흐름에서도 반가운 일이다. 영화 역시 2000년대에 등장한 신진 감독들에 의해 이런 자유로움을 마음껏 취하며 다양화된 방식으로 성장하고 있다. 작가들이 그런 것처럼 2000년대에 활동하는 감독들에게도 공동의 미학이란 존재하지 않으며 이데올로기 역시 무의미할 뿐이다.

이지민은 소설 『망하거나 죽지 않고 살 수 있겠니』를 통해 구더기가 들끓는 묘지의 시대로까지 인식되어 왔던 일제강점기를 표피적으로 사용하며 서사를 이끌고 나간다. 이념과 역사라는 거대담론은 이지민에게 중요하지 않다. 중요한 것은 역사가 아니라 그 시대를 살아가는 개인이다. 이지민이 역사 소설의 주된 화자로서 열린 화자를 사용하던 다른 소설들과 달리 닫힌 화자를 사용하는 것도 바로 이 때문이다. 당대의 이념과 정신은 물론 인간의 행동에 이르기까지 그 시대가 요청하는 바들을 정밀하게 대응해야만 했던 객관적 서사는 '나'를 통해 움직이는 주관적 서사로 옮아온다. 그리고 이때 역사의 강압에 지배당한 채 표면으로 떠오르지 못했던 하위 주체들은 하나의 개인으로 존재하며 이야기의 표면으로 떠오른다.

정지우는 영화 〈모던 보이〉를 통해서 역사적 소용돌이를 헤쳐나가는 방법이 독립처럼 크고 무거운 형태로 이어지는 것은 아니라고 말한다. 한 사람의 내면 풍경이 달라지는 작은 변화를 통해서, 즉, 미시적 세계 인식을 통해서 세계는 변화한다. 영화는 소도구를 적극적으로 활용하며 소설과는 달리 열린 서사를 추구한다. 이해명이 일제를 위해서 그렸던 지도는 다시 독립을 위한 지도가 되고, 조난실의 편지는 이해명이 역사적 인물로 거듭나는데 결정적인 역할을 한다. 무엇보다 노래 〈개여울〉의 사용은 탁월하다. 영화 중반에 일본어로 불리는 〈개여울〉은 결말에 이르러서 겨레의 말이 되어 비로소 밖으로 등장한다. 살고 싶다고 말하던 조난실이 독립을 위해 스스로 목숨을 끊은 뒤다. 개별적인 인물이 역사적 인물로 거듭나는 것은 시대를 지배하는 역사적 거대담론이 아니라 한 개인으로부터 완성될 수 있음을 영화는 보여준다.

영화와 소설의 거리를 활보하는 모험

1930년대 박태원이 『천변풍경』을 발표한 이후 한국 소설들은 의식적으로 혹은 반의식적으로라도 박태원의 기법이라고 할 수 있는 영상화에 다가서고 있다. 2000년대 이후 이런 증상들은 더욱 본격적이며 구체적인 형태로 나타난다. 환멸을 원심력으로 하여 소설 쓰기가 가능했던 1990년대와는 달리, 환멸마저 사라지고 타인과 관계맺기가 불가능한 시대에 우리의 작가들은 어쩔 수 없이 규칙화될 수 없는 자신만의 방법으로 세계를 그려야 했다. 문자화라는 상징을 통해 내면을 숨기는 것이 아니라, 수식을 버리고 간결하고 세밀하게 깨어진 내면을 그대로 드러내는 것, 세상을 꾸미지 않고 있는 그대로 드러내 보이는 영상화된 글쓰기 방식이다. 특이한 것은 소설 기법의 영상화가 이루어진 원작이 재매개될 때 서사를 중심으로 하는 일반적인 원작들과는 다른 형태의 영상 전략을 영화가 구사한다는 점이다.

1930년대 박태원이『천변풍경』을 발표한 이후 한국 소설들은 의시적으로 혹은 반의식적으로라도 박태원의 기법이라고 할 수 있는 영상화에 다가서고 있다.[155] 2000년대 이후 이런 증상들은 더욱 본격적이며 구체적인 형태로 나타난다. 환멸을 원심력으로 하여 소설 쓰기가 가능했던 1990년대와는 달리, 환멸마저 사라지고 타인과 관계맺기가 불가능한 시대에 우리의 작가들은 어쩔 수 없이 규칙화될 수 없는 자신만의 방법으로 세계를 그려야 했다. 문자화라는 상징을 통해 내면을 숨기는 것이 아니라, 깨어진 내면을 그대로를 간결하고 세밀하게 드러내는 것, 세상을 꾸미지 않고 있는 그대로 드러내 보이는 영상화된 글쓰기 방식이다. 특이한 것은 소설 기법의 영상화가 이루어진 원작이 재매개될 때 서사를 중심으로 하는 일반적인 원작들과는 다른 형태의 영상 전략을 영화가 구사한다는 점이다. 소설 기법이 비록 영상화되었다고 하더라도

155) 이호림, 앞의 논문, 101~102쪽.

그것은 인간의 눈을 통해서 보여주는 영상들이 아니다. 소설 속 이미지는 문자라는 약속된 기호가 가지고 있는 선조적 특성을 통해서 인간의 뇌가 상상하는 감각적 수용을 기반으로 하기 때문이다. 이번 장에서는 2000년대 새로운 소설의 주류를 형성하고 있는 이미지의 서사화 기법을 『채식주의자』와 『소와 함께 여행하는 법』을 통해서 살펴본 뒤, 각각의 소설들이 재매개되는 과정을 살펴보도록 한다.

1. 새로운 화자의 발견과 영화의 시선

숨은 화자와 다큐멘터리적 소설 기법
: 소설 『채식주의자』

한강의 『채식주의자』는 어느 날 갑자기 채식을 선언하는 한 여자를 바라보는 세 명의 주변인들을 화자로 내세워 서사를 이끌고 있는 작품이다.

첫 번째 연작 「채식주의자」는 그녀(영혜)가 아주 평범한 한 사람이었음을 말하며 시작하고 있다. "아내가 채식을 시작하기 전까지 나는 그녀가 특별한 사람이라고 생각한 적이 없었다. 솔직히 말하자면, 아내를 처음 만났을 때 끌리지도 않았다."[156] 그럼에도 "내가 그녀와 결혼한 것은, 그녀에게 특별한 매력이 없는 것과 같이 특별한 단점도 없어 보였기 때문이었다."(채식주의자, 9~10쪽) 특별한 단점이 보이지 않는다는 것

---

156) 한강, 「채식주의자」, 『채식주의자』, 창비, 2007, 9쪽. 이 뒤부터는 각각의 연작 소설명과 쪽수만을 표기하기로 한다.

은 일상성을 벗어날 위험이 없어보이는 지극히 평범함을 의미한다. 그런 그녀가 갑자기 채식을 선언한다. 꿈 때문이다. 꿈속에서 고깃덩어리들이 매달려 있는 막대기를 피해 달아나야 했던 영혜는 허름한 헛간에 들어가 땅에 떨어진 고깃덩어리를 주워 먹다가는 이내 그것이 자신의 얼굴이라는 걸 알게 된다. 육식을 거부하기 시작하면서 영혜는 남편의 몸에서 고기 냄새가 난다는 까닭으로 남편과의 잠자리마저 거부한다. 이처럼 평범했던 한 인물이 일상성을 벗어나는 순간 소설은 시작된다.

어두운 숲이었어. 아무도 없었어. 뾰족한 잎이 돋은 나무들을 헤치느라고 얼굴에. 팔에 상처가 났어. 분명 일행과 함께였던 것 같은데, 혼자 길을 잃었나봐. 무서웠어. 추웠어. 얼어붙은 계곡을 하나 건너서, 헛간 같은 밝은 건물을 발견했어. 거적때기를 걷고 들어간 순간 봤어. 수백 개의, 커다랗고 시뻘건 고기덩어리들이 기다란 대막대들에 매달려 있는 걸. 어떤 덩어리에선 아직 마르지 않은 붉은 피가 떨어져내리고 있었어. 끝없이 고깃덩어리들을 헤치고 나아갔지만 반대쪽에 출구는 나타나지 않았어. 입고 있던 흰옷이 온통 피에 젖었어.

어떻게 거길 빠져나왔는지 몰라. 계곡을 거슬러 달리고 또 달렸어. 갑자기 숲이 환해지고, 봄날의 나무들이 초록빛으로 우거졌어. (채식주의자, 18~19쪽)

비록 그것이 꿈이었지만 영혜에게 그것은 "그렇게 *생생할 수 없*"(채식주의자, 19쪽)다. 막대에 매달려 있던 붉은 고기 덩어리들이 뚝뚝 떨어져내린다. 입고 있던 흰옷이 온통 젖을 정도로 많은 양이다. 숲은 어둡고 출구는 나타나지 않는다. 그때 영혜에게 나타난 것은 구원과 같은 "*봄날의 나무들*"이다. 그러나 여전히 무섭다. "그 헛간에서, 나는 떨어진 고깃덩어리를 주워먹었'(채식주의자, 19쪽)기 때문이다.

소설의 일반적인 문장들과는 달리 기울여 쓰여진 문장은 화자에게서 발화되지 않는다. 이때의 문장들은 화자에게서 발화되는 일반적인 문장들과는 달리 소설 속 인물인 영혜의 내면 깊숙이 숨겨진 정신적 외상(外傷)으로 작용하며 소설 속 시간과 공간을 벗어난다. 상처는 다시 자신의 살을 씹어먹는 극한의 공포로 이어진다. "*이빨에 씹히던 날고기의 감촉이. 내 얼굴이. 눈빛이. 처음 보는 얼굴 같은데, 분명 내 얼굴*"(채식주의자, 19쪽)이다. 이후 영혜는 채식을 선언한다. 그런 영혜의 모습이 남편인 나에게 온전하게 보일 리 없다. 이때 채식이란 단순히 음식에 대한 기호를 넘어 한 가족의 질서를 위협하는 비일상적인 일탈로 나에게 다가온다. 그럼에도 "나는 가끔 불길한 생각을 했다. 혹시 이것이 초기 증상에 지나지 않는다면? 말로만 듣던 편집증이나 망상, 신경쇠약 따위로 이어질 시초"(채식주의자, 24쪽)일까, 그런 걱정을 잔뜩 하면서도 나는 방관자적 시선으로 아내를 바라보거나, "미쳤군. 완전히 맛이 갔어"(채식주의자, 17쪽)라는 말로 아내를 규정하며, 아내와의 소통을 시도하지 않는다.

내가 직접적인 조치, "무엇인가 조치를 취해야 했다"(채식주의자, 34쪽)고 느끼게 된 것은 사장 부부와의 저녁 식사를 마치고 돌아온 뒤다. 부부 동반 모임에서도 육식을 거부하는 아내를 위해 나는 "집사람은 오랫동안 위장병을 앓았어요"(채식주의자, 32쪽)라고 핑계를 댄다. 그런데 이것은 아내를 위해서가 아니라 나의 평범한 일상을 위해서다. 사장으로부터 특이한 존재가 되는 것, 그리하여 일상성을 넘어서는 존재가 되는 것을 나는 원하지 않는다.

나는 거실을 서성거리다가 전화기를 들었다. 먼 소도시에서 장모가 전화를 받았다. 아직 잠들기에는 이른 시간이었는데, 장모의 목소리는 혼곤했다.

"다들 편안한가? 요즘 통 연락이 없던데."

"죄송합니다. 제가 워낙 바쁘게 지내느라구요. 장인 어른은 건강하십니까?

"우리야 늘 똑같지. 정서방 하는 일은 잘되고?"

나는 망설이다가 말했다.

"저는 괜찮습니다. 그런데 집사람이⋯⋯"

"영혜가 왜, 무슨 일이라도 있나?"

장모의 음성에 걱정이 어렸다. 평소에 장모가 특별히 관심을 기울이지 않는 것처럼 보이던 둘째 딸이지만, 자식은 자식인 모양이었다.

"고기를 안 먹는답니다." (채식주의자, 34~35쪽)

집에 돌아온 내가 취한 행동은 인용문에서처럼 장모에게 고기를 먹지 않는 아내를 고자질하는 정도이다. 이어 나는 "콧소리를 섞어 내는", 그래서 "나에게 약간의 성적인 긴장감" (채식주의자, 36쪽)을 주는 처형에게 아내의 채식을 알린다. 채식을 거부하고, 또 "당신 몸에서 고기냄새가 나" (채식주의자, 24쪽)기 때문에 섹스를 거부하는 아내와의 싸움을 벌이기보다 그 책임을 처가 식구들에게 전가하는 것이다. 나의 바람처럼 처가 식구들이 모인다. 그 자리에서 육식을 강요하며 아내를 협박하는 장인을 보며 "가슴 뭉클한 부정(父情)이 느껴져, 나도 모르게 눈시울이 뜨거워" (채식주의자, 49쪽)진다. 나는 그 자리에 모인 모든 사람들이 같은 감정일 것이라 생각한다.

나의 이러한 행동은 가부장적인 질서 속에서 여성을 억압하는 폭력이 얼마나 크고 깊숙이 우리 사회에 스며 있는지를 말해준다. 여성에게 행해지는 폭력은 가족이라는 울타리 안에서 암묵적으로 습득되고 강요된다. 내가 기대는 것은 '가족'이라는 이름으로 영혜에게 행해졌던 또 다른 폭력의 근원이다. "가부장제라는 용어는 오늘날 여성에 대한 남성의 지배를 대변하는 용어로 사용되고 있다. 이 사실은 한편으로는 여성에 대한 지배 논리가 가족을 중심축으로 하여 이루어지고 있음을"[157] 한강의 소설 『채식주의자』는 채식을 선언한 한 여성을 통해 증명하고 있다. 육식의 거부란 남성을 중심으로 하는 가족의 지배 논리를 거부하는 것을 넘어서 권력을 거부하는 것에 다름 아니다. 아내가 특이해지는 것, 그리하여 그것이 '미쳤다'는 병적 문제를 가져오는 것보다 내게 더 큰 문제는 아내가 육식을 포기함으로써 권력에 길들여지기를, 예컨대 "육식은 본능"(채식주의자, 31쪽)이라고 믿는 인류 문명의 질서를 거부한다는 데 있다. 고기를 먹지 않으며, 고기를 버리는 행위는 '돈'의 가치를 인정하지 않겠다는 것이며, 이는 다시 권력을 받아들이지 않겠다는 것을 의미하기 때문이다. 고기는 인간이 수렵을 시작한 이래로 계속해서 남성의 전유물로 인식되었으며 '가부장제의 상징'으로 인식되었다.[158] 따라서 "어젯밤과 똑같이 나의 존재를 무시하며 그녀는 계속해서 고기 꾸러미들을 쓰레기봉투에 넣었다. 쇠고기와 돼지고기, 토막난 닭, 적게 잡아도 이십만 원어치는 될 바다장어를"(채식주의자, 16쪽) 버리는 행위는 육식의 포기이며 가장으로서 '나의 존재를 무시'하는 행동이다. 이는 우리 사회가 유지해 온 가부장적인 질서를 거부하는 행동이다. 또한 이것은 돈과 권력의 질서를 쓰레기봉투에 넣어버리는 행위이다. 그런 행위자에게 관대할 만큼 사회의 아량은 넓지 않다. 가족들은 육식을 거부하는 영혜에게 마침내 폭력을 행사하며 육식을 강요한다.

---

157) 이찬규·이은지, 「한강의 작품 속에 나타난 에코페미니즘 연구 - 『채식주의자』를 중심으로」, 『인문과학』 제46집, 2010, 48쪽.
158) 캐럴 J 아담스, 『육식의 성정치』, 이현 옮김, 미토, 2006, 73~78쪽.

내가 정이라고 느꼈던 아버지의 행동이 영혜에게는 커다란 폭력에 지나지 않다. 영혜가 선택할 수 있는 것은 많지 않다. 어쩔 수 없이 영혜는 자살을 시도하며 더 깊은 수렁으로 자신을 내몬다.

마침내 다시 화가 머리끝까지 치민 장인이 한번 더 아내의 뺨을 때린다.
"아버지!"
처형이 달려들어 장인의 허리를 안았으나, 아내의 입이 벌어진 순간 장인은 탕수육을 쑤셔넣었다. 처남이 그 서슬에 팔의 힘을 빼자, 으르렁거리며 아내가 탕수육을 뱉어냈다. 짐승 같은 비명이 그녀의 입에서 터졌다.
"……비켜!"
아내는 몸을 웅크려 현관 쪽으로 달아나는가 싶더니, 뒤돌아서서 교자상에 놓여 있던 과도를 집어들었다.
"여, 영혜야."
장모의 끊어질 듯한 음성이 살벌한 정적 위에 떨리는 금을 그었다. 아이들이 참았던 울음을 터뜨렸다.
이를 악문 채, 자신을 지켜보고 있는 사람들의 눈을 하나씩 응시하다가, 아내는 칼을 치켜들었다.
"말려……"
"피해!"
아내의 손목에서 분수처럼 피가 솟구쳤다. 흰 접시 위로 붉은 피가 비처럼 쏟아졌다.(채식주의자, 51쪽)

자신을 극한 상황으로 몰고 가면서까지 지키려 했던 육식 거부에 대해 남편이 느낀 심정은 안쓰러움이나 가엾음이 아니라 "아내에 대한 혐오감"(채식주의자, 55쪽)이다. 자신의 가족과 타자로 나누어지는 세상

속에서 가족으로부터 혐오감의 존재가 되는 영혜가 다른 사회의 구성원에게 온전해 보일 리는 결코 만무하다. 가족은 도시의 한 부분이며, 개인을 도시로 결집시키는 데 필수적인 단계라는 점을 생각할 때[159], 영혜가 가족에게 버림받았다는 것은 사회 전체로부터 버림받았음을 의미한다. 영혜가 사회에서는 인정하기 힘든 이질적인 존재가 되어 정신병원에 갇히게 되는 것은 매우 당연해 보인다. 소설은 작은 결말을 향해 내달린다. 그리고 이 결말 안에서 작가는 독자들에게 하나의 수수께끼를 던져 놓는다.

> 아내는 분수대 옆 벤치에 앉아 있었다. 환자복 상의를 벗어 무릎에 올려놓은 채, 앙상한 쇄골과 여윈 젖가슴, 연갈색 유두를 고스란히 드러내고 있었다. 그녀는 왼쪽 손목의 붕대를 풀어버렸고, 피가 새어나오기라도 하는 듯 봉합부위를 천천히 핥고 있었다. 햇살이 그녀의 벗은 몸과 얼굴을 감쌌다.
>
> "언제부터 저러고 있었던 거래요?"
>
> "세상에…… 정신병동에서 나왔나봐, 젊은 여자가."
>
> "지금 쥐고 있는 건 뭐야?"
>
> "빈손 아니야?"
>
> "아네요. 뭘 꼭 쥐고 있는 것 같아."
>
> …줄임…
>
> 나는 저 여자를 모른다, 라고 나는 생각했다. 그것은 사실이었다. 거짓말이 아니었다. 그러나 어쩔 수 없는 책임의 관성으로, 차마 움직여지지 않는 다리로 나는 그녀에게로 다가갔다.
>
> …줄임…

---

159) 앙드레 뷔르기에르 외, 『가족의 역사』, 정철웅 옮김, 이학사, 2001, 226~228쪽.

아내는 칼자국이 선명한 왼손으로 자신의 이마에 쏟아지는 햇빛을 가렸다.

"……그러면 안돼?"

나는 아내의 움켜쥔 오른손을 펼쳤다. 아내의 손아귀에 목이 눌려 있던 새 한 마리가 벤치로 떨어졌다. 깃털이 군데군데 떨어져나간 작은 동박새였다. 포식자에게 뜯긴 듯한 거친 이빨자국 아래로, 붉은 혈흔이 선명하게 번져 있었다.(채식주의자, 63~65쪽.)

과연 아내의 손에 들려 있던 새는 어디에서 난 것일까? 아내는 새를 구한 것일까, 새를 잡은 것일까, 독자는 알 수 없다. 다만, 절대화된 문명의 폭력성 아래에서 새와 아내는 '포식자에게 뜯긴 듯한' 상처를 입은 채 버려졌다는 사실만을 깨닫게 된다.

두 번째 연작 「몽고반점」은 좀 더 조용하고 은밀한 방법으로 영혜에게 행해지는 폭력을 다루고 있다. 「몽고반점」을 이끌어가는 화자인 '그'는 비디오작가이며 영혜의 형부이다. 그는 "자신에게 그런 결단력과 순발력이 있다는 것에 놀라며"(몽고반점, 82쪽) 자살을 시도한 뒤 혼절한 처제를 들쳐 업고 병원으로 달린다. 그럼에도 "그는 차라리 그녀가 깨어나지 않길 바라고 있다는 것을, 다시 깨어난다는 상황이 오히려 막연하고 지긋지긋해, 눈을 뜬 그녀를 창밖으로 던져버리고 싶어"(몽고반점, 82쪽)하기도 한다. 그에게 그녀(영혜)는 그가 쉽게 이룰 수 없는 욕망의 대상이기 때문이다. 그는 "한 번도 보지 못한 처제의 알몸을 상상하며"(몽고반점, 74쪽) 가벼운 전율과 함께 발기를 경험하기도 하고, "물컹물컹한 환멸을 씹으며"(몽고반점, 80쪽) 선 채로 자위를 하기도 한다. 그는 "스스로를 경멸하며, 자신의 위선과 책략을 소름끼치게 실감"(몽공반점, 84쪽)하기도 하지만 처제에 대한 욕망을 멈추지 않는다.

그는 "푸르고 작은 꽃잎의 이미지가 열렸다가 닫히려 할 때마다 눈을 감고 아내의 얼굴을"(몽고반점, 99쪽)을 지우며 아내와의 섹스를 시도하기도 한다. 이때 아내의 얼굴을 지우고 그가 떠올린 얼굴이 바로 처제의 얼굴이다. "처제의 집에 다녀온 밤 그는 견딜 수 없는 충동의 힘으로 어둠속의 아내를"(몽고반점, 99쪽) 끌어안았다.

그는 자신이 처제를 돕고 있다고 애써 생각하려 하지만 그가 돕는 것은 처제가 아니라 성인이 되어서도 몽고반점을 가지고 있는, 그리하여 자신의 예술적 이미지를 완성시켜줄 하나의 도구에 지나지 않는다.

> 그 모든 기억 위로 푸른빛 몽고반점이 찍혀 있었다. 퇴화된, 모든 사람에게서 사라진, 오로지 어린아이들의 엉덩이와 등만을 덮고 있는 반점. 오래전 갓난 아들의 엉덩이를 처음 만지며 느꼈던 말랑말랑한 감촉의 희열과 겹쳐져, 그녀의 한 번도 보지 못한 엉덩이는 그의 내면에서 투명한 빛을 발했다.
>
> 이제는, 그녀가 고기를 먹지 않는다는 것 - 곡식과 나물과 날야채만 먹는다는 것마저 그 푸른 꽃잎 같은 반점의 이미지와 떼어놓을 수 없을 만큼 어울리게 느껴졌으며, 그녀의 동맥에서 넘쳐나온 피가 그의 흰 셔츠를 흠뻑 적시고 꾸덕꾸덕 짙은 팥죽색으로 굳게 했다는 것은 그의 운명에 대한 해독할 수 없는, 충격적인 암시처럼 느껴지기도 했다.(몽고반점, 87~88쪽)

비디오 작가인 그에게 처제는 이처럼 담을 수 없는 푸른 이미지로 다가온다. 그는 유아기가 지나면서 사라지는 몽고반점의 푸른 이미지를 비디오에 담고 싶어한다. 이때 그가 담고 싶은 것은 성행위를 통해서 꽃으로 활짝 열리는 몽고반점, 그것도 정상적인 체위가 아닌 폭력적인 성행위로 열리는 푸른 꽃의 이미지다. 그는 "여인의 엉덩이 가운데에서 푸른꽃이 열리는 장면"(몽고반점, 74쪽)을 원하며, 그 꽃 중심에 몽고반점이 있기를 희망한다. 식물되기를 희망하는 처제에게서 그가 원하는 것은 초원을 떠돌던 유목민의 상징이었으며, 원시의 상징이다. 그의 폭력이 다른 가족의 폭력과는 달리 은밀한 것은 이 때문이다. 그는 식물을 꿈꾸는 처제의 욕망에는 아랑곳없이, 그녀를 "궁지에 몰린 짐승"(몽고반점, 81쪽)으로 혹은 "꽃과 짐승과 인간의 뒤섞인 한 몸"(몽고반점, 140쪽)으로 바라본다. 이 지점을 통과하며 소설은 「채식주의자」의 끝에서 물었던 수수께끼에 대한 실마리를 제공한다. 영혜가 꿈꾸는 채식은 기실 '꿈'으로부터의 해방이었다. 꽃을 그린 그녀의 몸을 촬영하자는 형부의 제안에 기꺼이 응한 것도 이런 까닭이다. 그러나 그에게 영혜는 욕망의 대상일 뿐이다. 영혜가 식물되기를 희망하며 자신의 몸에 꽃을 새기는 것을 허락하는 것과는 달리 그는 처제와의 섹스를 위해서 몸에 꽃을 새긴다. "가장 추악하며, 동시에 가장 아름다운 이미지의 끔찍한 결합"(몽고반점, 140쪽)이라는 그의 욕망은 이루어지지만, 그녀의 희망은 이루어지지 않는다. 격렬한 섹스가 끝난 뒤에 "고기만 안 먹으면 그 얼굴들이 나타나지 않을 줄 알았어요. 그런데 아니었어요"(몽고반점, 142쪽)라고 그녀가 말하는 것은 자신이 여전히 꿈을 꾸고 있음을 말해준다. 이처럼 영혜의 '채식'은 가부장적 폭력이 빚어놓은 무의식의 외상으로부터 벗어나려는 노력이다. 그러므로 그녀는 채식주의자가 아니라 '강박적 식물지향자'가 된다고 할 수 있다.[160] 그리고 영혜가 이처럼 강박적 식물지향자가 될 수밖에 없던 폭력에 대한 정보는 마지막 연작 「나무 불꽃」에서 어렴풋이 제공된다.

---

160) 한귀은, 「외상의 (탈)역전이 서사 - 한강의 『채식주의자』 연작에 관하여」, 『배달말』 제43호, 배달말학회, 2008, 296쪽.

오래전 그녀는 영혜와 함께 산에서 길을 잃은 적이 있다. 그때 아홉 살이었던 영혜는 말했다. 우리, 그냥 돌아가지 말자. 그녀는 그 말을 이해할 수 없었다.

그게 무슨 소리야. 금방 어두워질 텐데. 어서 길을 찾아야지.

시간이 훌쩍 흐른 뒤에야 그녀는 그때의 영혜를 이해했다. 아버지의 손찌검은 유독 영혜를 향한 것이었다. 영호야 맞은 만큼 동네 아이들을 패주고 다니는 녀석이었으니 괴로움이 덜했을 것이고, 그녀 자신은 지친 어머니 대신 술국을 끓여주는 맏딸이었으니 아버지도 알게 모르게 그녀에게만은 조심스러워 했다. 온순하나 고지식해 아버지의 비위를 맞추지 못하던 영혜는 어떤 저항도 하지 않았고, 다만 그 모든 것을 뼛속까지 받아들였을 것이다.(나무 불꽃, 191쪽)

영혜가 가지고 있는 외상의 근원은 아버지의 폭력이었던 셈이다. 이때 제공되는 정보 역시 영혜로부터 확인된 진실이 아니라 인혜의 기억으로부터 반추된 것으로 진실이 되지 못한다. 기억의 굴절과 파행 속에서 제공되는 부차적인 정보는 식물되기를 꿈꾸는 영혜에 대한 또 다른 폭력으로 이어진다. 「나무 불꽃」을 이끌고 나가는 화자는 영혜의 언니인 '그녀'이다. 그녀는 남편과 동생의 섹스를 확인한 뒤에도 동생을 보살펴야 한다고 생각한다. "아버지에게 뺨을 맞던 어린 시절부터 영혜는 그녀에게 무한히 보살펴야 할, 흡사 모성애와 같은 책임감을 안겨주는 존재"(나무 불꽃, 158쪽)였다. 동생을 보살피려는 그녀의 마음은 이해나 사랑이 아니라 '가족'이라는 울타리 때문에 생기는 의무감일 뿐이다. 이런 의무감은 더 큰 책임감으로 작용하며 동생에 대한 이해를 힘들게 만든다. 동생을 다시 평범한 사람으로 만들어야 한다는 인혜의 강박은 또 다른 폭력으로 영혜에게 작용되는 것이다.

지금까지 관찰한 바로는 경과가 좋습니다. 사회생활까지 다시 시작할 순 없겠지만, 가족의 지지는 회복에 도움이 될 겁니다.

그녀는 대답했다.

지난 번에도 그 말씀만 믿고 퇴원했었어요. 퇴원하지 않았다면 좋았을 거라고 생각하고 있어요.

그때 그녀는 알고 있었다. 의사에게 표했던 재발에 대한 우려는 단지 표면적인 이유이며, 영혜를 가까이 둔다는 사실 자체가 불가능하게 느껴졌다는 것을.(나무 불꽃, 173쪽)

퇴원을 권고하는 의사에게 재발에 대한 우려를 나타내며 그녀는 영혜를 정신병원에 남겨둔다. 이처럼 이해하지 않은 채 오직 가족이라는 이름 아래에서 행해지는 의무감과 책임감은 오히려 영혜에게 또 다른 폭력으로 작용할 뿐이다. 그녀에게는 기실 영혜가 꿈꾸는 식물의 세상, 그러니까 나무들은 무서운 존재일 뿐이다. 그녀에게 나무들은 "불길처럼 일어서"(나무 불꽃, 205쪽)는 존재들이며, "살아 있는 거대한 짐승들처럼, 완강하고 삼엄하게 온몸을 버티고 서 있"(나무 불꽃, 206쪽)는 존재들일 뿐이다. "고맙게도 그렇게 살가운 제안"(나무 불꽃, 158쪽)을 하는 동생이 "어쩐지 낯설어"(나무 불꽃, 158쪽) 보이는 것은, 그리고 동생 역시 자신을 그렇게 느끼고 있을 것이라고 생각하는 것도 그런 까닭이다.

소설은 이처럼 연작 형식을 통해 하나의 인물에게 행해지는 각기 다른 폭력에 대해 집중하고 있다. 여기서 주목할 것이 연작 소설이 취하고 있는 이야기의 전달 방식이다. 한강의 연작소설 『채식주의자』는 각각의 연작소설 속 각기 다른 화자가 '영혜' 라는 동일한 인물을 서술하는 방식으로 되어 있다. 각각의 소설에서 영혜는 소설 속 주인물이 아닌 부인물로 설정되어 서술되고 있다. 그런데 연작을 다 읽고나면 부인물이었던 "영혜"가 중심인물로 떠오르는 역전을 보인다. 1부 「채식주의자」에서 이름 보다는 '아내' 라는 호칭으로 불리며 영혜가 그려지고 있는 것도, 2부 「몽고반점」에서 '처제' 라 불리며 영혜를 그리고 있는 것도, 그리하여 마침내 3부 「나무 불꽃」에 이르러서야 비로소 '동생' 이 아닌 '영혜' 라는 이름이 소설에 더 많이 쓰이고 있는 것도 이런 까닭이다.

소설 속에 숨어 있는 인물, 영혜가 자신을 드러내는 공간은 꿈의 공간 혹은 무의식의 공간이다. 일반적인 문장과는 달리 영혜의 공간은 기울어져 쓰여진다. 영혜를 소설 전면에 내세우지 않겠다는 작가 한강이 만들어낸 또 다른 화자이다. 이는 지금까지 우리가 흔히 익숙하게 보아왔던 '나', 혹은 '그' 라는 화자를 숨겨버리고 새로운 화자를 만들었다는 의의를 가질 수 있다. 1인칭도 아니고 3인칭도 아닌 다만 존재할 뿐인 새로운 화자를 통해 소설은 영혜라는 인물이 어쩌면 이곳이 아닌 다른 어떤 곳, 우리가 4차원이라 불러도 좋을 그곳만큼의 먼 거리에 있지만 바로 우리 곁에 실재하는 인물임을 말해준다. 이러한 거리감은 극적인 허구성을 최대한 억제한 채 사건을 있는 그대로 담아내는 다큐멘터리 촬영법을 닮아 있다. 다큐멘터리는 발견과 폭로의 예술인 동시에 사실적인 것의 창조적인 해석이다. 그럼에도 다큐멘터리는 허구를 전혀 사용하지 않거나 거의 사용하지 않고 어떤 사건이나 인물에 관한 사실을 보여주는 TV프로그램이나 사실적 영화라는 사전적 정의 안에 머무르기라도 한 것처럼 허구를 실제적인 것으로 구체화시키는 영상적인 형식이다.[161]

한강은 나무되기를 희망하는 한 여자의 허구적 서사를 만들어내면서

---

161) 민병현, 「TV 시사다큐멘터리 영상구성 방식과 사실성 구현의 연계성 연구 : KBS, MBC, SBS의 시사프로그램 분석을 중심으로」, 성균관대학교 박사학위 논문, 2008, 10~12쪽.

도 그것을 각기 다른 3명의 다른 눈을 통해서 그려나가며, "현실적으로 존재하는 인간의 삶을 창조적으로 그리고 사회적 의미에서 해석"[162]한 다. 마치 현실에서 존재하는 이웃을 관찰하는 것처럼 담담하게 각기 다른 3명의 눈은 영혜를 이야기한다. 그리고 이때 1인칭이거나 3인칭 화자라 불리는 서술자에게 요구되었던 모든 강압이 사라진다. 효과를 주지 않은 카메라의 그것처럼 오직 바라보는 그대로 인물을 그려나가며 그 인물 하나가 마치 풍경이 되도록 한강은 소설 기법의 영상화를 시도한다. 소설 『채식주의자』가 영혜를 바라보는 주변부의 닫혀 있는 화자를 사용하면서도 열려 있는 서사를 가능하게 만든 것은 허구의 인물을 마치 실재하는 인물처럼 생생하게 전달하는 소설 기법의 영상화를 성공적으로 이끌어냈기 때문이다. 소설이 얻고 있는 뛰어난 미학적 성취는 바로 이곳에서 비롯된다.

---

162) 민병현, 위의 논문, 11쪽.

이미지 증가와 일상화된 폭력의 재발견
: 영화 〈채식주의자〉

영화 〈채식주의자〉는 소설 『채식주의자』의 거의 모든 대사를 그대로 사용하고 있으며, 시작을 제외하고는 서사의 시간들도 같은 방식으로 움직인다. 소설과 영화의 다른 점이 있다면 영화에서 새롭게 추가되는 단 하나의 사건과 도입부뿐이다. 자네티의 이론에 따르면 이것은 충실한 각색이다.[163] 그러나 이미 살펴본 것처럼 문학 작품의 내용을 그대로 재현하는 것은 불가능하다. 따라서 영화 〈채식주의자〉는 소설의 강력한 오마주를 형성하면서도 소설과는 다른 미학을 창조한다.

소설에서 채식을 선언한 아내 영혜의 묘사가 남편에 의해서 먼저 서술되는 것에 비해 영화에서는 숲속에 있는 영혜와 영혜의 내레이션을 들려주는 것으로 시작한다. 오프닝 내레이션이 끝날 때쯤 건장한 남자들은 영혜에게 달려들어 그녀를 병원으로 끌고간다. "소설에서 독자는 화자가 언급하는 내용을 읽으면서 텍스트에 명시적으로 드러나지 않는 초점화를 추론하게 되며, 초점화자가 인식하는 것을 독자가 인지하는 방식 역시 비유적으로만 가능"하지만, 영화는 이런 초점화가 불가능하며 다만 시각화될 뿐이다.[164] 이 때문에 영화는 영혜의 이질적인 면과

---

163) 루이스 자네티, 앞의 책, 2008, 423~424쪽.
164) 서정남, 「화자, 초점화와 서술」, 『영화서사학』, 생각의 나무, 2004, 308~309쪽.

그를 들러싼 폭력이라는 문제를 보다 직접적으로 그려보여야만 한다.

텍스트를 읽어 가는 동안 독자의 상상력(연산작용)에 의존하는 소설과는 달리, 영화는 영상과 음향이 매 순간 직접적이고 즉물적으로 보여지고 들려져야만 하는 속성을 가지고 있으며, 그것은 이미 화자와 작중 인물 간의 정보의 위계문제 뿐만 아니라 관객과의 역학 관계를 즉각적으로 노정하는 것이다.[165)]

정상적인 사람들과는 다른 이질적인 삶을 보여주면서 영화가 시작되는 것도, 그리하여 영혜를 바라보는 시선을 관객에게 넘기는 것도 이런 까닭때문이다. 이때 '이질적'이라 불리는 정신병자들이란 어떤 존재들인가? 이 사회를 움직인다고 믿고 있는 부류들에게는 사회의 질서를 위태롭게 만드는 존재들이며, 사회가 꿈꾸는 방향과는 전혀 다른 곳을 향해 움직이는 이단아들이다. 그러므로 영혜의 목소리가 반영될 마땅한 창구가 이 사회에 존재하지 않는 것은 매우 당연하다. 영혜를 돌봐야 한다는 의무감에 시달리는 언니에게마저 영혜는 치료가 필요한 환자일 뿐이다. 정신병원에 대한 묘사가 소설과 다르게 나타나는 까닭도 이 때문이다. 소설에서는 영혜의 상태가 좋아졌다며 그녀를 퇴원시키려고 하지만 영화에서는 그런 모습이 보이지 않는다. 오히려 그녀의 병을 치료해야 하는 의사들은 영혜의 말을 듣지 않는다. 의사들이 귀를 기울이는 대상은 오직 보호자인 인혜일 뿐이다. 조직화되고 질서화된 육식성 사회에서 영혜는 '채식주의자'를 너머 음식을 거부하는 정신병 환자이기 때문이다. 영화의 도입부에서 클로즈업되는 〈외부인 접근금지, 제한구역〉은 영혜가 세계로부터 단절되었음을 강력하게 시사한다. 영화의

---

165) 서정남, 위의 책, 309쪽.

도입부는 영화의 무대가 되는 공간과 시간을 명시적으로 보여주는 데, 정신병원이라는 "건축물은 자연스럽게 이야기꾼이 전하려는 메시지의 중추를 담당"[166]하며 이질적인 존재로서 영혜의 정보를 제공한다. 이때 영혜의 존재로 표상되는 정신병자란 각각의 개개인으로 존재할 때 매우 특별하다. 그들은 각기 나름대로의 개별적인 우주를 가슴에 품고 살아가는 존재들이다. 하지만 사회는 그들 각각의 우주를 인정하지 않는다. 인정하지 않을뿐더러 그들에게 '미쳤다'라는 꼬리표를 달아 격리시킨다. 오늘의 지구는 사회 혹은 제도 안에서 규격화되기를 강요한다. 이것은 하나의 세계가 다른 하나의 세계에 행하는 폭력이다.

충실한 각색으로 만들어졌지만 영화는 이처럼 소설을 재매개하는 과정에서 인물을 초점화 하는 대신 폭력이 가지고 있는 이미지들을 나열한다. 한강에 의해서 쓰여진 소설이 각각의 다른 시각 안에서 일상 속에 비춰진 동일한 인물, 그러니까 영혜의 상처가 갖는 외상에 집중한다면, 영화는 이처럼 외부로부터 행해지는 '폭력' 그 자체에 주목한다. 소설이 들려주기를 통해 인물의 내면을 집중하기에 유용한 장르라면, 영화는 보여주기를 통해서 폭력의 현상을 드러내기에 유용한 장르이기 때문이다. 상호텍스트성에 따라 이처럼 하나의 인물은 다른 형태로 수용자에게 전달된다.

영화의 오프닝에서 영혜는 비오는 숲속에 홀로 서 있다. 이후 영혜를 거칠게 잡는 손길이 클로즈업 된 뒤 쇼트는 정신병원으로 이어진다. 영화는 개개인의 내면과 그 안에 숨겨진 폭력성에 주목하기보다는 이 사회를 지배하고 있는 보이지 않는 폭력을 그려보이며 그 시작을 열고 있는 것이다. 영혜가 가지고 있는 하나의 우주, 즉 나무되기를 욕망하는 '나'라는 개별 존재는 육식성의 인간들에게 거침없이 부서지고 유린당

---

166) 서정남, 위의 책, 258~259쪽.

한다. 소설이 평범했던 영혜를 묘사하며 시작하는 것에 비해 영화는 좀 더 직접적으로 폭력성을 그려보인다. 이때 영혜에게 행해지는 폭력은 분열증과 강박증으로 침몰된 하나의 인격을 향한 폭력이 아니라 사회 전반에 형성되어 있는 폭력성이다. 소설은 아내 얼굴에 탕수육을 들이미는 장인을 보며 "가슴 뭉클한 부정(父情)이 느껴져, 나도 모르게 눈시울이 뜨거워졌다"(채식주의자, 49쪽)며 우회적으로 폭력을 비꼬지만, 영화는 즉각성과 피상성으로 인해 직접적인 방식으로 폭력을 그려보인다. 섹스를 거부하는 영혜에게 남편이 그 까닭을 물었을 때, 영혜는 남편의 몸에서 냄새가 나기 때문이라고 말한다. 소설에서는 그런 영혜에게 그저 "나는 너털웃음을 터뜨렸"(채식주의자, 24쪽)던 것에 비해서 영화에서는 "야, 지금 장난하냐, 나 지금 샤워하고 왔거든"[167]이라며 폭력을 행사한다. 정신병원에서 물구나무 서는 영혜의 행동에 대해서 소설의 정신병원이 그를 묵인하고 용납하는 것에 비해서, 영화 속에서는 이를 용납하지 않는다.

소설에서는 고기 먹기를 강요하는 아버지의 협박 앞에 가족들은 애원하며 그 뜻에 따르도록 영혜를 독촉한다. 영화는 오로지 동조할 뿐 애원하는 모습을 보이지 않는다. 소설에서 아버지의 독단적인 방식으로 진행되었던 가부장제의 폭력은 영화에서 가족구성원 전체가 동조하는 일방적이고 집단화된 양상으로 나타난다. 이질적인 존재에게 행해지는 억압에 대해서 영화가 소설보다 좀 더 적극적으로 주목하기 때문이다. 인간의 오랜 문화 속에서 숨어 있던 광기의 발현을 영화는 고발한다. 인간이라는 동물이 가장 위험한 종이 될 수 있었던 것도 바로 이러한 문화 때문이다. 큰 치아를, 날카로운 발톱을, 무서운 독침을 가지고 있지 않은 인간은 어떤 생물학적 도구보다 더 효과적으로 무기를 제작한다. 자

---

167) 임우성, 영화 〈채식주의자〉, 2010, 16분 55초.

아와 다른 존재, 즉 타인에 대한 응징의 도구를 스스로 제작하여 무장할 수 있는 있는 방법을 인간은 알고 있다. 해부학적 구조가 아니라 문화, 그 자체에 숨어 있는 광기는 이렇게 이질적인 존재에 대한 폭력을 거침없이 행사한다.[168]

소설이 보여주었던 상처의 정신적 외상이 영화에서 폭력이 가지고 있는 광기로 변화하는 것은 들려주기와 보여주기의 차이에서 기인한다. 소설은 화자를 내세워 인간 내면을 전달할 수 있다. "영화의 화자는 의사소통을 위해 광범위하고 복합적인 장치를 갖고 있는 합성물"이며, 그 합성을 이루는 각각의 상이한 요소들을 함께 움직여야 하기 때문에 내면을 그대로 전달하기는 불가능하다.[169] 내면의 이야기와 더불어 작은 이야기에 주목했던 소설이 영화로 각색되면서 더 크고 더 화려한 이야기를 그려보이는 것도 이 때문이다. 소설 연작 가운데 하나인 「몽고반점」의 이야기를 이끌어나가는 '그(형부)'에게 퇴원한 영혜는 살이 통통히 올라 꽃을 그리기에도 좋아보이는 몸을 하고 있다. 영혜는 또한 아내가 가지고 있지 않은 성적인 매력을 가지고 있다. 예술과 성이라는 두 주제를 모두 가지고 있는 대상으로서 영혜는 그에게 다가온다. 영화 속 영혜의 몸은 소설과는 달리 비쩍 말라 있다. 영혜의 몸에 핀 꽃은 마치 곤충을 잡아먹는 식충식물의 꽃처럼 크고 화려한 폭력의 꽃이다. 소설의 후반부에서 인혜는 남편과 동생의 성행위가 동물의 몸을 버리고 꽃으로 변화를 시도하려는 몸부림이었다고 회고하지만, 영화에서는 오직 변태 성욕으로만 인식된다. 영화의 시선이 소설에서처럼 세세하지 않은 것도 매체에 따른 특성 때문이다. 이미 살펴본 것처럼 영화는 비오는 음침한 숲속에 영혜를 홀로 서 있게 하는 것에서 시작한다. 거대한 숲에

---

168) 마빈 해리스, 「미개족의 남성」, 앞의 책, 86쪽.
169) S. 채트먼, 앞의 책, 207~209쪽.

서 홀로 비를 맞고 있는 영혜의 목소리가 들린다.

언니 소리가 들렸어. 그래서 간것 뿐이야. 근데 그곳에 가니까 더 이상 소리가 들리지 않길래 그래서 거기 서 있었을 뿐이야. 비에 녹아서 내 몸이 전부 녹아서 땅속으로 들어가려던 참이었어. 다시 거꾸로 돌아나려면 그렇게 할 수밖에 없거든.[170]

비 내리는 깊은 숲속에 영혜는 홀로 서 있다. 마치 한 그루 나무와 같은 모습이다. 분주한 발길이 보이고 영혜의 '몸이 전부 녹아서 땅속으로 들어가려던 참'에 그 발길은 영혜를 병원으로 잡아끈다. 오프닝 내레이션 역시 소설의 기울여진 문장처럼 영혜의 뒷모습에 숨겨놓고 있다. 내레이션이 흘러나오는 동안 영혜는 뒷모습을 하고 숲을 향해 서 있다. 그럼에도 영화는 소설에서처럼 인물을 숨기지 못한다. 영화에서는 "배우가 체현하는 인물은 서술자의 매개 없이 수용자와 직접 소통하기 때문에 소설에서의 인물의 기능과 더불어, 상당부분, 서술자의 등가물이 된다. 이 때 배우의 에토스와 연기는 서사적 기능을 가지는 것과 더불어 수사적 기능도 가지게 된다."[171] 다시 말해 영화의 인물은 그가 영상을 통해 전달되는 순간 감춰지지 않는 하나의 현재가 된다는 것을 의미한다. 영화의 화자가 결코 단일한 화자일 수 없는 까닭은 이 때문이다. 따라서 영화는 영혜가 가진 외상을 직접적인 폭력의 한 장면으로 보여줘야 한다. 영화의 시작이 그러하고 영화의 끝이 그러하다. 영혜에게 억지로 음식을 주입시키는 병원의 폭력성에 대해서 소설은 비유적으로 들려준다. 언니가 영혜를 위해 하는 행동이라고는 울부짖는 정도이다.

---

170) 임우성, 앞의 영화, 오프닝 내레이션, 30~1분 30초.
171) 이채원, 앞의 논문, 52쪽.

눈을 동그랗게 뜨고 무서워하며 발악하는 영혜의 얼굴을 영화는 익스트림 클로즈업으로 선명하게 처리한다. 익스트림 클로즈업은 관객과 영화와의 관계가 극도로 친밀한 거리를 표방할 때 사용하는 데[172], 임우성은 이를 역이용하여 영혜에게 행해지는 폭력을 실제의 공간에서 재현되는 것으로 수용하게 만든다.

이질적인 존재로 낙인 찍힌 영혜는 자신의 상처를 직접적으로 드러내는 기회를 박탈당한 존재이다. 소설에서 영혜를 직접적인 화자로 내세우지 않는 것, 1부 「채식주의자」에서 영혜의 내적 독백이 기울체로 쓰여지고 있는 것도 이 때문이다. 영화는 영혜를 이질적인 존재로 만들면서도 영혜의 독백을 영화 전체의 구성 요소로 처리하고 있다. 영화가 보여주는 세상 속 이질적인 존재가 바로 이름을 갖지 못한 익명의 우리들이며, 그들에게 행해지는 폭력이 문화 속에 자리 잡은 일상화된 것이기 때문이다. 이질적인 존재들의 중얼거림이란 이름을 가지고 있는 '나'의 것이 아니며, 사실은 출처를 알 수 없는 익명의 우리, 누군가, 혹은 그것이라는 들뢰즈의 말이 이를 증명한다.[173]

소설에서 1부 「채식주의자」에 한정되었던 영혜의 내면이 내레이션 형식으로 영화의 곳곳에 깔리는 것은 영화 〈채식주의자〉가 익명의 우리에게 행해지는 몰이해와 폭력에 대해서 집중하고 있기 때문이다.

소설에서 영화로의 재매개가 이루어지면서 장르의 특성에 따라 인물은 좀 더 구체적인 인물로 변화한다. 그러나 충실한 각색을 시도하고 있는 영화 〈채식주의자〉의 인물들은 소설과 큰 차이점을 보이지 않는다. 다만, 영혜를 보살피는 인혜만이 새로운 사건 속으로 편입될 뿐이다. 육식을 강요하며 영혜에게 뺨을 때리는 아버지의 쇼트 뒤에 영화는 소설

---

172) 서정남, 앞의 책, 53쪽.
173) 질 들뢰즈, 『비평의 진단』, 김현수 옮김, 인간사랑, 2000, 200쪽.

에서는 존재하지 않는 새로운 사건을 추가한다. 소설의 시간은 영혜의 어린 날을 가지고 있지 않다. 따라서 독자는 현재의 삶 속에서 영혜의 상처에 대해 반추해야 한다. 이에 비해 영화는 소설이 가지고 있지 않은 영혜의 어린 날이라는 새로운 시간을 획득하며 영혜가 가지고 있는 외상에 대해서 직접적인 방식으로 보여주고 있다.

현재의 시간에 주목하던 영화는 플래시백(flashback)으로 과거의 시간을 보여준다. 21분 45초에서 24분 50초까지 이어지는 쇼트들은 영혜의 외상이 어디에서 비롯되었는지를 말해준다. 깊은 밤, 건너 방에서 그릇이 깨지고 엄마의 악쓰는 소리가 들려온다. 인혜는 동생 영혜의 귀에 헤드폰을 끼워주며 별일 아니니 음악을 듣다가 자라고 말한다. 이어서 인혜는 부엌으로 향한다. 이미 여러 번 그런 일이 있었던 듯, 인혜를 지켜보는 영혜의 모습이 자연스럽다. 인혜는 부엌에 들어가 칼을 숨기고 장독대에 숨는다. 부부싸움을 하던 아버지가 부엌에 들어가 칼을 찾다가는 못 찾고 대신 마당에 있던 몽둥이 하나를 들고 들어가 아내를 두들겨 팬다. 계속되는 쇼트는 영혜에게 강요된 육식이 또 다른 외상으로 작용하고 있음을 보여준다. 어린 영혜를 물었다는 이유로 아버지는 기르던 개를 잡아 죽인다. 죽어 있는 개가 마대자루에 싸인 채 흘린 피가 클로즈업되고 이어서 식탁이 화면을 메운다. 붉은 피는 붉은 먹거리가 되어 어린 영혜를 억압한다. 우물쭈물 먹지 못하는 영혜에게 인혜는 개고기 먹기를 강요한다. "시간이 훌쩍 흐른 뒤에야 그녀는 그때의 영혜를 이해했다"(나무불꽃, 191쪽)고 독자에게 들려주었던 소설의 문장은 새로운 시간을 불러오면서 피상화되는 것이다.

내면 깊숙이 자리한 정신적 외상이 치료되지 않는 상태에서 채식은 영혜에게 도움이 되지 않는다. "무언가를 '먹어야' 생이 유지되는 종은 결코 식물이 될 수 없다. 자신을 식물이라고 생각하면서 식물을 먹는 것은 동물로서 동물을 먹는 것과 '형식적으로는' 차이가 없"[174]기 때문이다. 식물되기를 꿈꾸는 영혜의 궁극적 치료 방식은 동물로서의 삶을 마감할 때 가능하다. 그러기에 영혜는 죽지 않기 위해서라도 제발 음식을 먹으라는 인혜의 말에 '왜, 죽으면 안되는데'라고 대답한다. 그럼에도 규범화된 일상은 영혜에게 음식을 강요한다.

"도와주려고 그러는 거잖아요. 도와주려고."[175]

환자를 돕기 위해서라고 말하는 의사는 자신의 뜻에 반하는 영혜를 향해 쌍소리를 뱉기도 한다. 이어서 음식을 거부하는 영혜의 눈이 클로즈업 된다. 극도로 공포에 떨고 있는 모습이다. 그리고 이 모습은 영화의 전반부에 육식을 강요하는 아버지에게 영혜가 보였던 모습이기도 하다. 가족과 병원이라는 사회가 영혜에게는 폭력을 행사하고 있음을 말해주고 있다. 가족과의 식사 때 영혜의 몸이 자유로웠던 것에 비해 병원에서는 손과 발이 묶여 있다는 점에서 폭력이 확대된 형식으로 행해지고 있음을 보여준다. 이처럼 폭력은 가족에서 사회 전반으로 확대된다. 피를 토하는 영혜를 치료하기 위해서는 더 큰 병원으로 나가야 한다고 소설에서는 인혜와 영혜를 정신병원 밖으로 내몬다. 그러나 영화에서는 밖으로 실려나가는 두 사람의 모습만을 보여준다. 인간의 내면 풍경과 그 풍경 안에 자리한 상처의 외상에 주목하는, 그리하여 마치 나무 하나하나의 모습을 들려주는 소설과는 달리 영화는 폭력이라는 커다란 숲 전체를 보여준다. 숲에 서 있는 영혜의 모습을 보여주며 영화가 시작되고 숲을 빠져나오며 영화는 끝을 맺는다. 영혜의 내레이션으로 시작

---

174) 한귀은, 앞의 논문, 296쪽.
175) 임우성, 앞의 영화, 내과의사의 대화, 1시간 45분.

된 영화는 인혜의 내레이션을 들려주며 엔딩 자막을 흘려보낸다.

꿈 속에서는 꿈이 전부인 것 같잖아. 하지만 깨고 나면 그게 전부가 아
니란 걸 알지…… 언제가 우리가 깨어나면, 그때는……[176]

인혜의 바람은 불가능한 소망이다. 소설의 결말에 "대답을 기다리듯,
아니, 무엇인가에 항의하듯 그녀의 눈길은 어둡고 끈질기다."(나무 불
꽃, 221쪽) 영혜가 들려줄 대답은 준비되어 있지 않다. 영화는 '나무 불
꽃'[177]이라 소설에서 불렸던 숲을 빠져나오며 끝을 맺는다. 그것은 숲
에 대한 이미지를 어둡고 음산하게 처리하며 영화의 오프닝을 통해 보
여준 영혜의 외상에 대한 해방처럼 보인다. 그러나 한그루 나무이기를
희망하는 영혜에게 그것은 구원이 아니라 또 다른 폭력이다. 충실한 각
색으로 원작의 오마주까지 형성했던 영화는 이처럼 다른 미학으로 관
객에게 다가서고 있다.

---

176) 임우성, 위의 영화, 인혜의 엔딩 내레이션.
177) 꽃은 꽃이지만 불꽃이다. 나무에 불꽃이 핀다는 것은 나무의 죽음을 말하는 지극한 아이러니다.
「나무 불꽃」은 결코 실현되지 않는 꿈으로의 도피를 말해주고 있다.

2000년대 소설 기법에 나타난 영상화 전략은 지난 시절보다 좀 더 본격적이며 구체적인 형태로 나타난다. 현대의 소설가들은 의식적으로, 혹은 반의식적으로 새롭게 나타난 영화라는 장르적 특성을 바탕으로 한 글쓰기를 시도했다.

한강의 『채식주의자』는 이런 영상화 전략이 이루어낸 2000년대 장편소설의 뛰어난 성과 가운데 하나이다. 한강은 소설 그 자체로 여겨지며 중요하게 생각되었던 인물을 숨겨버린다. 그리고 그 자리에 카메라의 시선을 들이댄다. 극적인 허구성을 최대한 억제한 채 사건을 그대로 담아내는 다큐멘터리같은 글쓰기를 통해 허구적인 것으로 여겨졌던 소설 속 인물들을 현실적이며 구체적인 삶의 공간에 병치시킨다. 한강은 이처럼 효과를 주지 않은 카메라처럼 오직 바라보는 그대로 인물을 그려나가며 잔인한 풍경화를 그려보이고 있다. 이미지를 통한 소설기법의 영상화를 통해 책을 읽는 독자가 받아들이는 이야기 속 세상은 상상의 것이 아니라 현실 곁으로 한발 더 다가선다.

영화 〈채식주의자〉는 육식화된 세상을 거부하는 한 인물에게 행해지는 폭력에 대해서 다루고 있다. 식충식물의 꽃처럼 크고 무서운 꽃의 이미지는 이 사회에 만연한 폭력이 얼마나 교묘하게 숨겨졌으며 관습적으로 행해지고 있는지를 말해준다. 이해의 시선으로 바라보던 소설 속 사건들은 영화를 통해 잔인하고 거친 외상이 되는 것도 이 때문이다.

소설 기법의 영상화는 세기 말의 혼돈과 세기 초의 불안을 함께 경험한 2000년이라는 특수성과 무관하지 않다. 환멸을 원심력으로 하여 소설쓰기가 가능했던 1990년대와는 달리 환멸마저 사라진 시대에 작가들은 개별적인 방식으로 세계를 그려야 했다. 구체성은 사라지고 개별성만 남은 채 너무도 다른 방식으로 쓰여진 다양한 소설들은 '2000년대'라는 시간적 개념 아래 놓이는 것을 거부한다. 그럼에도 소설은 이야기이다. 이야기는 우리의 삶속에서 시작되고 상상되며 자라난다. 소설이 우리 삶에 대한 풍속화가 불리는 것도 이 때문이다. 그리고 2000년대 작가들은 삶의 파편화된 풍속화를 그리는 가장 확실한 방법으로 영상화된 전략의 글쓰기를 선택한 것이다.

2. 이미지의 서사화와 영화의 수용

이미지의 서사화와 신화적 세계 인식
: 소설 『소와 함께 여행하는 법』

김도연의 소설 『소와 함께 여행하는 법』은 꾸준히 "허공에 떠 있는 현실"[179]을 그려왔던 작가의 전작들과 연장선에 서 있는 작품이다. 김도연의 소설들은 "온갖 상징과 은유를 담보하고 인간 삶의 경계를 무한한 깊이까지 연장해주는 저 그윽하고 통일된 자연의 알레고리"[180]를 통해 지금 이곳에서 벌어지고 있으나, 결코 이곳의 것이 될 수 없는 삶의 한 귀퉁이를 써나가고 있다. 김도연의 소설들이 밀폐된 공간을 지향하는 것도 이 때문이다. 김도연 소설은 폭설이 내리는 작은 포구의 민박집

---

179) 황현산, 「자연의 비극과 시간의 소극」, 김도연의 작품집『0시의 부에노스아이레스』해설, 문학동네, 2002, 282쪽.
180) 황현산, 위의 글, 286쪽.

에 스스로를 유배시키거나, 폭설로 뒤덮인 골짜기에 있는 집 한 채에 홀로 남겨지거나, 그악한 눈더미 때문에 외부와 두절된 매표소에서 갇혀 있는 사람들에 대해 이야기한다.[181] 김도연 소설 속의 인물들은 이처럼 지독한 고독과 연민을 품고 살면서도 자신들을 가두고 있거나 혹은 스스로 갇혀 지내는 곳을 떠나지 못한다. 어쩌다가 집을 떠난 사람들도 "보름달이 뜬 밤, 갈 곳이 결국 집밖에 없다는 사실에 진저리를 치"[182]면서 다시 집으로 돌아온다. "자신이 피해 달아나던 허공의 현실이 결국 가장 잔인한 현실"[183]이기 때문이다. 그리하여 그들, 소설 속 인물들은 허공의 현실 너머에 있는 세계의 이미지들을 꿈꾸는 것으로 하루하루를 버텨나간다. 그들의 꿈은 신화 속의 이야기이거나 영화 속의 환상이거나 만화 속의 자유로움이기도 하다. 그리고 꿈은 때때로 음악의 이미지로 변주되기도 한다. 이처럼 김도연은 이미지들을 본격적으로 서사에 사용하는 것은 물론 이미지의 서사화를 추구하기도 한다.

『소와 함께 여행하는 법』은 허공의 현실을 좀 더 직접적으로 보여준다. 소설은 소의 말을 들려주며 시작한다.

소가 말했다.

"외양간 문을 여니 소는 없고 웬 까까중이 쇠똥 위에 앉아 염불을 외고 있었다. 이 얘길 하려는 거지? 그건 웬만한 소들은 다 아는 얘기야. 다른 얘긴 없어?"

"아는 얘기라고?"

걸려도 된통 걸렸다는 생각이 들었다. 아무리 머리를 쥐어짜도 더 이상

---

181) 김도연의 소설의 배경에 대해 인용한 소설들은 작품집 『0시의 부에노스아이레스』에 나오는 소설로 각각 「0시의 부에노스아이레스」「검은 눈」「소리개가 떴다」이다.
182) 김도연, 「심오야월」, 『심오야월』, 문학동네, 2005, 12쪽.
183) 황현산, 앞의 글, 282쪽.

내가 기억하는 소들의 옛날이야기는 떠오르지 않았다. 애당초 소와 내기를 한 게 잘못이었다. 소를 싣고 집으로 되돌아갈지도 모른다는 생각이 들자 머리가 지끈거렸다. 아둔한 소에게 당한 것이었다. 도대체 이놈의 소는 모른 얘기가 없었다.[184]

여는 글에서 화자는 "너와 나…… 우리는 모두 같은 꿈을 꾸었던 거야……"(5쪽)라고 말한다. 이미 여러 소설들을 통해서 꿈과 같은 현실을 이야기했던 작가는 다시 한 번 꿈과 현실의 경계를 허문다.[185] 그럼에도 "소가 말했다"는 문장은 낯설기만 하다. 이때 소는 꿈 속의 소일 수도 있고 그렇지 않을 수도 있다. 꿈 속의 소일 경우 그것은 단지 꿈과 환상의 세계, 즉 우리 내면에 깃든 무의식에 지나지 않는다. 그러나 소가 꿈밖으로 걸어나올 때 현실은 신화의 세계가 된다. 그것은 수행과 깨달음의 과정으로 가는 십우도(十牛圖)의 세계이며, 장선우 감독이 펼쳐보인 〈화엄경〉의 세계이다.[186] 그기에 소는 결코 꿈 밖으로 걸어나올 수 없다. 오늘 이곳의 현실은 신화의 세계와는 너무도 동멸어진 세계이기 때문이다. 그러나 『소와 함께 여행하는 법』은 지금 이곳의 현실 속으로 소를 끌어들인다. "쇠똥이 발단이었다."(8쪽) 소설을 이끌고 나가는 나는 쇠똥에 더러워진 외양간을 청소하다 화가 치밀어 오른다. 아버지는 소를 끔찍하게 아끼지만 외양간을 치우는 것은 언제나 내 몫이다. 나

---

184) 김도연, 『소와 함께 여행하는 법』, 열림원, 2007, 7쪽. 이 뒤부터는 쪽수만을 밝히기로 한다.

185) 김도연의 소설에서 꿈과 현실의 경계나누기는 쉽지 않다. 「십오야월」의 경우 죽은 외삼촌은 탁발승이 되어 돌아온다. 「꾸꾸루꾸꾸 빨로나」의 경우에는 꿈 속에서 그를 찾는 여자는 꿈밖에서도 그를 찾는다. 「검은 눈」은 꿈 밖에 꿈이 있고 꿈 안 꿈이 있는 몇 겹의 꿈으로 이루어졌다. 김도연은 "이건 꿈이야, 넌 꿈과 현실도 구분 못해?"(「도망치다 멈춰 뒤돌아보는 버릇이 있다」)라고 말한다. 무의식에 자리잡은 꿈과 환상을 다루면서도 그것에 대한 끊임없는 반성이 소설의 힘이 되고 있음을 보여준다.

186) 고은은 장편 소설 『화엄경』에서 코끼리를 타고 여행하는 어린 선재를 통해 깨달음으로 가는 과정을 그려놓았다. 그것을 한국적인 색채로 옮겨놓은 장선우 감독의 수작 〈화엄경〉은 어린 선재를 소 등에 태워 깨달음으로의 여행을 떠나게 했다.

는 또 어쩔 수 없이 "마스크를 착용하고 장화를 신은 채 쇠스랑을 들고 외양간으로 들어"(9쪽)간다. 그러다가는 그만 더는 참지 못하고 아버지에게 소를 팔자고 말한다. 아버지는 일을 많이 하는 소를 팔 수 없다며 반대한다. 결국 "트랙터로 갈면 한나절이면 되는 일을 왜 며칠씩 힘들게 일을 해요!"(9쪽)라며 아버지를 설득한 나는 소를 팔기 위해 길을 나선다. 소가 말했다며 환상적으로 시작한 소설은 현실적인 일들로 소와 함께 길떠나기를 시도한다. 이때까지 소설의 배경은 허공의 현실일 뿐 환상의 세계는 아니다.

늦은 아침을 먹는 사람들로 국밥집은 북적거렸다. 창가에 앉아 소머리 국밥을 기다리다가 문득 이상한 느낌이 들어 주변을 둘러보니 밥을 먹는 사내들의 얼굴이, 특히 눈이, 점점 소를 닮아가고 있는 듯 했다. 그것도 아주 빠르게. 몸은 사람의 몸인데 얼굴만 소로 변해버리는 것 같아 나는 오래 눈을 비벼야만 했다.(16쪽)

자본화된 공간 가운데 하나인 시장에서 펼쳐지는 이미지들을 통해서 오늘날의 현실이 꿈같은 허공의 현실임을 다시 한 번 상기시켜준다. 꿈 같지 않고는 도무지 견딜 수가 없을만큼 현실은 냉철하고 날카롭기만 하다. 깊은 산속에서 살아가는 나에게 현실은 지독히 냉정한 것이어서 나는 소를 원하는 값에 팔지 못한다. 소를 파는 대신에 "횡성 우시장에서 소를 팔지 못했기에, 어쩌면 팔지 않았기에, 나는 아버지의 통장에다 내 돈 사백팔십만 원을 입금했다."(26쪽) 그리고 나는 "오백 킬로에 육박하는 소를 소유했다는 포만감"(27쪽)을 느낄 새도 없이 우울한 표정으로 여행을 떠난다. 칠 년만에 날아든 친구의 부고 때문이다. 이때부터 소는 하나의 사물을 뛰어넘어 상징으로 독자에게 다가선다. 소설이 허공의 현실 너머 환상의 세계를 본격적으로 시작하는 지점인 셈이다. 그러나 환상의 세계가 언제나 아름다운 것은 아니다.

> "소를 데리고 오겠다고?"
> "그래야 될 것 같아. 지금 사정이 좀 그래."
> "……뭐 안 될 건 없겠지만 설마 소를 끌고 영안실로 들어오려는 건 아니겠지?"
> "그럴까?"
> "그럼 소랑 맞절을 해야 돼?"
> "상주니까 그래야겠지."
> 통화의 내용만으로는 충분히 킬킬거릴 정도의 농담이었지만 우리 두 사람의 말투에는 황사보다 더 뿌옇고 꺼끌꺼끌한 무엇이 덮여 있었다.(28쪽)

소를 영안실로 데리고 가겠다는 농담들이 황사보다 뿌옇고 꺼끌꺼끌한 무엇이 되는 것처럼 환상이 현실과 함께 존재할 때 그것은 두려움으로 작용한다. 그 두려움이 나를 사로잡는 시간은 오래 걸리지 않는다. 소설은 이런 두려움에 대한 이미지들을 계속해서 서사화 시켜나가며 독자들에게 낯선 충격을 던져준다. 소설의 도입부에서 일하지 않는 소는 고기로밖에 쓰이지 않는다는 지극히 현실적인 이야기가 화자를 통해 전달된다. "오로지 고기와 우유를 생산하고 새끼를 낳기 위해서만 먹고 또 먹는 존재로 전락한 것이다."(17쪽) 그러므로 소들이 인간들에게 죽임을 당하는 것은 당연해 보인다. 인간들에게 죽임을 당하는 것이 비단 소들뿐만이 아니다. 물질이 최고가 되어버린 자본주의 사회에서 시를 쓰면서 살아가는 '나'의 운명 역시 소와 다르지 않다. 이 비극적

운명은 10장을 통해서 선명하게 전달된다. 94쪽에서 105쪽에 걸쳐 쓰여진 10장은 이미지가 어떤 방식을 통해 서사화를 이룰 수 있는지를 잘 보여주는 장이다. 함께 여행하던 소를 어쩔 수 없이 잡아야 한다. 소를 바라보는 나는 안타깝지만 곧 큰돈이 생긴다며 위안을 삼는다. 그런 마음을 숨기고 나는 소에게 다시 하늘나라로 가는 것이라며 위로한다. 그러나 소는 내 마음을 알고 있다. "백정들이 써먹는 닳고 닳은 레퍼토리일 뿐이야. 그냥 솔직하게 돈이 궁해 몰래 잡는 거라고 말해. 화가 나는 건 너희들 모두가 한통속인 걸 내가 미처 몰랐다는 사실이야"(97쪽)라며 나를 비난한다. 이때 '한통속'은 거대한 자본주의와 그 속을 살아가는 모든 인간들이다. 소설은 나의 행동을 통해 "산 영감님" "날감투." "쪽바지." "귀신 감투" 등 백정들이 행하는 의식을 들려준 다음 각각의 말들이 뜻하는 의미를 전달한다. 이어서 죽음을 앞에 둔 소의 내면과 백정이 되어 소를 잡아야 하는 나의 마음이 서술된다.

온통 피투성이인 소는 비탈밭 위에서 앞다리로, 아니 두 손을 이용해 내가 도끼로 내려친 정수리를 양쪽으로 벌리고 있었다. 비명과 함께. …줄임… 그리고…… 나는 보았다. 아이를 낳는 여자의 자궁이 열리듯 갈라지는 소의 머리에서 서서히 모습을 드러내는 것을. 그 안에서 나오려고 필사적으로 몸부림치는 한 존재를. 마치 내 손에 든 도끼로 내 정수리를 내려치는 듯한 충격이었다.

"왜…… 내가…… 거기서 나오는 거야?"

나는 갈라지는 소의 머리에서 빠져나오는 피투성이인 나와 신음 소리를 내뱉는 소에게 동시에 물었다. 하지만 아무도 내 질문에 대답하지 않았다. 거대한 소의 탈을 빠져나오려고 애를 쓰는 또 다른 내가 간신히 빠져나온 손을 내게 내밀어 도움을 청했지만 내 몸은 조금만치도 움직이지 않왔다. 도망치고 싶었지만 당연히 그럴 수도 없었다.

"잠깐 실례하겠습니다."
표정이 심상치 않은 두 명의 경찰이 구두에 묻은 흙을 털며 내 뒤에 바짝 붙어 서 있었다.(104~105쪽)

안동 하외별신굿 탈놀이를 원형으로 하는 이야기의 이미지들을 차용함으로써 소설은 허공의 현실이 그러하듯이 현실 너머의 세계 역시 위선과 위악이 가득하다는 것을 그려보이고 있다. 오로지 고기와 우유를 생산하기 위해 소를 기르는 것처럼 자본화된 사회에서 무엇인가를 생산해내지 못하는 한 나 역시 살아남기 위해서 필사적으로 몸부림쳐야 하는 한 존재일 뿐이다. 다만, '마치 내 손에 든 도끼로 내 정수리를 내려치는 듯한 충격'을 현대인들은 참고 살아가고 있는 것이다. 이처럼 자본주의가 가지고 있는 폭력과 폭력성은 이미지의 서사화를 통해서 독자에게 좀 더 구체적으로 전달된다. 들려주기를 서사 양식으로 하는 소설이 어떻게 이미지를 차용하여 서사화 시킬 수 있는지를 잘 보여주는 지점이다. 그리고 이런 서사 방식을 통해서 세계는 현실 너머의 세계이기도 하지만 지금 이곳의 세계로 탈바꿈한다. 인용문에서 살피고 있는 것처럼 꿈 속에서 나는 '표정이 심상치 않은 두 명의 경찰'을 만난다. 꿈에서 깨어났을 때 내게 다가오는 것도 바로 두 명의 경찰이다.

"신분증 좀 보여주십시오."
"뭐라고요?"
비탈밭에 서 있던 두 명의 경찰은 어느새 트럭 옆에 서 있었다. 나 역시 운적석에 앉아 잠을 자다가 깨어났다. 꿈같지 않은 꿈의 끝자락에서 만났던 사람을 꿈 밖에서 다시 만나는 것도 이채롭다는 생각을 하며 나는 다소 멍한 상태로 경찰을 바라보았다.(107쪽)

일정한 설명이나 합의 없이 장면을 자연스럽게 변화시키는 것은 사실 소설의 서술 방식이라기보다는 영화의 서술 방식에 가깝다. 김도연은 소설『소와 함께 여행하는 법』을 통해서 이미지의 서사화와 더불어 문장의 쇼트화 방식으로 소설 기법의 영상화를 시도하고 있다. 이런 영상화 전략은 실제와 꿈을 교묘하게 편집하며 지금 우리가 살고 있는 이 시대가 꿈과 현실이 혼란스럽게 교차되고 있는 시대임을 말해준다. 물론 이때 들려주는 꿈과 현실의 오고감은 장주지몽의 그것과는 다른 깨달음이다. 장주지몽의 깨달음은 현실에서 꿈으로의 고요한 이동 혹은 꿈에서 바라본 아름다운 현실에 대한 깨달음이다. 그러나 소설『소와 함께 여행하는 법』이 보여주는 깨달음은 어쩔 수 없이 꿈과 현실이라는 두 가지의 세계를 혼란스럽게 살아가야 하는 오늘의 ‘현상’에 대한 깨달음이다.

소설이 가지고 있는 이미지의 서사화는 이밖에도 많은 곳에서 엿볼 수 있다. 노래가 가지고 있는 이미지는 공무도하가(49쪽)를 통해서 구체화된다. 물을 건너지 말라는 님이 기어이 물을 건너다가 그만 불귀의 객이 되었다는 공무도하가의 상징적 이미지를 이용해 화자는 "세 사람이 오래전에 부른 〈500마일〉이란 노래"(49쪽)가 슬픈 현실로 재현될 것임을 예견한다. 〈500마일〉이란 노래는 "피터와 폴, 그리고 메리란 이름을 가진 세 사람이 오래 전에 부른"(49쪽) 노래였다.

피터의 애인이었던 메리는 피터가 늦게 군에 입대하자 폴과 함께 낯설고 먼 강원도 인제라는 곳으로 함께 면회를 가곤 했다. 그 면회가 계속되면서 폴의 마음속에 메리가 조금씩 들어앉기 시작했다. …줄임… 폴과 메리는 더 이상 면회를 가지 않았고 피터는 인제의 북쪽 향로봉에서 아직 돌아오지 않고 있었다. 불안한 연애의 침대 속에서 폴과 메리는 〈500마일〉을 들으며 피터의 편지를 함께 읽었다. 피터가 영원히 돌아오지 않기를 바라며…….(49쪽)

누가 군대를 가고 친구와 애인이 함께 면회를 왔다가 두 사람이 사랑에 빠졌다는 이야기는 참으로 뻔하고 유치한 이야기다. 그럼에도 이 낡은 이야기가 공무도하가의 이미지와 더불어 〈500마일〉의 이미지를 사용하면서 낯선 이야기가 된다. 세 사람이 공무도하가의 어느 한 사람처럼 불귀의 객이 되고 또 한 사람이 백수광부의 처가 될 것이라는 연상과 더불어 세 사람의 인물 이력을 보여주는 대목이다. 내가 '폴'이라고 불리는 지점을 통해서 한때 불처럼 훨훨 타올랐을 나와 메리의 연애는 피터가 군대를 제대하면서 다 타버린 촛불처럼 꺼져버렸음을, 그리하여 지독한 권태에 휩싸였음을 노래가 가지고 있는 이미지를 통해서 보여준다. "……그래. 폴, 넌 아직도 용기가 없어 보여. 사랑에 대해"(140쪽)라는 메리의 말이 이를 증명해 준다.

이 소설이 가지고 있는 이미지의 서사화 가운데 가장 빛나는 부분은 소 안에서 벌어지는 젊은 남녀들의 성교를 구체화하는 대목이다. 어느 때보다 큰 보름달이 뜬 밤, 길 양편으로 달빛을 뒤집어 쓴 꽃들 아래서 사람들은 자리를 깔고 앉아 음식을 먹고 술을 마신다. 디오니소스 축제의 이미지와도 겹쳐지는 이 장면 뒤에, 나와 그녀는 소를 타고 가는 게 아니라 발가벗은 채 소의 몸속에 들어가 있다. 그 속에서 사람들은 사랑을 나누며 뒤엉켜 돌아가고 있었다.

소의 몸 안에는 우리 두 사람만 있는 게 아니라 발가벗은 여러 쌍의 남녀가 갖가지 체위를 취한 채 사랑을 하느라 바빴다. 달콤한 교성과 비명이 어우러져 돌아가는, 빈틈없이 꽉 찬 몸속이었다. 그런데 정작 이상한 것은 소가 살아 있는 진짜 소라는 거였다. 원래부터 소의 것이라고 할 수 있는 건 소의 외피, 즉 가죽밖에 없는데도 불구하고. 결국 소의 몸속에서 적나라한 자세로 사랑을 하고 있는 남녀들이 소의 각 부위가 담당하는 역할을 맡고 있다는 사실이었다. 소복을 벗어버린 그녀는 소의 머리 부위에 얼굴과 상체를 들이민 채 엎드려 있었고 나는 그 뒤에서 점 세 개가 박힌 그녀의 엉덩이를 잡은 채 목정골과 양지머리를 담당하며 사랑에 열중하고 있었다. 두 팔에 얼굴을 묻은 그녀가 가쁜 숨을 뱉으며 물었다.

"이 소는 지금 어디로 가는 거야?"(43~44쪽)

소는 어디로 가는 것일까? 젊은 남녀들은 소의 부위가 되어 성교하며 도무지 어디로 가는 것일까? 비록 "소의 몸속에 있던 사람들은 모두 사라"(45쪽)지지만 독자는 소설 속에서 던져진 물음에 대한 답을 얻기 위해 독서를 계속한다. 김도연이 소설 『소와 함께 여행하는 법』을 통해 던져 놓은 화두인 셈이다. 화두를 풀기 위해 나는 여행을 떠난다. 그 여행 중에 나는 헤어졌던 애인 메리를 만나고 메리의 남편이었던 피터를 추억하게 된다. 여행을 통해서 나는 다시 폴이 되고 소는 죽은 피터의 영혼이 된다. 소와 함께 단둘이 떠났던 여행은 이처럼 죽은 자까지도 경험하게 되는 영혼의 여행으로 나아간다. 그리고 오랜 여행 뒤에야 내가 살아가는 세계는 기실 나의 세계가 아니라 "소가 꾸는 꿈속에 갇"혀(177쪽) 있는 세계라는 깨달음에 닿는다. 이 세계는 물론 허공의 현실과 현실 너머의 세상이 만들어낸 불화의 세계이다. 그 불화를 견디며 살아가는 것, 그리하여 세상이 "아수라장으로 변해"(214쪽)버린다고 해도,

"윙윙거리는 벌들이 내 몸속으로 들어간 듯 온몸이 부어"(214쪽)오른다 하여도 하루하루를 견디며 살아가는 것이 바로 오늘의 일상이며 우리들의 삶이라는 깨달음이다.

> 나는 불길에 무너지는 범종각에서 시선을 떼지 못하다가 슬그머니 소를 돌아보았다. 소도 나를 돌아보았다. 메리도 그 눈길에 참여했다. 운동장처럼 넓은 여인숙 방에서 우리는 서로의 마음을 읽어내려고 애를 썼다.
> "이제 그만 지지고 볶으로 집으로 가자."
> 말을 맞추기라도 한 듯 우리 셋의 입에서 동시에 나온 말이었다.(215쪽)

'소가 말했다'로 시작한 소설은 함께 여행 중에 있는 두 명의 사람과 한 마리의 소, 이렇게 셋의 입에서 동시에 나온 말로 끝을 맺는다. 물론 소설이 아닌 현실에서 소는 사람의 말을 하지 못한다. 그럼에도 소의 말이 뜬금없고 낯설었던 시작과 달리 끝에 이르러 소의 말은 독자에게 전달된다. 소를 둘러싼 환상적 이미지를 실제화 시키면서 현실 세계에서 해결할 수 없는 여러 갈등들은 해결되고 상처는 치유된다. 세계는 허공의 현실과 현실 너머의 세상이 만들어낸 불화의 세계인 동시에 상처가 치유되는 신화의 세계이기 때문이다.

이미지의 축소와 현실적 세계 인식
: 영화 〈소와 함께 여행하는 법〉

　　영화 〈소와 함께 여행하는 법〉은 "스스로 비주류적인 감성을 지녔다고 생각"[187]하는 임순례 감독의 4편째 장편 영화이다. 임순례의 필모그래피를 살펴보는 일은 한국 대중영화의 특이한 이면을 살펴보는 일이다. 임순례 감독은 언제나 버려진 자들의 등을 어루만지며 영화를 이끌고 나간다. "임순례 감독은 눈물을 닦아주지 않고 함께 울어준다. 그는 실컷 울고 나면 곧 새날이 밝을 거라고 두 팔로 안아주면서 말하지 않는다. 바쁜 사람은 눈물을 흘릴 겨를조차 없다고 어깨들 토닥이면서 충고하지도 않는다."[188] 임순례 감독은 그저 함께 울 뿐이다. 그의 영화 〈세 친구〉의 세 친구는 고등학교를 졸업한 뒤 세상에 방치된다. 꿈이 있지만 사회는 그들의 꿈을 받아주지 않는다. 〈와이키키 브라더스〉에서 꿈을 버리지도, 그렇다고 먹고 사는 걸 포기하지도 못한 성우는 룸살롱에서 옷을 다 벗고 술 취한 사람들의 노래에 맞춰 기타를 친다. 〈우리 생애 가장 행복한 순간〉은 어떤가? 가장 대중적이어서 장르 자체의 힘을 가지고 있는 스포츠를 다룰 때도 그는 비인기 종목인 핸드볼을 다룬다. 영화에서 벌이는 시합들을 보자. 절반이 넘게 지는 경기를 펼치는 그녀들에게 돌아오는 것은 우승의 영광이 아니라 통한의 준우승일 뿐이다.

---

187) 임순례, 「인터뷰 - 살펴보는 자의 연민, 함께 울어주는 영화의 위로」, 『이동진의 부메랑 인터뷰, 그 영화의 비밀』, 이동진 지음, 위즈덤하우스, 2009, 575쪽.
188) 이동진, 위의 책, 573쪽.

이처럼 임순례 감독은 그저 묵묵히 쓸쓸한 영혼들의 뒷모습을 카메라에 담아 세상에 내어놓는다. "일관되게 남성적 응시(male gaze)"를 유지해 왔던 영화의 시선이[189] 임순례에 의해서 변화됨을 의미한다. 영화 〈소와 함께 여행하는 법〉의 미학적 성취는 바로 이곳에서 출발한다. 임순례 감독은 그동안 유지했던 자신의 시선을 놓지 않는다. 6장에 가서야 인물이력을 밝히는 소설과 달리 영화가 초반부터 선호의 인물이력을 밝히고 있는 까닭도 이 때문이다. 애인이 있냐고 묻는 고모의 말에 선호는 "있으면 누가 이 쓰러지는 초가집에 오기는 온대요?"[190]라며 냉소적으로 반문한다. 선호가 산골 초가집을 지키며 살고 있다는 설정은 그가 물신화된 현대인의 삶속으로 쉽게 침투하지 못하는 인물임을 보여주는 대목이다. 이어지는 쇼트는 문학상 뒤풀이로 벌어지는 술자리다. 대관령문학상 수상자의 수상시가 낭송되는 동안 선호는 한쪽에서 선배와 상에 대해서 이야기한다. 이번에는 니가 탈 때가 되지 않았냐는 선배의 말에 상같은 건 관심 없다며 웃어넘기는 선호의 쓸쓸한 얼굴이 클로즈업된다. 선호는 문학상 하나 받지 못한 무명 시인이라는 인물이력이 두 사람의 대화를 통해서 밝혀진다. 낭송이 끝나고 여기저기서 건배가 이어진 뒤 선호는 자리를 옮겨 앉았다.

"신랑 될 사람이 뭐하는데?"

---

189) 로라 멀비(Laura Mulvey)는 할리우드 영화가 그와 같은 남성적 응시의 시선을 일관되게 가지고 왔다고 주장한다. 이는 "카메라 워크나 내러티브 구조가 관람자로 하여금 대개는 남성이 주인공에 동일시하게 함은 물론 여성을 시각적으로 살펴보는 위치에서 그 주인공을 두도록 만들기 때문이다." 이런 구조는 오늘날 선호되는 내러티브 영화(illusionistic narrative film) 형식이 가부장적 질서 속에 편입되어 있음을 의미한다.(제이 데이비드 볼터·리처드 그루신, 앞의 책, 96~98쪽.) 실제로 우리나라의 경우 여성적 시선으로 쓰여진 소설 『우리들의 행복한 시간』이 영화로 재매개 되는 과정에서 여성적 화자는 사라지고 남성적 응시만 남았음을 확인할 수 있다.(홍수정,「성적 응시의 재매개 - 소설과 영화 〈우리들의 행복한 시간〉을 중심으로」, 고려대학교 석사학위 논문, 2007.)
190) 임순례, 영화 〈소와 함께 여행하는 법〉, 2010, 가족의 대화 중 선호의 말, 3분.

"한의사잖아, 니 모르나."

"야야, 나 진짜 궁금한게 있는데."

"뭔데?"

"여자애들은 좋아하는 사람 따로 있고 결혼하는 사람 따로 있고 그러냐? 아, 그게 가능해?"

"형, 진짜 몰라서 묻나?"

"그래, 임마 모른다"

"하하, 하하하하. 형, 형, 진짜 시인 맞네!"

"나정이 걔는 얼굴도 못생겨가지고 어떻게 한의사를 물었대?"

"남다른 재주가 있나보지 뭐." 191)

작가들 역시 이미 오래 전에 물신화되어버린 세상을 살고 있음이 드러난다. 사랑을 묻는 선호의 물음에 대한 그들의 대답은 오히려 조롱에 가깝다. 이어지는 쇼트에서 선호에게 문학상을 받아야 한다는 선배가 그들의 술자리에 다가와 다시 한 번 선호를 위로하며 심사위원들에게 쌍욕을 뱉어낸다. 그만하라는 선호에게 선배는 폭력을 행사한다. 도시화로 명명되는 현대의 삶에서 벗어난 선호는 문학판에서도 소외 받는다. 선호가 기대는 것은 집에서 기르는 동물이다.

그래도 나 반겨주는 사람은 너밖에 없다. 워리야, 인간 세상에는 시란 게 있어. 시가 뭐냐고? 상처 받고 외로운 사람들이 부르는 노래지. 내가 가장 좋아하는 프랑스 시가 있어. 너 잘 들어봐. 제목은 사랑 받지 못한 사내의 노래야. 어느 모퉁이 선술집에서 그녀를 닮은 여자가 나왔지. 아, 그 여자의 무정한 시선. 목의 맨살에 나 있는 상처. 순간 나는 확인했어. 사랑

---

191) 임순례, 앞의 영화, 선호와 동료 작가들의 대화, 4분 55초~5분 30초

마저도 다 거짓임을. 어때? 야, 너 자냐? 하하하, 야, 이 새끼가. 내가 니 앞에서 멋진 시를 읽고 있는데 자? 그래 자라. 너도 자야지. 칫. 나도 자고 싶다.[192]

소와 대화를 나누는 나의 모습은 재매개를 통해서 개에게 일방적으로 이야기를 들려주는 것으로 변화된다. 소와 나누는 대화가 깨달음의 대화라면 개에게 들려주는 말은 현대의 고독과 소외감을 나타낸다. 개에게 들려주는 일방적인 이야기는 동물과의 친숙함을 표현하는 동시에 인간의 외로움이 그만큼 더 깊은 곳으로 향하고 있음을 말해준다. 그럼에도 선호의 대화는 개에게 가서 닿지 않는다. 선호가 시에 대해서 이야기할 때 개는 하품을 하며 고개를 돌린다. 선호의 시는 물론 선호의 일상마저 이 세상에서 표류하고 있음을 보여준다. 이제 외로운 선호의 행동은 아주 자연스럽게 길떠나기로 이어진다. 이때부터 영화는 대중에게 가장 익숙하고 친근하며 회고적인 로드무비 형식을 띠기 시작한다.[193] 관객들은 이 익숙한 주제 앞에서 시에 대해서 듣기를 거부하고 고개를 돌렸던 영화 속 개처럼 잠시 바라보기를 멈추고 머뭇거리게 된다. 물론 임순례는 재매개를 시도하면서 몇 가지 변형을 시도하며 익숙함을 떨쳐낸다. 그 첫 번째가 바로 길떠나기의 원인이다. 원작에서 선호는 결국 아버지를 설득해서 소를 팔기 위해 길을 나선다.

---

192) 임순례, 위의 영화, 선호가 개를 바라보며 토해놓는 독백, 7분~9분.

193) 모든 서사 예술이 그러하지만 로드무비의 서사 방식이 신화에 뿌리를 두고 있는 것은 자명한 사실이다. 신화 속 영웅은 길을 떠나고 돌아오는 과정에서 깨달음을 얻고 새로운 세상으로 나아가는 길을 발견한다. 단군 신화의 뿌리에는 하늘에서 땅으로의 길떠나기 여정이 숨겨 있었고, 오디세이에서는 율리시즈의 길찾기가 들어 있다. 영화가 서사 양식을 자신의 것으로 만들면서 보여주기의 한 양식으로 길떠나기를 구체화시켰던 것도 그러므로 매우 당연하며, 그래서 로드무비는 가장 대중적인 "여섯 가지의 현대적인 장르들" 가운데 하나가 되었다.(박성봉, 『대중예술과 미학』, 일빛, 2006, 172~174쪽.)

"팔았냐? 얼마 받았는데?"

"아직 못 팔았어요. 지금 바쁘니 나중에 전화할께요."

차마 몇 달 사이에 백만 원가량 소 값이 떨어졌다고 말할 순 없었다. 그 소식을 전하면 암소를 데려가려고 택시를 대절해서라도 달려올 사람이 바로 아버지였다.(14쪽)

아이, 저저저저, 야 이놈아. 도둑이야, 야 이놈아, 소도둑이야. 아야야 야.[194]

인용문을 통해서 살필 수 있는 것처럼 원작에서의 아버지는 비록 나를 구박하지만 그건 억압으로서 나타나는 관계는 결코 아니다. 아버지와 아들의 싸움은 가족들 사이에 있을 법한 격한 의사 소통일 뿐이다. 영화는 이들 인물을 억압의 관계로 설정하고 그 억압에서 벗어나는 아들을 그리고 있다. 이런 변화를 통해서 아버지와 나는 소와 더불어 삼각형의 권력관계를 가지게 된다. 바로 오이디푸스적 갈등관계로 발전한다. 영화는 이런 갈등구조를 화해로 대치시키며 폴과 메리, 피터의 현실적 사랑과 현실적 갈등으로 재매개한다. 소를 통해서 얻은 새로운 갈등구조는 소가 피터로 환원되는 순간 또 다른 갈등으로 변화한다. "거리는 그 자체로 이데올로기이다."[195] 따라서 거리의 변화는 갈등의 변화를 가져온다. 영화의 거리는 이처럼 신화 속 거리가 아닌 현실의 거리이다.

임순례 감독에 의해서 원작이 영화로의 재매개를 거듭하면서 소의

---

194) 임순례, 앞의 영화, 소를 싣고 떠나는 트럭을 향해 달려오며 토하는 선호 아버지의 독백, 10분 30초.
195) Slavoj Žižek, The Plague of Fantasies, London: Verso, 1997, p. 20.

암수가 바뀌었다는 점도 눈여겨보아야 할 부분이다. 원작의 소는 암소이다. 그러나 영화의 소는 수소로 보여진다.

　　암소(3세 정도), 상향각(뿔), 육색(코), 가마중(가마)
　　무게(500kg가량)(19쪽)

　　숫놈 10살
　　평형각, 황색
　　가마중
　　800kg 가량[196]

　서사의 흐름에 암소와 수소의 차이는 그다지 크게 느껴지지 않는다. 소설과 영화에서 모두 "애인과 둘이서 오붓하게 여행 가는데 내가 괜히 장례식장으로 오라고 부른 것만 같아서"[197]라는 농담으로 이 부분을 처리한다. 차이점이 있다면 영화에서 "수소라 다행이네"라는 말이 추가된 정도이다. 하지만 상징세계로 들어갈 때 그 차이는 매우 크다. 암소(cow)가 모든 달과 대지의 여신으로 생산력, 생식을 나타내는 어머니의 존재라면, 수소(Ox)는 강함과 힘겨운 노력을 뜻하며 아버지의 존재를 나타내기 때문이다.[198] 그리하여 소설은 무의식을 통해서 상징계인 소와의 교류를 시도한다. 소 안에서 벌어지는 섹스와 소의 머리를 뚫고 나오는 나의 소설 속 이미지들은 어머니의 자궁 속으로 들어가려는 무의식의 소산이며 애초부터 오이디푸스적 갈등이 아닌 모성으로의 투귀(投歸)를 그리고 있다. 다시 말해 소설은 "자신의 투영을 변화시키기 위

196) 임순례, 앞의 영화, 경매사가 선호에게 써준 소의 이력 클로즈업, 11분 40초.
197) 김도연의 소설에는 33쪽에 임순례의 영화에서는 27분 50초에 각각 쓰이는 대화이다.
198) 진 쿠퍼, 『그림으로 보는 세계 문화 상징 사전』, 이윤기 옮김, 까치, 2007, 각각 83쪽, 209쪽 참조.

해 환경과 상호 작용을 하며, 언화 주체(발화 주체)를 통해서, 그리고 관계의 역학 속에서만 다시 표면화 될 수 있는"[199) 무의식의 주체를 이미지를 통해서 구현시키고 있다고 할 수 있다. 재매개를 통해서 어머니의 존재였던 소는 아버지의 존재로 탈바꿈된다. 신화적 세계로서의 인식이 아닌 현실적 세계로서 인식되는 이 세계가 갈등의 소용돌이 속에 있음을 영화는 보여주고 있는 것이다. 선호는 어쩔 수 없이 폴이 되어 쓸쓸한 길 위에 서 있어야 한다. 그 저변에는 쓸쓸한 뒷모습을 쫓아가는 임순례 감독의 시선이 담겨 있다. 들려주기로 서사화된 이미지들을 보여주기 방식으로 처리하며 신화적 이미지를 버리고 임순례 감독은 현실적인 세계 인식을 그려보인다. 남성적 응시의 시선이 무너지며 여성적 시선이 남는다. "소의 몸 안에는 우리 두 사람만 있는 게 아니라 발가벗은 여러 쌍의 남녀가 갖가지 체위를 취한 채 사랑을 하느라 바빴다. 달콤한 교성과 비명이 어우러져 돌아가는, 빈틈없이 꽉 찬 몸속"(43쪽)을 보여주거나, "온통 피투성이인 소는 비탈밭 위에서 앞다리로, 아니 두 손을 이용해 내가 도끼로 내려친 정수리를 양쪽으로 벌리고 있"(104쪽)는 모습을 관객들에게 보여주기란 사실상 불가능하다. 소설 속 이미지가 독자에게 구체화될 수 있는 것은 보여주기의 힘 때문이 아니라 상상력의 무한한 가능성이기 때문이다. 소설 『소와 함께 여행하는 법』이 가지고 있는 힘은 앞에서 살펴본 것처럼 소설이 가지고 있는 서사 자체에 있지 않다. 그것은 소설이 이미지를 서사화하는 방식으로 갈등과 연민을 그리고 있으며, 이는 다시 소를 둘러싼 환상적 이미지를 통해 실제화시켰다는 것에 있다. 소설은 현실 세계에서 해결할 수 없는 여러 갈등들을 해결하고 치유하는 과정의 신화적 이미지를 통해서 그려놓았다.

---

199) 정문영, 「라캉: 정신 분석학과 개인 주체의 위상 축소」, 『주체 개념의 비판 - 데리다, 라캉, 알튀세, 푸코』, 윤효녕 · 윤평중 · 윤혜준 · 정문영 지음, 서울대학교출판부, 1999, 71쪽.

이처럼 소설은 이미지를 통해서 허공의 현실과 현실 너머의 세상이 만들어낸 불화의 세계인 동시에 상처가 치유되는 신화의 세계라는 인식을 구체화시켰던 것에 비해 영화는 재매개를 통해서 이런 이미지들을 축소하고 그 자리에 현실에 대한 애정과 연민을 남겨둔다. 임순례 감독이 세계란 관음적(voyeuristic)인 남성적 응시의 세계가 아니라 합일(union)의 공간이기 때문이다.

목적이 관음이라면 관람자는 전통적인 남성적 응시를 실행하는 것이된다. 그렇지만 목적이 합일이라면 비매개에 대한 욕망은 라캉 식의 용어로 하면, 거울상 단계의 향동경 응시(longing gaze)-주체를 지배하면서 동시에 상상계(the Imaginery)의 영역에 대해 상징계(the Symbolic)라는 남성 영역의 우위를 강조하는 분열 이전의(어머니와의) 원초적인 합일 상태로 회구하고자 하는 욕망-로 해석될 수 있다. 이제 비매개에 대한 욕망은 상상계의 영역으로의 회귀 욕망이 되며, 이는 여성 관람자도 공유할 수 있다.[200]

이때 비매개란 영화를 바라보는 자가 미디어의 존재를 잊고 자신이 그 미디어 안의 세계와 같은 곳에 존재한다고 믿게 하는 것인데,[201] 임순례 감독은 이처럼 영화가 가지고 있는 남성적 응시의 시선을 버리고 세계를 있는 그대로 인식하며 합일을 시도한다. 세계란 남성적인 신화의 세계가 아니라 연민과 번민이 공존하는 현실적 세계이기 때문이다.

"내가 니들 잊느라고 얼마나 힘들었는 줄 알아. 그 배신감에 다시 연애

---

200) 제이 데이비드 볼터 · 리처드 그루신, 「재매개의 네트워크」, 앞의 책, 102쪽.
201) 제이 데이비드 볼터 · 리처드 그루신, 위의 책, 327쪽

도 번번이 못하고 살았는데 이제와 이런 식으로 나타나면 내가 두 팔 벌려 환영이라도 해줄 줄 알았어?"

"미안해, 근데 너를 만나야만 피터를 잘 보낼 수 있을 것 같았어."

"피터! 피터! 그놈의 피터! 너는 맨날 피터 밖에 모르지, 내가 죽은 피터를 놓고도 이렇게 경쟁해야 하는 거야?"

"너 진짜 그렇게 괴로워?"

"그래 괴롭다고, 내가 멀쩡한 닭 먹고 쉰소리 해?"

"진짜 그렇게 괴로운 건지, 이미 있지도 않은 괴로움을 니 기억이 새삼 만들어 내는 건지, 잘 들여다봐. 오늘은 이만 갈게"

"그래, 괴로워, 괴로워, 괴로워서 미치겠다고!"[202]

허공의 현실에 대한 소설 속 각성은 여성적 시선을 통해서 어쩔 수 없는 연민, 내 것이 아니면서 내가 기꺼이 안고 살아가야 하는 아픔들로 변용된다. 세상의 모든 사람들은 이처럼 아픔을 공유하며 함께 살아간다. "인간 욕망의 대상은…… 본질적으로 다른 사람에 의하여 욕망되는 대상"[203]이기 때문이다. 이어 영화는 덜컹거리는 버스 안에서 〈500마일〉을 함께 들으며 웃고 떠드는 폴과 메리, 피터를 보여준다. 선호가 품고 살아가는 아픔은 메리의 말처럼 '이미 있지도 않은 괴로움'에 지나지 않다. 그럼에도 이미 지나버린 괴로움은 오늘의 현실이 되어 선호를 놓아주지 않는다. 그 괴로움을 해결하기 위해서는 싸움을 통해 승리를 얻거나 화해를 통해 상생으로 나아가야 한다. 영화의 시선은 연민과 화해이다. 선호는 아버지에게 전화를 걸어 자신을 놓아달라며 용서를 구한다. 그리고 다시 여행을 떠난다. 폴과 메리, 피터가 되어버린

---

202) 임순례, 앞의 영화, 선호와 메리의 대화, 58분 40초~1시간 00분.

203) Jacques Lacan, Some Reflections on the Ego, International Journal of Psychoanalysis 34, 1953, p. 12. 이곳에서는 정문영의 앞의 글 66쪽에서 재인용.

소와의 본격적인 여행이다. 여행을 통해서 선호는 피터를 용서하고 자신을 억압하는 욕망을 불태운다. '맙소사' 로 표현되는 허상의 세계, 즉 이미 있지도 않은 괴로움을 불태워버리고 난 뒤 그 자리에 연꽃 한 송이 피어난다.

> "지금 뭐하는 거야?"
>
> "보면 몰라, 이 절을 불태우려는 거야"
>
> "왜?"
>
> "다, 내 마음이 불러낸 헛것들이니까 이제 돌려보내야 해."
>
> "아무리 그래도 그렇지 이렇게 사람들까지 죽일 필요는 없잖아?"
>
> "시끄러워. 자꾸 따지면 너도 태워버릴거야." [204]

소설에서 계속해서 소와 대화를 시도했던 것과는 달리 영화의 끝부분에서 단 한 번 소와 대화를 시도하는 것도 임순례 감독이 관념적이며 낯선 이미지를 통해 상징적인 세계를 만들어 내기 보다는 현실 그 자체를 더 많이 그려보이고 있기 때문이다. '이제 그만 지지고 볶고 집으로 가자' 로 끝나는 소설의 마무리와 달리 영화는 산골 밭을 일구는 폴(선호)과 메리 그리고 피터(소)의 모습을 보여준 뒤 워낭소리와 함께 엔딩 자막을 끌어올린다. 영화가 낯익은 시선으로 끝을 맺는 까닭도 세계에 대한 인식의 반영이다. 소설 역시 익숙한 서사를 바탕으로 쓰여졌다. 폴과 메리와 피터로 통용되는 삼각형 구도는 수많은 소설 속에서 보이는 갈등구조이다. 소설은 이미지의 서사화를 통해서 낯익은 이야기를 낯설게 상상하도록 만들었다. 그에 반해 영화는 아픔을 바라보는 연민이라는 시선으로 처리했다. 〈소와 함께 여행하는 법〉은 소와 함께 떠나는

---

204) 임순례, 앞의 영화, 선호와 소의 대화, 1시간 42분~1시간 43분 55초.

이질적인 여행을 통해 세상은 "울화와 미움과 뒤섞인 연꽃밭"임을 보여준다. "그 연꽃밭을 걷는 진흙소, 한수와 나 이제 친구가 되었네, 소멸한 자 행복 있"[205]다. 임순례 감독은 이처럼 그 동안의 영화에서 당연하게 인식되어 왔던 남성적 응시의 세계를 허물고 그 자리에 여성적 시선을 끌어온다. 이는 합일의 세계이며 어머니의 시선이 머무르는 분열 이전의 세계이다. 비록 욕망에 의해서 변형되고 파괴되는 아픔의 공간일지라도 임순례에게 세계는 다시 합일 상태로 회구되어야 하는 공간인 셈이다.

---

205) 임순례, 앞의 영화, 선호의 시작 쪽지 클로즈업, 1시간 20분.

2000년대 소설은 문자화라는 상징기호를 통해 내면을 드러내지 않는다. 소설의 문장은 문자를 통해 드러낼 수 없는 시대에 세상과의 불일치를 경험하며 깨어진 그 상태를 꾸미지 않고 있는 그대로 드러내보인다. 이것이 바로 영상화된 방식의 글쓰기이다.

김도연의 『소와 함께 여행하는 법』은 다양한 이미지들의 결합을 시도하며 허공에 떠 있는 현실을 들려준다. 소설은 상징과 은유를 하나로 뒤섞으며 마침내 신화적 세계를 선보인다. 소설 속 인물들의 꿈은 신화 속의 이야기이거나 영화 속의 환상이거나 만화 속의 자유로움이다. 꿈은 때때로 음악의 이미지로 변주되기도 한다. 이처럼 소설은 환상을 그리며 이미지들을 서사의 한 축으로 사용하고 있다. 오늘날의 현실이 꿈같은 허공의 현실임을 다시 한 번 상기시켜준다.

임순례의 〈소와 함께 여행하는 법〉은 소와 함께 떠나는 이질적인 여행을 현실적인 시선으로 보여주며 세계라는 공간이 다시 분열 이전의 상태로 돌아가야 하는 곳임을 상기시켜 준다. 그 동안 남성적 응시로 일관되어 오던 영화의 오래된 관습에 대한 저항인데, 임순례 감독에게 세계란 그 자체가 울화와 미움이 뒤섞인 연꽃밭이기 때문이다.

소설 기법의 영상화에 대한 우려가 깊은 것도 사실이다. 문학이라는 것이 비판적 거리를 유지하며 세상을 그려보일 때 긴장을 유지하며 문학 본연의 의미를 전달할 수 있기 때문이다. 물론 "소설에서 서사 대신 이미지가 증가하는 현상은 궁극적으로 이미지들을 통합하여 서사화하는 주체의 약화"[206]를 가져오는 것도 사실이다. 그러나 2000년대는 문학의 전제들이 사라진 시대이다. 이제 남은 것은 주제가 아니라 현실을 어떠한 방식으로 드러내는가 하는 문제이다.

---

206) 손정수, 앞의 글, 287쪽.

2000년 이후, 새로운 몽상을 위해

2000년대 소설과 영화의 거리가 가지는 가능성과 의의를 확인하기 위해 각각 여섯 편의 소설과 영화를 살폈다.

2000년대 소설의 주요 특징은 소설의 다양화와 장편소설의 진화를 들 수 있다. 이 시기에 영화로 재매개를 시도한 소설 원작들 가운데 단편소설이 단 한 편도 포함되지 않았다는 사실은 우리 문학의 무게 중심이 단편에서 장편으로 옮아가고 있음을 의미한다. 그 동안 거대담론에 묶여 있던 장편소설들은 강요받았던 규범을 버리고 지난 시대 단편이 보여주었던 간결하고 절제된 미학을 형성하며 한국 소설의 새로움을 획득했다. 2000년대 영화 역시 이런 자유로움을 마음껏 취하며 다양화 된 방식으로 성장했다. 2000년대에 들어서면서 대거 등장한 신진 감독들은 기존의 영화와는 다른 방식으로 자신들의 이야기를 필름에 담고 있다. 작가들이 그런 것처럼 2000년대에 활동하는 감독들에게도 공동의 미학이란 존재하지 않으며 이데올로기 역시 무의미할 뿐이다.

2000년대 소설과 영화의 거리가 가지는 가능성과 의의를 확인하기 위해 각각 여섯 편의 소설과 영화를 살폈다.

2000년대 소설의 주요 특징은 소설의 다양화와 장편소설의 진화를 들 수 있다. 이 시기에 영화로 재매개를 시도한 소설 원작들 가운데 단편소설이 단 한 편도 포함되지 않았다는 사실은 우리 문학의 무게 중심이 단편에서 장편으로 옮아가고 있음을 의미한다. 그 동안 거대담론에 묶여 있던 장편소설들은 강요받았던 규범을 버리고 지난 시대 단편이 보여주었던 간결하고 절제된 미학을 형성하며 한국 소설의 새로움을 획득했다. 2000년대 영화 역시 이런 자유로움을 마음껏 취하며 다양화된 방식으로 성장했다. 2000년대에 들어서면서 대거 등장한 신진 감독들은 기존의 영화와는 다른 방식으로 자신들의 이야기를 필름에 담고 있다. 작가들이 그런 것처럼 2000년대에 활동하는 감독들에게도 공동의 미학이란 존재하지 않으며 이데올로기 역시 무의미할 뿐이다. 그럼에도 소설에서 영화로의 재매개가 이루어지며 형성된 두 장르의 상호 텍스트성은 여전히 자본의 자장 아래 놓여 있다. 2000년대 상호텍스트 성을 보여주는 작품들은 모두 대중적인 현상을 다루고 있다는 특징을 보인다. 재매개를 통해서 영화는 소설이 다루고 있는 대중적인 현상들 을 직접적인 방식으로 다루거나 원작의 주제만을 선별하여 다루고 있 다. 이는 원작이 가지고 있는 인지도를 바탕으로 하여 더 많은 대중의 호응을 이끌어내려는 영화의 오래된 관습 가운데 하나이다. 그러나 2000년대 들어서면서 서사 예술은 인간 내면에 귀를 기울이며 보다 자 유로운 상상력을 마음껏 발휘하기 시작한다. 2000년대 소설 원작의 인 지도를 바탕으로 한 각색 영화의 대중화 방식이 지난 시대와는 차별적 인 방식으로 수용된 것에서 이를 확인할 수 있다. 이런 다양화를 통해서 2000년대 이후 문화와 예술은 더 넓고 새로운 영역을 개척하고 있다.

2000년대 소설 기법에 나타난 영상화 전략은 소설과 영화가 상호텍 스트성 아래 발전하고 있음을 보여준다. 2000년대 상호텍스트성에 의 한 소설 기법의 영상화는 세기 말의 혼돈과 세기 초의 불안을 함께 경험 한 2000년이라는 특수성과 무관하지 않다. 환멸을 원심력으로 하여 소 설쓰기가 가능했던 1990년대와는 달리 환멸마저 사라진 시대의 작가들 은 개별적인 방식으로 세계를 그려야 했다. 2000년대 소설은 자신들이 바라본 시선을 각기 다른 방식으로 기억하고 써나간다. 구체성이 사라 지고 개별성만 남은 채 너무도 다른 방식으로 쓰여진 다양한 소설들은 '2000년대'라는 시간적 개념 아래 놓이는 것을 거부한다. 그럼에도 2000년대 소설은 파편화된 삶의 풍속화를 소설기법의 영상화를 통해 드러내고 있다. 2000년대 소설은 문자화라는 상징적 기호로 내면을 들 려주지 않는다. 문자를 통해 들려줄 수 없는 시대의 불일치를 꾸미지 않고 있는 그대로 드러내보이는 것이 바로 영상화된 방식의 글쓰기이다. 영상화가 이루어진 소설의 재매개 과정을 통해 살필 수 있는 영화와의 상호텍스트성은 일반적인 원작들과는 다른 형태로 나타난다. 소설 기법이 영상화 되었다고 해도 그것은 영상화(映像化)일 뿐이지 영상(映像) 그 자체가 아니기 때문이다. 소설이 아무리 보여주기를 시도하고 있다고 해도 그것은 뇌를 통해서 이루어진 상상의 보여주기일 뿐 보여주는 그 자체가 될 수 없다. 소설의 이미지는 미리 만들어진 것이 아니라 독자의 지각에 따라 생성되는 이미지다. 보여지는 것이 아니라 들려지며, 그려진 것이 아니라 그려나가야 한다. 영화가 가시적으로 재현되는 시각적 영상기호를 사용하는 반면 소설은 추상적인 개념인 동시에 기록적인 문자기호를 사용하여 자신의 이야기를 전달한다. 영화와 소설의 이러한 차이는 어떤 상징 기호를 사용하는가에 대한 단순한 문제를 나타내는 것이 아니다. 소설이 약속된 언어라는 '매개체'를 사용하여 자신의 이야기를 전달한다면, 영화는 상징이 아닌 사물을 그대로 보여주며 이야기를 전달한다. 이때 소설의 언어는 단순한 소통의 의미를 넘어서며, 언어의 특성을 역이용하여 또 다른 이미지를 만들어 낸다. 소설기법의 영상화 전략에 따라 쓰여진 원작의 이미지들이 영화를 통해서 다른 이미지들로 탈바꿈하는 것도 이 때문이다.

이러한 시대에 서사 예술의 가치는 무엇이며 그 가능성은 어디에서 찾아야 하는 것일까, 이런 물음에 답하기 위해서 이 글은 각각 여섯 편의 소설과 그것을 원작으로 하여 만들어진 영화를 살펴보았다.

박민규의 『삼미 슈퍼스타즈의 마지막 팬클럽』은 자본주의 사회의 구조와 이미지를 수해 삼아 써내려간 작품이다. 만화, 무협지, 스포츠 등 박민규는 이 시대 가장 익숙한 언표들을 사용해 소설을 이끌어나가고 있다. 그 때문에 소설들은 기존의 질서를 이탈해 낯설고 이질적인 것으로 다가온다. 끊임없이 자신의 욕망을 드러내는 자본주의를 자본주의적 방식으로 수용함으로써 소설은 자본주의의 현상을 재현한다. 박민규 소설은 이처럼 자본주의 현상을 수용하며 역설적인 방식으로 자본주의에 저항한다. 김종현의 영화 〈슈퍼스타 감사용〉이 재매개를 위해서 소설 『삼미 슈퍼스타즈의 마지막 팬클럽』에 빌려온 것이라고는 오직 "감사용"이라는 이름뿐이다. 영화는 실존하는 인물과 대중적 상상력을 교차 편집하며 어려운 상황을 이겨내는 대중적 영웅을 탄생시킨다. 하나의 장르가 다른 장르로 변용될 때 각각의 목적에 따라 변화할 수 있는 가능성을 보여주며 영화는 소설을 재목적화 한다.

일부일처제의 신화를 비판하는 박현욱의 『아내가 결혼했다』는 축구에 관한 해박한 지식을 자연스럽게 본문으로 활용하면서 이야기를 끌어나간다. 축구의 한 장면을 보는 것처럼 소설에 흥미를 가지고 읽어나가던 독자들은 사랑과 결혼이 가지고 있는 시대적 가치와 의의를 생각하게 된다. 정윤수의 영화 〈아내가 결혼했다〉는 연민과 희망으로 세상을 바라본다. 영화의 중심인물인 주인아는 구두를 두고 달아나야만 했던 지난 날의 신데렐라와는 달리 자신의 의지에 맞는 방식으로 사랑을 쟁취하며 자본화된 도시를 살아나가는 적극성을 보인다. 영화는 주인아라는 적극적 여성을 통해 오늘날을 살아가는 구체적 실존으로 여성을 창조한다.

이만교의 소설 『결혼은, 미친 짓이다』는 결혼에 대한 모든 가치관들을 조롱하고 야유한다. 물신화된 세속적 도시 안에서 사람들은 다만 자신의 연애만은 다른 이들과 조금은 특별하다고 믿으며, 믿는 척 연기하며 살아간다. 이처럼 현대의 삶이란 살아가는 것이 아니라 연기되어 진다. 유하의 영화 〈결혼은, 미친 짓이다〉는 사진이라는 소도구를 통해서 연기되어 지는 현대인들의 삶을 비판한다. '가족'이라는 새로운 직장으로 삶을 연기하는 연희에게 진짜 사랑은 사진으로 남기고 싶은 불륜의 사랑이다.

이지민의 소설 『망하거나 죽지 않고 살 수 있겠니』는 우리 역사 속에서 가장 암울했던 1930년대 일제 강점기에 대한 역사 인식을 허물며, 역사의 무거운 담론 아래에 묻혀 있던 개별적 존재들의 작은 이야기에 주목한다. 정지우의 영화 〈모던 보이〉는 소설에서 보여주지 못한 1930년대 일제 강점기의 경성의 거리를 재현하며 시작한다. 영화는 보여주기가 가지고 있는 매력을 충분히 살리며 영화의 현실 속으로 관객을 이끈다. 영화는 소설 속에 그려지고 있는 1년 반 동안의 비연대기적 시간을 3개월의 연대기적 시간으로 압축하며 소설과는 반대로 개별적 인물이 가지고 있는 역사의식의 사회화 과정에 주목한다.

한강의 『채식주의자』는 어느 날 갑자기 채식을 선언하는 한 여자를 바라보는 세 명의 주변 인물들의 시선을 통해 1인칭이거나 3인칭 화자라 불리는 서술자에게 요구되었던 모든 강압을 사라지게 만든다. 왜곡하지 않고 현실을 보여준다고 믿게 만드는 다큐멘터리 촬영법을 차용한 소설 기법의 영상화는 허구적인 인물의 실제화를 구현한다. 임우성의 영화 〈채식주의자〉는 소설 속 이미지를 보다 적극적으로 살리며 이야기를 이끌어 나간다. 크고 화려한 꽃은 아름다움이 아니라 폭력으로 구체화된다.

김도연의 소설 『소와 함께 여행하는 법』은 소를 둘러싼 환상적 상징과 은유를 통해 꿈과 현실의 경계를 허물며 이야기를 끌고나간다. 세계는 허공의 현실과 현실 너머의 세상이 만들어낸 불화의 세계인 동시에 상처가 치유되는 신화의 세계이기 때문이다. 임순례의 영화 〈소와 함께 여행하는 법〉은 소설 속에서 사용된 이미지를 축소하고 현대인의 일상에 주목한다. 세계란 다시 분열 이전의 상태로 돌아가야 하는 공간이라고 믿는 감독은 여성적 시선으로 합일을 강조하며 그 동안 남성적 응시로 일관되어 왔던 영화의 오랜 관습을 허문다.

2000년대 소설과 영화는 이전까지와는 다른 거리를 걷고 있다. 소설과 영화는 상호텍스트성이라는 거리를 통해 더욱 다양해지고 더욱 자유로워지고 있는 것이다. 2000년대 영화와 소설의 긍정적인 거리를 통해 이루어낸 다양성과 자유로움은 2000년 서사 예술뿐 아니라 문화 담론을 풍성하게 만드는 자양분이 되고 있다. 이제는 그 이후를 기대할 차례이다. 2000년 이후의 영화와 소설, 그리고 서사 예술을 포함한 모든 예술이 새로운 몽상가들을 통해 더 넓은 거리를 활보하기를 바란다.

참고문헌

1. 기본자료

― 소설
김도연, 『소와 함께 여행하는 법』, 열림원, 2007.
박민규, 『삼미슈퍼스타즈의 마지막 팬클럽』, 한겨레출판, 2003.
박현욱, 『아내가 결혼했다』, 문이당, 2006.
이만교, 『결혼은, 미친 짓이다』, 민음사, 2000.
이지민, 『망하거나 죽지 않고 살 수 있겠니』, 문학동네, 2000.
한 강, 『채식주의자』, 창비, 2007.

― 영화
김종현, 〈슈퍼스타 감사용〉, 2004.
유 하, 〈결혼은, 미친 짓이다〉, 2001.
임우성, 〈채식주의자〉, 2010.
임순례, 〈소와 함께 여행하는 법〉, 2010.
정윤수, 〈아내가 결혼했다〉, 2008.
정지우, 〈모던보이〉, 2008.

2. 논문 및 평론

강유정, 「포스트 Y2K 시대의 서사」, 『세계의 문학』 2009년 겨울호.
권유리야, 「신은 비뚤비뚤한 선 위에도 똑바로 글을 쓴다」, 『2000년대 한국문학의 징후들』,
    산지니, 2007.
―――, 「지구촌 실향민」, 『오늘의 문예비평』 2009년 2월호.
김남석, 「1960~70년대 문예영화 시나리오의 영상미학 연구」, 고려대학교 박사학위 논문,
    2003.
김숙경, 「1980년대 한국 문예영화 연구 - 〈나그네는 길에서도 쉬지 않는다〉와 〈안개마을〉
    을 중심으로」, 중앙대학교 석사학위 논문, 1992.
김성원, 「헤밍웨이 소설의 각색 영화에 대한 연구 : '무기여 잘 있거라', '누구를 위하여 종

　　　은 울리나」, '킬리만자로의 눈'을 중심으로」, 한양대학교 석사학위 논문, 1992.

김영찬, 「개복치 우조(소설)론과 일인용 너구리 소설 사용법」, 『문학동네』 2005년 봄호.

김윤하, 「소설과 영화의 서사 전략 연구 : 소설 「벌레 이야기」와 영화 「밀양」을 중심으로」, 고려대학교 석사학위 논문, 2008.

김용희, 「결혼과 일상에 대한 문화비평적 접근」, 『한국문학이론과 비평』 제17집, 한국문학 이론과 비평학회, 2002.

김종회, 「해방 전후 박태원의 역사소설」, 『박태원과 역사소설』, 구보학회 펴냄, 깊은 샘, 2008.

김중철, 「소설의 영상화 과정에 관한 연구 - 유홍종의 〈불새〉와 이문열의 『익명의 섬』을 중심으로」, 한양대학교 박사학위 논문, 1999.

――― , 「소설과 영화의 서사전달 방식 비교 - 이문열의 「우리들의 일그러진 영웅」을 중심으로」, 『소설과 영화』, 푸른사상, 2000.

김태관, 「소설의 영화화 과정에 관한 서사학적 요소의 연구 - 80년대 한국영화 분석을 통하여」, 동국대학교 석사학위 논문, 1990.

김형중, 「민주투사 박민규」, 『작가세계』 2010년 겨울호.

――― , 「최근 소설의 영화화에 대한 비판적 고찰, 〈결혼은, 미친 짓이다〉를 중심으로」, 『한국문학이론과 비평』 제36집, 한국문학이론과 비평학회, 2007.

민병현, 「TV 시사다큐멘터리 영상구성 방식과 사실성 구현의 연계성 연구 : KBS, MBC, SBS의 시사프로그램 분석을 중심으로」, 성균관대학교 박사학위 논문, 2008.

박유희, 「영화 원작으로서의 한국소설 - 2000년 이후 한국소설의 영화화 동향을 중심으로」, 『대중서사연구』 제16호, 대중서사학회, 2006.

박필현, 「경직화를 부수는 '삶문학'의 오프닝 - 박민규를 중심으로」, 『민중이 사라진 시대의 문학』, 조정환 · 정남영 외 지음, 갈무리, 2007.

박혜상, 「2000년대 희극적 소설의 기법 연구 - 이기호 ? 박형서 ? 박민규의 단편소설을 중심으로」, 고려대학교 석사학위 논문, 2010.

방재석, 「소설과 영화의 관계양상 연구」, 중앙대학교 박사학위 논문, 2002.

백지연, 「낭만적 사랑은 어떻게 부정되는가, 이만교와 정이현」, 『창작과 비평』 2004년 여름호.

서동훈, 「소설의 영화 각색에 나타난 확장과 변형의 양상 - 소설 「사진관 실인사건」, 「거울에 대한 명상」과 영화 〈주홍글씨〉를 중심으로」, 『대중서사연구』 제19호, 대중서사학회, 2008.

서영채, 「'콩가루 집안' 이야기의 건강성」, 『문학동네』 2007년 봄호.

손정수, 「미디어 네트워크 속 '소설의 운명'」, 『세계의 문학』 2000년 겨울호.

안영순, 「서사담론의 변화와 관객성 : 소설과 영화 '모던 보이'를 중심으로」, 『외국문학연구』 제35호, 외국문학연구소, 2009.

안선영, 「최인호의 소설과 각색 시나리오의 관계연구」, 홍익대학교 석사학위 논문, 2006.

이경재, 「2000년대 소설의 윤리와 정치」, 『창작과 비평』 2010년 겨울호.

이선영, 「최인호 장편소설의 영화화 과정 연구」, 서울대학교 석사학위 논문.

이수현, 「원작 소설과 각색 영화의 비교 연구 - 이문열 소설의 영화화를 중심으로」, 고려대학교 석사학위 논문, 2006.

이찬규·이은지, 「한강의 작품 속에 나타난 에코페미니즘 연구 -『채식주의자』를 중심으로」, 『인문과학』제46집, 인문과학연구소, 2010.

이채원, 「소설과 영화의 매체 전이 양상에 대한 수사학적 연구」, 서강대학교 박사학위 논문, 2008.

이호림, 「1930년대 소설과 영화의 관련양상 연구」, 성균관대학교 박사학위 논문, 2003.

임규찬, 「1920년대 소설사 연구」, 성균관대학교 박사학위 논문, 1994.

임민영, 「이광수 소설 〈꿈〉의 영화적 변용 양상 연구」, 고려대학교 석사학위 논문, 2011.

임훈아, 「소설의 영화화 과정에 따른 멜로드라마적 요소 연구」, 연세대학교 석사학위 논문, 1993.

윤영돈, 「이청준 소설의 영화화 연구 - 원작 소설과 영화의 스토리텔링 중심으로」, 단국대학교 박사학위 논문.

조현일, 「소설의 영화화에 대한 미학적 고찰」, 『현대소설연구』제21호, 한국현대소설학회, 2004.

차미령, 「환상은 어떻게 현실을 넘어서는가」, 『창작과 비평』2006년 여름호.

최명숙, 「소설과 영화의 시점 비교 연구」, 충남대학교 박사학위 논문, 2001.

최재봉, 「장편소설과 그 적들」, 『창작과 비평』2007년 여름호.

표정옥, 「상호텍스트성에 의한 소설텍스트 재구성으로써 영상화 - 김유정 원작과 하명중 감독의 영화 〈땡볕〉을 중심으로」, 『서강인문논총』제21호, 서강대학교인문과학연구소, 2007.

한귀은, 「외상의 (탈)역전이 서사 - 한강의 『채식주의자』연작에 관하여」, 『배달말』제43호, 배달말학회, 2008.

황정아, 「박민규,라는 문학 발전소」, 『창작과 비평』2011년 봄호.

3. 국내 도서

강유정, 『오이디푸스의 숲』, 문학과 지성사, 2007.

김기진, 『한국소설문학대계』9권, 두산동아, 1995.

김도연, 『0시의 부에노스아이레스』, 문학동네, 2002.

김도연, 『심오야월』, 문학동네, 2005.

김미현 책임 편집, 『한국영화사 - 開化期에서 開花期까지』, 커뮤니케이션북스, 2006.

김영찬, 『비평의 우울』, 문예중앙, 2011.

김병익, 『2000년 인터넷 문학 세미나』, 문화관광부, 2000.

---, 『기억의 타작』, 문학과 지성사, 2009.

김윤식 · 정호웅 공저, 『한국소설사』, 예하, 1993.

김욱동, 『문학의 위기』, 문예출판사, 1993.

김 현, 『전체에 대한 통찰』, 나남출판, 1990.

교재편찬위원회 편, 『문학과 영상예술』, 삼영사, 2001.

권성우, 『비평의 매혹』, 문학과 지성사, 1993.

권택영, 『소설을 어떻게 읽을 것인가』, 문예출판사, 1995.

도정일, 『시인은 숲으로 가지 못한다』, 민음사, 1994.

류보선, 『경이로운 차이들』, 문학동네, 2002.

박노갑, 『40년』, 깊은샘, 1989.

박 진, 『장르와 탈 장르의 네트워크들』, 청동거울, 2007.

박성봉, 『대중예술과 미학』, 일빛, 2006.

─────, 『멀티미디어 시대 대중예술과 예술 무정부주의』, 일빛, 2011.

박정규, 『김유정 소설과 시간』, 깊은 샘, 1992.

방현석, 『소설의 길, 영화의 길』, 실천문학사, 2003.

백선기, 『대중문화, 그 기호학적 해석의 즐거움』, 커뮤니케이션북스, 2004.

서정남, 『영화 서사학』, 생각의 나무, 2004.

서종택, 『한국 근대소설의 구조』, 국학자료원, 2003.

오규원, 『현대시작법』, 문학과 지성사, 1990.

오태호, 『오래된 서사』, 하늘연못, 2005.

우찬제, 『타자의 목소리』, 문학동네, 1996.

이동진, 『이동진의 부메랑 인터뷰, 그 영화의 비밀』, 위즈덤하우스, 2009.

이재선, 『한국소설사』, 민음사, 2000.

이혜원, 『세기말의 꿈과 문학』, 하늘연못, 1999.

이효석, 『이효석 단편 전집』, 가람기획, 2006.

임명진, 『탈경계의 문학과 비평』, 태학사, 2008.

임철규, 『왜 유토피아인가』, 민음사, 1994.

주경철, 『신화에서 역사로, 신데렐라 천년의 여행』, 산처럼, 2005.

조정환, 정남영 외, 『민중이 사라진 시대의 문학』, 갈무리, 2007.

정수일, 『한국 속의 세계』, 창비, 2005.

장혜정, 『2000년대 한국문학의 징후들』, 산지니, 2007.

최서해, 『최서해전집』 상, 곽근 편, 문학과지성사, 1987.

최정호 엮음, 『새로운 예술론 - 21세기 한국문화의 전망』, 나남출판, 2001.

허만욱, 『다매체 융합의 시대 - 문학, 영화로 소통하기』, 보고사, 2010.

홍정선, 『인문학으로서의 문학』, 문학과 지성사, 2008.

홍창수, 『역사와 실존』, 연극과 인간, 2006.

4. 번역서 및 국외 논저

가라타니 고진, 『근대문학의 종언』, 조동일 옮김, 도서출판 b, 2006.

게오르그 루카치, 『소설의 이론』, 반성완 옮김, 심설당, 1985.

노스럽 프라이, 『비평의 해부』, 임철규 옮김, 한길사, 2000.

데이비드 P. 버래쉬 · 주디스 이브 립턴, 『일부일처제의 신화』, 이한음 옮김, 해냄, 2002.

로버트 스탬, 『자기 반영의 영화와 문학 - 돈 키호테에서 장 뤽 고다르까지』, 오세필 · 구종
          상 옮김, 한나래, 1998.

로버트 스탬 외, 『어휘로 풀어 읽는 영상기호학』, 이수길 외 옮김, 시각과 언어, 2003.

루이스 자네티, 『영화의 이해』, 박만준 · 진기행 옮김, 케이북스, 2008.

롤랑 바르트, 『카메라 루시다』, 조광희 옮김, 열화당 1986.

――――――, 『텍스트의 즐거움』, 김희영 옮김, 동문선, 1997.

벨라 발라즈, 『영화의 이론』, 이형식 옮김, 동문선, 2003.

마르쿠제, 『미학과 문화』, 최현 · 이근영 옮김, 범우사, 1982.

마르트 로베르, 『기원의 소설, 소설의 기원』, 김치수 · 이윤옥 옮김, 문학과 지성사, 2001.

마빈 해리스, 『문화의 수수께끼』, 박종렬 옮김, 한길사, 1982.

미셸 푸코, 『광기의 역사』, 이규현 옮김, 나남출판, 2003.

미케 발, 『서사란 무엇인가』, 한용환 · 강덕화 옮김, 문예출판사, 1999.

미하일 바흐친, 『바흐친의 소설미학』, 이득재 옮김, 열린책들, 1988.

슬라보예 지젝 외, 『매트릭스로 철학하기』, 이운경 옮김, 한문화, 2003.

아르놀트 하우저, 『문학과 예술의 사회사』, 백낙청 옮김, 창비, 1999.

――――――, 『예술과 사회』, 이진우 옮김, 계명대학교 출판부, 1997.

앨런 스피겔, 『소설과 카메라의 눈』, 박유희 · 김종수 옮김, 르네상스, 2005.

안드레이 타르코프스키, 『봉인된 시간』, 김창우 옮김, 분도출판사, 1991.

앙드레 고드로 · 프랑수아 조스트, 『영화서술학』, 송지연 옮김, 동문선, 2001.

앙드레 바쟁, 『영화란 무엇인가』, 박상규 옮김, 시각과 언어, 1998.

앙드레 뷔르기에르 외, 『가족의 역사』, 정철웅 옮김, 이학사, 2001.

앙마뉘엘 툴레, 『영화의 탄생』, 김희균 옮김, 시공사, 1999.

엥겔스, 『가족, 사유재산, 국가의 기원』, 김대웅 옮김, 아침, 1987.

웨인 부스, 『소설의 수사학』, 최상규 옮김, 예림기획, 1999.

자크 오몽, 『이마주 - 영화 · 사진 · 회화』, 오정민 옮김, 동문선, 2006.

제이 데이비드 볼터 · 리처드 그루신, 『재매개 - 뉴미디어의 계보학』, 이재현 옮김, 거큐니
          케이션북스, 2006.

주디스 메인, 『사적소설 / 공적영화』, 강수영 · 류제홍 옮김, 시각과 언어, 1994.

진 쿠퍼, 『그림으로 보는 세계문화 상징사전』, 이윤기 옮김, 까치글방, 1994.

질 들뢰즈, 『비평의 진단』, 김현수 옮김, 인간사랑, 2000.

팀 에덴서, 『대중문화와 일상, 그리고 민족 정체성』, 이후, 2008.

카를로 진즈부르그, 『치즈와 구더기』, 김정하 · 유제분 옮김, 문학과 지성사, 2001.

캐럴 J 아담스, 『육식의 성정치』, 이현 옮김, 미토, 2006.

프랑시스 바누아, 『영화와 문학의 서술학 - 문자의 서술 · 영화의 서술』, 송지연 옮김, 동문선, 2003.

프로이트, 『꿈의 해석』, 김인순 옮김, 열린책들, 1997.

츠베탕 토도로프, 『바흐찐 문학사회학과 대화이론』, 최현무 옮김, 까치글방, 1987.

채트먼, 『영화와 소설의 수사학』, 한용환 · 강덕화 옮김, 동국대학교출판부, 2001.

한스 패터 뒤르, 『은밀한 몸』, 박계수 옮김, 한길, 2003.

Brian McFarlane, Novel to FILM : an introduction to to the theory of adaptation, Oxford : Clarendon, 1996.

Bluestione, Novels into Film : The Metaphorphosis of Fiction into Cinema, Univ. of California, 1996.

David Herman, Narratologies : New Perspectives on Narrative Analysis, Ohio State University Press 1999.

Metz, Christian. Film Language : A Semiotic of the Cinema, Oxford Univ Press, 1974.

Roland Barthes, Elements of Semiology, Edited by Mark Gottdiener, Semiotics Volume1, sage, 2003.

Slavoj Žižek, The Plague of Fantasies, London: Verso, 1997.